O Momento Mágico

Jeffrey Zaslow

O Momento Mágico

Uma história sobre o amor
que desejamos às nossas filhas

Tradução
Antonio Carlos Vilela

Editora Novo Conceito

Esta edição foi publicada sob acordo com Gotham Books,
membro de Penguin Group (USA) Inc.

1ª Impressão — 2013

Edição: Edgar Costa Silva
Produção Editorial: Alline Salles, Tamires Cianci
Preparação de Texto: Solange Monaco
Revisão de Texto: Helô Beraldo (coletivo pomar), Cristina Lasaitis, Lívia Fernandes
Diagramação: Vanúcia Santos
Impressão e Acabamento Geográfica 280313

Este livro segue as regras da Nova Ortografia da Língua Portuguesa.

Dados Internacionais de Catalogação na Publicação (CIP)
(Câmara Brasileira do Livro, SP, Brasil)

Zaslow, Jeffrey
O momento mágico / Jeffrey Zaslow ; tradução Antonio Carlos Vilela dos Reis. -- 1. ed. -- Ribeirão Preto, SP : Novo Conceito Editora, 2013.

Título original: The magic room.
ISBN 978-85-8163-192-9

1. Mães e filhas 2. Pais e filhas 3. Pais e filhos I. Título.

13-02950 CDD-306.874

Índices para catálogo sistemático:
1. Pais e filhos : Relações familiares
306.874

Editora Novo Conceito

Rua Dr. Hugo Fortes, 1885 – Parque Industrial Lagoinha
14095-260 – Ribeirão Preto – SP
www.editoranovoconceito.com.br

Para minhas filhas Jordan, Alex e Eden,

e para suas filhas também...

Sumário

Beckers Bridal, um marco na rua principal de Fowler desde 1934.

Introdução

Cento e cinquenta quilômetros a noroeste da minha casa, em uma cidadezinha rural com apenas um semáforo, eu encontrei um lugar onde cem mil filhas, acompanhadas de suas mães e seus pais, pararam para refletir sobre a palavra "amor".

Um lugar em que, todos os dias, mães e pais se deixam envolver por um turbilhão de emoções que afloram quando se lembram da época em que suas filhas eram garotinhas. Eles pensam no futuro, também, ao contemplar o amor necessário para levar suas filhas dali em diante. Esses pais conhecem as decepções e traições associadas à palavra "amor", principalmente hoje em dia. Eles conhecem as perdas que definem a vida. Ainda assim, a maioria faz sua peregrinação com um sentimento de esperança e otimismo.

Para as filhas, geralmente mulheres com 20 e poucos anos, esse é um lugar que deixa claro que elas estão em uma encruzilhada. Pensam em tantas coisas — e normalmente "amor" está em primeiro lugar —, mas também estão muito preocupadas, temerosas, e são até impulsivas, ingênuas. Cada uma delas tem uma história que a levou até ali e nem todas encontrarão a felicidade depois que dali saírem.

Eu nunca soube que havia toda essa emoção concentrada a noventa minutos de carro da minha casa no subúrbio de Detroit. Mas depois que comecei a ir até lá, para observar e escutar, me vi enredado em meus próprios sentimentos paternais, afinal, tenho três filhas. Para todos nós, que desejamos desesperadamente que nossas meninas tenham uma vida segura, feliz e rodeada de amor, o tempo passado ali oferece lembretes viscerais dos desafios que elas terão de encarar, dos caminhos pelos quais a tristeza se enreda à alegria delas, e das doces oportunidades que as aguardam — ou que podem estar além de seu alcance.

Que lugar é esse?

Simplificando, é uma sala... em uma loja... em uma cidade muito pequena.

A cidade é Fowler, no estado americano do Michigan, uma comunidade de classe média com 1.100 residentes — e 2.500 vestidos de noiva.

A loja é a Becker's Bridal, a maior empresa da cidade e lar de todos esses vestidos de noiva — uma "tempestade branca" comprimida em três andares de araras repletas.

E a sala? Fica no segundo andar da Becker's, subindo um pequeno lance de escadas, à esquerda. Todas as paredes desse cômodo de 2,5 por 3 metros têm espelhos do teto ao chão, projetados para conduzir a imagem da noiva ao infinito. É chamada de "A Sala Mágica" por uma boa razão.

Vista de fora, a loja parece um banco antigo. Isso porque a pesada estrutura de pedra, com dois andares, foi construída há um século para abrigar o Banco Popular, até sua falência durante a Grande Depressão. O que um dia foi o cofre do banco — sem a pouca quantia remanescente de dinheiro — é hoje a Sala Mágica, um lugar com iluminação difusa e um pedestal circular. É para lá que as noivas são levadas quando decidem qual dos 2.500 vestidos poderá ser "o escolhido".

A Becker's fica na extremidade sul de uma comum rua principal com apenas dois quarteirões. Essa loja familiar, dirigida de forma ininterrupta por quatro gerações de mulheres Becker, tem sido um ponto de referência na cidade desde 1934. Ao longo dos anos, a loja atendeu mais de cem mil noivas, muitas das quais atravessaram o Centro-Oeste para chegar até ela. Trata-se de um lugar de história rica, visitado por jovens mulheres, que, normalmente, não a conhecem.

Graças à Becker's Bridal, a cidade de Fowler possui mais vestidos de noiva per capita do que qualquer outra municipalidade nos Estados Unidos, ou talvez no mundo. Mas poucas pessoas fora do estado de Michigan ouviram falar desse lugar ou sabem algo sobre as mulheres da Becker's — uma filha, sua mãe, sua avó e sua bisavó —, que construíram, desenvolveram a loja e guiaram todas aquelas noivas até seus vestidos por setenta e seis anos.

Quanto à Sala Mágica, as vendedoras da Becker's não usam a palavra "mágica" levianamente quando falam dela. Com frequência elas testemunham noivas e suas mães se desfazerem em lágrimas nessa sala, enquanto refletem sobre todos os momentos que as levaram até ali. Ao verem suas filhas naquele pedestal, não é raro que os pais também sejam dominados pela emoção. Eles pedem licença e saem do cofre e da loja, para que possam se recompor. Pais podem ser vistos andando para cima e para baixo na rua principal, assoando o nariz e enxugando os olhos.

Vivemos em uma era em que programas de televisão — *Say Yes to the Dress, Bridezillas* [Diga sim ao Vestido, Noivazillas] — chamaram nossa atenção ao transmitir a busca frenética por um vestido de noiva. Esses programas são estruturados como eventos esportivos, com as noivas se enfrentando e correndo até uma linha de chegada marcada por sua escolha de vestido.

Coisas do tipo também acontecem na Becker's, claro. Mas não queria escrever apenas sobre vestidos de noiva e o que eles representam. Eu também queria compreender as mulheres que os vestem, seus temores e anseios.

Resolvi prestar menos atenção às noivas cujos motivos pareciam um tanto frívolos e estavam mais interessadas nos vestidos do que no casamento. Em vez disso, procurei noivas e famílias que não trilharam caminhos exatamente fáceis, mas que dispensaram muita reflexão ao amor que as conduz e conecta.

Acho que que quis ter ficado na Sala Mágica com essas famílias, cujas histórias me emocionaram mais, para, estando lá, contemplar meus sentimentos por minhas próprias filhas.

Faz uma década que escrevo uma coluna para *The Wall Street Journal* a respeito das transições mais emocionantes de nossas vidas. Isso é o que me move. Antes desse trabalho, passei catorze anos como colunista de conselhos. (Em 1987, venci uma competição para substituir Ann Landers no *Chicago Sun-Times*.) Assim, há muito que me sinto atraído por histórias de amor, principalmente pelos laços entre pais, mães e filhas. Hoje, minhas filhas estão com 21, 19 e 15 anos de idade, e eu sei que elas precisarão de amor — meu, da minha esposa, umas das outras e, um dia, espero, dos maridos e filhos.

Enquanto minhas filhas cresciam, procurei prestar atenção em como outros pais expressavam afeto por suas filhas — como procuravam transmitir segurança e coragem às meninas. Como pai, quase sempre me guiei pelos leitores das minhas colunas e pelas milhares de cartas que me enviavam. Suas histórias continuam comigo e me ajudaram a me comportar na Sala Mágica.

Um juiz de Illinois me disse que fora criado em uma casa em que todo mundo sempre dizia “Eu te amo”. Por causa disso, ele achava fácil dizer essas palavras para seus filhos. Certa noite, em 1995, quando sua filha de 18 anos encaminhava-se para a porta com as amigas, ele lhe disse “Lembre-se de que eu te amo”. Ela respondeu: “Eu também te amo, pai”. Ela morreu algumas horas depois, em um acidente de carro, e o juiz me disse que se sentia grato por suas últimas palavras para a filha terem sido um lembrete de seu amor por ela.

A mulher do juiz não crescera em uma família onde o afeto era articulado com tanta facilidade. Assim, as palavras não vinham tão facilmente para ela. Ela se encontrava em outro aposento naquele dia e não estava destinada a compartilhar uma última demonstração de amor com a filha. Ela me disse que não precisava dizer “eu te amo" — sua filha sabia que era amada —, mas, ainda assim, uma parte dela desejava ter lhe dito isso.

Foram várias as ocasiões em que as pessoas me explicaram as maneiras de se dizer "te amo" para as filhas sem pronunciar as palavras.

Certa vez, uma mulher me escreveu contando que, enquanto crescia, sua mãe nunca lhe pedira para lavar a louça. Ela até se oferecia para ajudar, mas a mãe não permitia que ela se aproximasse da pia. "Enquanto eu viver", disse-lhe a mãe, "eu quero fazer isto. Depois que eu me for, vai sobrar muita louça para você lavar, e espero que enterneça seu coração lembrar que eu sempre as lavei para você". Desde que a mãe morreu, essa mulher pensa com alegria nela quando lava a louça. "Ela planejou isso", disse-me ela. "Ela não tinha uma boa saúde e sabia que esse momento chegaria."

Eu vi como o amor das pessoas por suas filhas pode ser fortalecido em épocas de adversidade.

Fiquei comovido pelas conversas que tive com uma leitora de 81 anos cuja filha de 60 anos estava com Alzheimer. Ela contou que tinha de trocar as fraldas da filha, assim como fizera sessenta anos antes. "Quando empurro sua cadeira de rodas, me lembro de quando empurrava o carrinho de bebê", disse ela. Essa mãe sempre supôs que, na velhice, a filha amorosamente cuidaria dela. "Mas é ruim sentir pena de si mesma", disse. Sua história me ensinou a aceitar o destino e seguir em frente, concentrando-me nas coisas positivas da vida. Ela falou de como era dizer "te amo" à filha e esta olhar para a mãe com o rosto inexpressivo, os olhos nublados. Tudo bem. "Tenho sorte de ter minha filha na minha vida", disse ela.

Ao longo dos anos, escrevi sobre como o amor pode ser expresso, mesmo quando nossas filhas nos deixam chateados ou desapontados. (Certa mãe exasperada me contou que normalmente encerra as conversas telefônicas com a filha contestadora, em idade universitária, de uma só forma: "Eu te amo, mas vou desligar".) Eu também já vi como o mau comportamento de uma mãe ou de um pai pode provocar danos terríveis e pensei nessas histórias enquanto conhecia as famílias que chegavam à Sala Mágica.

Uma vez passei o dia com prisioneiras de uma penitenciária de segurança máxima em Illinois. Uma mulher cumpria prisão perpétua por seu papel no assassinato da mãe. Mas naquele dia ela estava concentrada na filha de 9 anos. Como parte de um programa de alfabetização da prisão, ela lia livros em voz alta e os gravava em um gravador cassete. Depois, a fita era enviada para sua filha. Esse projeto fora criado para lembrar aos filhos de pais encarcerados que "o amor consegue viajar através das paredes das prisões". Entre os títulos que essa prisioneira leu para a filha estavam *Goodnight Moon* [Boa noite, Lua] e *Guess How Much I Love You* [Adivinha quanto eu te amo]. "Você quer estar perto da sua filha quando ela está doente ou precisa de apoio", disse ela. Isso não era possível, claro, mas ao ler esses livros ela sentia poder "enviar para ela o amor na minha voz".

Fiquei assombrado com a jovem adotada, que entrevistei certa vez, que tinha finalmente encontrado sua mãe biológica. Durante o emocionante reencontro, ela perguntou sobre o pai biológico. Ela esperava ouvir uma história de amor: talvez os pais fossem muito jovens para se casar e assim fizeram a difícil escolha de entregar a filha para adoção. Mas não era essa a história. "Seu pai era um estranho com cabelo louro e comprido", contou-lhe a mãe. "Ele me pediu informações e depois me estuprou." A jovem engoliu a história. "Agora eu sei", disse ela. Ela conseguiu aceitar aquela revelação chocante. O estupro lhe dera vida.

Embora eu tenha escrito principalmente sobre estranhos, muito do que eu aprendo me faz pensar em minhas próprias filhas. Certa vez, quando elas eram mais novas, eu me juntei a cem outros pais no auditório de uma escola perto de casa. Era uma linda manhã de sábado, aquele típico dia de outono que convida pais e filhos a jogar bola. Mas nós estávamos naquele auditório, fazendo-nos perguntas difíceis sobre nosso relacionamento com nossas filhas.

Como eu olho para as mulheres? Eu faço comentários sobre seu peso ou aparência? Que mensagem meu comportamento transmite para as minhas filhas?

Essa sessão, parte de uma conferência sobre paternidade, era uma lembrança de como os tempos andam precários para os relacionamentos, especialmente entre pais e filhas. Centenas de pesquisas mostram que as meninas que têm um relacionamento estreito com o pai têm menor probabilidade de ser promíscuas, desenvolver transtornos alimentares, abandonar a escola ou cometer suicídio.

Assim como os outros pais, estremeci quando o palestrante nos disse que a maioria das nossas filhas faria dieta por toda a vida, teria uma imagem negativa do corpo e seria traumatizada emocionalmente por atos de bullying. O trabalho de um pai, disseram-nos, é lembrar a filha de seus pontos fortes e guiá-la até sua condição de mulher adulta. Fomos encorajados a começar a desenvolver pequenos rituais que reforçassem a mensagem: "Papai te ama". Minha filha mais nova, então com 8 anos, tinha recentemente quebrado a perna e precisava que eu a carregasse escada acima. Decidi beijá-la no alto da cabeça quando a erguia, ao que ela reagia sorrindo luminosamente. Quando comecei a pôr bilhetes em sua lancheira, desejando-lhe um bom dia na escola e dizendo-lhe que estava pensando nela, ela me surpreendeu guardando todos os bilhetes em uma caixa.

Depois que eu contei essa história na minha coluna, recebi manifestações de filhas, jovens e maduras, oferecendo suas memórias e também seus alertas. Algumas mulheres descreveram os estragos que acontecem quando os pais não demonstram amor. "Meu pai nunca me disse que eu era bonita", escreveu uma mulher. "Ele nunca disse que me amava. Então, quando o primeiro idiota me disse isso, eu me entreguei." Outra mulher, com seus 40 anos, disse-me que parte dela continua "uma menina desajeitada de 12 anos, esperando que o pai diga 'eu também te amo', depois de eu falar 'te amo, papai'. Mas ele não disse e continua sem dizer."

Já percebi a força com que as mulheres guardam suas lembranças mais felizes da infância. Uma delas, com seus 50 anos, me contou sobre uma lembrança de quando tinha 8 anos. Ela adormecera durante um passeio de carro com a família e acordou enquanto o pai a carregava para dentro de casa. Tonta de sono, experimentara um sentimento maravilhoso de amor e segurança. "Meu pai me tinha em segurança em seus braços", ela contou, chamando aquele o momento de "uma lembrança preciosa".

Enquanto reunia essas histórias ao longo da minha carreira, também vi como pais e mães de filhas pensam no futuro. Desde que nossas filhas nascem, não conseguimos deixar de pensar no tipo de homem com quem elas vão se casar. Todos temos uma lista de qualidades para genros em potencial — que eles respeitem nossas filhas e cuidem delas, que amem nossas filhas e as crianças que irão criar.

Ouvi o testemunho de homens que parecem compreender o que é o amor e eles vão além dos clichês. Quando nós pensamos nos companheiros que desejamos para nossas filhas, esse é o tipo de homem que visualizamos.

Uma vez pedi aos leitores que me enviassem definições de amor. Um homem respondeu com a história de um cruzeiro que ele fizera alguns anos antes. Ele estava no convés do navio, olhando para o oceano, quando avistou um cardume de golfinhos.

"Eles corriam ao lado do navio", contou ele, "tendo ao fundo o arco-íris mais lindo que eu já vira."

Mas, por que essa cena define o significado de amor para ele?

Porque, mesmo anos mais tarde, ao pensar naquele momento de tirar o fôlego, ele sentia mais tristeza que felicidade. "Fiquei triste", ele contou, "porque minha mulher não estava comigo para ver aquilo".

Esse é o tipo de amor que desejamos para nossas filhas. Homens que se sentirão dessa forma quando nossas filhas não estiverem com eles.

Minha mulher, Sherry, sabia que eu pesquisava uma forma de escrever um livro sobre a melhor maneira de todos nós demonstrarmos o amor por nossas filhas hoje. Eu queria usar critérios culturais para oferecer uma noção bem estruturada do que as palavras "eu te amo" transmitem nessa época mutante em que vivemos. Eu podia visitar maternidades, estúdios de dança, bailes de pais e filhas, ou spas onde mães e filhas se reúnem. Havia muitas possibilidades.

Mas então Sherry pensou na lembrança mais feliz que tinha do pai.

Antes de nos casarmos, em 1987, Sherry morava em Detroit e eu, em Chicago. Nosso casamento seria em Buffalo, Nova York, cidade natal de Sherry. Ela planejara ir de avião para Buffalo alguns dias antes do casamento, mas quando as alterações no vestido de noiva enfim ficaram prontas, era tarde demais para despachá-lo. Ela não queria que o vestido ficasse todo amassado no compartimento de bagagens do avião, e parecia bobagem comprar um assento para ele na cabine.

Então, o pai dela se ofereceu para dirigir 500 quilômetros de Buffalo a Detroit para pegar Sherry e seu vestido de noiva, fazer meia-volta e dirigir mais 500 quilômetros até Buffalo. Sherry ficou sensibilizada pela disposição do pai em fazer isso, e ela diz que as seis horas que passou no carro, aquele dia — com o pai e o vestido —, formam uma das lembranças mais felizes da sua vida. Aquele foi um gesto gentil e amoroso de seu pai, que se transformou na oportunidade de ele conversar com ela sobre o amor que lhe tinha e o que esperava do casamento da filha comigo.

"Existe algo em um vestido de noiva...", disse-me Sherry.

Foi então que considerei, pela primeira vez, ambientar este livro em uma loja de vestidos de noiva e dar voz a um punhado de mulheres notáveis às vésperas de seu casamento.

Eu estava disposto a ir a qualquer lugar do país para encontrar a loja certa e as histórias certas, então, comecei a estudar as opções em potencial. Não precisei ir longe nem pesquisar muito.

A primeira vez que dirigi até a Becker's Bridal, só sabia que a loja era um lugar popular entre as noivas de Michigan. Não conhecia sua história, não sabia nada sobre a família que a dirigia e, com certeza, não sabia da Sala Mágica.

Mas na minha primeira visita a Becker's, senti que era um lugar que poderi
a iluminar os aspectos mais pungentes da jornada de uma mulher até o altar. Foi quando eu soube que a história que desejava contar sobre todas as nossas filhas estava ali — nas paredes, nos espelhos, nas araras e, principalmente, naquela sala no alto da escada.

A Sala Mágica.

Shelley em frente à loja com um vestido sobre o ombro.

Capítulo 1

O espelho

São 9h20 da manhã, de uma terça-feira de julho, e Shelley Becker Mueller, dona da Becker's Bridal, está à porta dos fundos da loja girando a chave na fechadura. É a mesma rotina seguida por sua mãe durante décadas, e por sua avó antes dela.

Shelley passa pela entrada "somente para funcionários", uma xícara de café na mão, aperta o interruptor e se dirige à sala dos fundos para ligar o ferro a vapor industrial. Esse é o ritual de abertura de sempre, já que o ferro demora meia hora para esquentar e será necessário a qualquer momento do dia.

O telefone já está tocando — sem dúvida é uma noiva ou a mãe dela com alguma alteração que *precisa* ser feita—, mas Shelley ainda não está pronta para atender. Quem quer que seja, pode ligar novamente quando a loja abrir, às 10 horas. Ninguém vai se casar antes disso, de qualquer forma.

Shelley chega à sua mesa, coloca o café sobre ela e consulta a agenda. Vinte e uma noivas pegarão seus vestidos hoje, e ela rapidamente verifica se os vestidos estão na arara final, prontos para serem passados na mesma ordem dos horários em que estão agendados. Ela então se dirige ao andar de vendas, onde para em cada um dos dezessete provadores e verifica se algum vestido ou crinolina, provados no dia anterior, precisam ser devolvidos à sua arara. Tudo que ela encontra hoje é um sutiã perdido.

Nenhuma noiva chegou ainda. Mas as noivas antigas continuam lá, cem mil delas.

Shelley consegue sentir a presença de todas essas noivas em parte porque, à direita do balcão de atendimento, há um grande espelho de 90 anos de idade em uma moldura de madeira envelhecida. Guardado de ambos os lados por dois manequins vestidos de noiva, o espelho está na loja desde que o primeiro vestido foi vendido, em 1934. Praticamente todas as noivas da Becker's estiveram diante dele, normalmente com a mãe logo atrás.

Algumas culturas acreditam que um espelho pode capturar sua alma, e Shelley também acredita nisso. Ela considera os espelhos um reflexo do passado; depois que nos olhamos neles, nosso espírito fica lá com todos os outros. Quando os turistas entram em Monticello, a casa de Thomas Jefferson na Virgínia, eles ficam diante de um espelho que foi usado pelo próprio Jefferson e suas almas misturam-se com a dele. Da mesma forma, toda noiva da Becker's que se olha no velho espelho da loja conecta-se a cada noiva que passou por ali antes dela. Cada mãe de noiva comunga com todas as mães antes dela. Cada pai com todos os pais. É assim que Shelley pensa, e isso a conforta.

Hoje, com 45 anos, Shelley tem olhado para esse espelho desde garotinha. Ao longo das décadas, ela viu nele dez mil versões de si mesma — um bebê aprendendo a andar, uma garota de 14 anos trabalhando no atendimento, uma noiva de 19 anos envergando o vestido mais caro da loja e uma mulher de meia-idade no comando de tudo. Recentemente, e por vários motivos, ela tem se tornado mais sentimental com relação ao espelho. Quando se vê diante dele, e não está enlouquecida atendendo a uma cliente, ela faz uma pausa e pensa nas vidas refletidas nele: o que terá acontecido com todas aquelas noivas que sorriram ou enxugaram lágrimas de felicidade diante desse espelho? Quantos filhos e netos elas tiveram? Quais casamentos deram certo e quais não deram? Quantas daquelas noivas estão vivas hoje?

Shelley sabe como é a vida. Um número desconhecido dc noivas que se olharam nesse espelho acabaram por se distanciar dos pais, ou morreram jovens, ou foram inexplicavelmente fiéis a vagabundos que abusaram delas. Outras chegaram à velhice com o casamento ficando melhor a cada ano. Algumas viveram o bastante para ver suas bisnetas comprarem o vestido de noiva na Becker's.

O espelho também faz Shelley se lembrar da fundadora da loja, sua avó Eva Becker, a sensata mulher de negócios que cuidava de empregados e clientes com pulso firme. O que a vovó Eva, que esteve diante desse espelho com milhares de noivas, pensaria da forma como Shelley administra o negócio?

Shelley acredita, de verdade, que Eva está em algum lugar da loja, observando-a. Algumas das vendedoras suspeitam que o lugar é assombrado. Elas ouvem rangidos estranhos, e caixas no estoque do andar de cima caem sem motivo, como se alguém as tivesse empurrado. Algumas coisas como chaves de carros ou acessórios de noivas desaparecem para reaparecerem, misteriosamente, no dia seguinte, sobre o balcão da frente. Quando as vendedoras contam para as noivas as histórias do "Fantasma de Eva", elas estão quase sempre brincando. Mesmo assim, a presença da vovó Eva, cuja foto de casamento de 1922 (em que ela não sorri) está pendurada ao lado do velho espelho, continua muito forte na loja, trinta e quatro anos após sua morte.

O velho espelho costumava ficar sobre uma base, em um canto, mas depois que Shelley assumiu a loja de sua mãe, ela o colocou perto do balcão, para que cada visitante passe por ele. Ela gosta da ideia de conectar as noivas atuais com as do passado. A maioria das mulheres que comprou seu vestido na primeira metade de século da loja continuou casada — é só ver como eram baixas as estatísticas de divórcio nessa época. Então, Shelley imagina que se olhar nesse espelho traga um bom carma para as clientes atuais. Talvez elas "peguem" alguns valores antigos. Shelley mandou gravar os nomes de seus bisavós, avós e pais no topo do espelho, com os anos em que assumiram o comando da Becker´s — 1899, 1928, 1974. Quando ela sair do negócio, talvez seu nome também seja gravado ali com o ano em que comprou a loja de seus pais, 2005.

Nessa manhã, Shelley gasta apenas alguns segundos se observando no espelho. Ela se dá um meio sorriso. Ela tem um 1,78 metro de altura e é muito atraente, porém, mais do que isso, ela se veste como se fosse a uma festa. Usa um vestido preto brilhante com sapatos de saltos muito altos, três voltas de colar no pescoço (pérolas grandes e strass) e cinco pulseiras (camadas de cristais e mais strass). Ela é diferente de qualquer outra mulher de Fowler, Michigan — uma cidade simples, de trabalhadores, onde ninguém se veste de modo extravagante, especialmente a essa hora da manhã. Sua avó foi uma espécie de diva da moda quando comandava a loja e sempre usava um chapéu com penas. Shelley argumenta que estamos em uma nova era, mais vistosa, e que ela também quer marcar presença. Alguns já observaram que ela está tentando, sozinha, elevar o padrão da rua principal de Fowler. Outros a consideram exagerada. Mas a maioria gosta de seu estilo. E todo mundo repara nela. Muitas pessoas na cidade a descrevem da mesma forma: "Ela parece com a Sandra Bullock, toda arrumada, naquele filme *Um sonho possível.*"

Shelley também consegue usar um corte de cabelo que faz seus concidadãos de Fowler se lembrarem da Stevie Nicks, da banda Fleetwood Mac, em 1982. É uma cabeleira loura espetada do século 21, que fica bem nela.

Quando Shelley se afasta do velho espelho, a porta dos fundos se abre. É Alyssa, sua filha de 24 anos; a quarta geração das Becker a trabalhar na loja. Alyssa, que não tem um estilo tão marcante quanto Shelley, gosta de brincar com a mãe a respeito de suas roupas, seus saltos e seu corpo quase perfeito: "Oi, Barbie", ela diz para Shelley enquanto fixa seu crachá.

Shelley não liga para as brincadeiras da filha. Ela adora que Alyssa, recém-formada na Central Michigan University, esteja ao seu lado todo dia. Após passar um tempo em Paris e Nova York, Alyssa decidiu que, pelo menos por ora, quer trabalhar lá, na pequena Fowler, no negócio da família. Como Shelley passa seus dias assistindo a mães e filhas rirem, chorarem e se provocarem, ela aprecia ter sua própria filha por perto. A vivência das relações mãe e filha à sua volta lhes dá a medida de como está seu relacionamento.

Uma grande parte de Shelley tem esperança de que Alyssa continue na Becker's Bridal para sempre e que, um dia, assuma a loja. Mas Shelley sabe como aquela cidade pequena pode ser enclausurante, e quanto do mundo perde a pessoa que optar por passar a vida ali. Alyssa é uma escritora talentosa com senso de humor e muitas oportunidades aparecendo. Os sonhos que Shelley tem para a filha variam de acordo com o dia ou até com a hora. Às vezes, quer abraçá-la apertado e dividir com Alyssa a vida na Becker's. Outras vezes, Shelley deseja libertar a filha.

Hoje, Alyssa está especialmente alegre. O telefone começou a tocar e ela diz para a mãe: "Não se preocupe, Barbie, eu atendo", enquanto Shelley conclui sua ronda matinal. Shelley sobe os seis degraus logo depois do velho espelho e entra naquela sala especial à esquerda, a Sala Mágica. Uma de suas vendedoras a arrumou e limpou na noite anterior. A luz suave da sala está perfeitamente ajustada. O carpete verde-esmeralda parece limpo e acolhedor. O pedestal brilha.

"Certo, o lugar está apresentável", pensa Shelley. Ela volta ao escritório para ligar o sistema de música da loja. Sinatra é o primeiro. Michael Bublé e Harry Connick Jr. vêm em seguida. É música para comprar vestidos de noiva.

Dois empregados de Shelley entram pela porta dos fundos. Mona, uma vendedora veterana de 55 anos, é toda sorrisos. Ela é uma das armas secretas da Becker's, um dínamo bem-humorado que supostamente possui a habilidade espantosa de olhar nos olhos de uma noiva e saber exatamente qual dos 2.500 vestidos é o melhor para ela. (Ela também observa o corpo da noiva, claro, mas os olhos lhe dizem mais.)

Bill entra logo atrás de Mona, adicionando mais uma presença vibrante à manhã. Ele gerenciava a pizzaria do outro lado da rua até que Shelley o convenceu a trabalhar para ela. Bill é o administrador do escritório, mas também recebe as clientes com muita energia.

Como as noivas atuais assistem aos *reality shows* na televisão, esperam que os homens que trabalham em lojas para noivas sejam gays, como os que aparecem nos programas. Bill, casado e pai de dois filhos, percebeu que as mulheres ficam mais à vontade na sua presença se ele se parecer com "Franck", o extravagante personagem de Martin Short em O *Pai da Noiva*, filme de 1991. Ainda não há clientes na loja, mas Bill se prepara para o dia de trabalho entrando no personagem para divertir Alyssa e Mona. "Ah, céus, queridas! Preciso olhar vocês duas! Deem uma volta, minhas lindas! Lindas!"

Nesse momento, cerca de uma dúzia de noivas e suas mães estão a caminho da Becker's. Para aquelas que vêm de outra cidade, o tempo de estrada pode ser usado para fortalecer a relação e avivar lembranças. Quem vem do Oeste cruza quilômetros de pastagens e milharais. Do Leste, passa-se por centenas de hectares de campos de hortelã. No caminho para Fowler, há longos trechos de estrada em que não se vê qualquer casa ou posto de gasolina. Assim, quase todas as noivas e mães de fora da cidade fazem a mesma pergunta ao chegar à Becker's: "Onde é o banheiro?".

Shelley está pronta para as noivas. Ela consulta o relógio. São exatamente 10 horas e duas futuras noivas, com suas mães, esperam na calçada em frente à loja. Shelley abre a porta e sorri: "Bom dia! Bem-vindas à Becker's. Prazer em conhecê-las".

"Você nos dá licença para usar o toalete?", pergunta uma das mães.

"Eu vou com você", diz a filha. A outra noiva e sua mãe as seguem.

Após a passagem pelo toalete, Shelley conduz as duas noivas e suas mães ao balcão de atendimento, para que preencham o cadastro. É nesse momento que as futuras noivas, com suas roupas casuais, passam pelo velho espelho pela primeira vez, sem se darem conta. Logo elas acrescentarão seus reflexos à procissão de branco e marfim que tem sido capturada pelo espelho, seis dias por semana, há setenta anos. Quando uma noiva se apaixona pelo vestido que experimenta, ela recebe um convite.

"Por favor, me acompanhe", diz Shelley. "Vamos ver como ele fica na Sala Mágica."

Pode-se ver por que ela é chamada de Sala Mágica.

Capítulo 2

Danielle

As mulheres se surpreendem com os pensamentos que surgem em suas mentes ao se aproximarem da Sala Mágica. Algumas noivas dizem que se lembram de quando brincavam de se arrumar na infância; elas retrocedem instantaneamente a 8 ou 9 anos de idade. Outras dizem que não conseguem se reconhecer. É praticamente uma experiência fora do corpo: quem é aquela mulher no espelho? E existem, também, as noivas que têm um branco: só conseguem ver o vestido. É difícil até falar.

As mães das noivas também voltam no tempo. Normalmente, é claro, elas pensam no dia em que se viram, pela primeira vez, em seu próprio vestido de noiva. Mas também têm recordações mais saudosas. Elas se lembram das palavras que seus falecidos pais lhes disseram nesse mesmo momento, ou então se recordam dos noivos que as amavam, mas que se tornaram maridos que não queriam continuar casados com elas.

Danielle DeVoe, uma assistente social de 25 anos, está entusiasmada, mas não excessivamente emotiva enquanto sobe a escada da

Becker's em um vestido marfim brilhante da Casablanca Bridal. "Eu acho que é este", diz ela, sorrindo, praticamente para si mesma. Ao seu redor estão mães e filhas escolhendo vestidos, com Shelley levando-as aos provadores, mas Danielle está concentrada em sua missão, olhando para frente.

Ao contrário das outras duplas de mãe e filha que estão na loja, ela veio com a avó, Cynda, que segura as lágrimas enquanto Danielle entra na Sala Mágica.

Nesse momento, Cynda se vê pensando no nascimento de Danielle em 1985, e no lindo vestido branco com botões de rosa que a menina vestiu para ir da maternidade à casa. Parecia quase uma miniatura de vestido de noiva.

Cynda comprara aquele vestidinho poucas horas após o nascimento de Danielle. Sua filha, Kris, não sabia se teria menino ou menina, e quando Danielle chegou, Cynda decidiu que a garotinha precisava entrar no mundo usando um vestido especial. Ela perguntou para Kris: "Você se importa que eu compre a roupa que ela vai usar para ir para casa?".

"Claro que não, mãe", respondeu Kris.

Cynda sempre considerou aquela compra como seu primeiro ato de amor como avó. Agora, vinte e cinco anos depois, ela perguntou a Danielle se poderia, novamente, lhe comprar uma roupa para outro momento marcante de sua vida — seu vestido de noiva.

"Claro, vó, vai ser uma honra", disse Danielle. E então elas foram à Becker's, onde, aparentemente, encontraram o vestido certo.

"É o vestido mais lindo de toda a loja", diz Cynda enquanto Danielle dá muitas voltas, estudando-se nos espelhos da Sala Mágica. A cor marfim do traje é perfeita, já que Danielle tem cabelo castanho-escuro e grandes olhos castanhos.

Cynda encosta-se na parede espelhada da Sala Mágica e enxerga, de modo claro em sua mente, aquele vestidinho que comprara em 1985, um vestido pouco maior que a palma da sua mão. Ela sorri com a lembrança, pisca, e perde-se em um turbilhão de pensamentos enquanto contempla os anos que levaram a esse vestido de noiva e à linda mulher que o experimenta. "Danielle, querida, você está maravilhosa", diz Cynda, tentando não deixar sua mente voltar a momentos dolorosos.

Kris, a filha de Cynda, tinha apenas 19 anos quando deu à luz a Danielle, que seria sua única filha. Kris casara-se logo que saíra do Ensino Médio, com um homem que parecia incapaz de ser responsável. Ele a decepcionava constantemente — o sujeito até mesmo saiu para farrear na noite em que Danielle nasceu —, e o casamento acabou depois de apenas dois anos. Cynda ouviu Danielle falar de sua mãe e seu pai com franqueza: "Minha mãe me criou como mãe solteira", Danielle conta para os outros, "depois que eu vi como meu pai biológico abusava de bebidas alcoólicas, drogas e dela mesma".

O divórcio transformou Danielle e a mãe em almas gêmeas. Kris era uma mãe muito jovem, mas, ainda assim, devido às circunstâncias, ela e a filha eram mais maduras do que suas idades sugeriam. Cynda gostava de observá-las para se maravilhar com a facilidade com que elas se comunicavam. Elas se sentavam em volta de uma fogueira e conversavam por horas — uma menina de 8 anos e sua mãe de 27 anos.

Talvez porque Kris escolhera um marido que a tratava tão mal, e por seu casamento não ter dado certo, ela começou a lhe dar conselhos precoces. "Você tem de primeiro amar a si mesma", ela dizia para Danielle. "Você tem de primeiro cuidar de si mesma. Você não conseguirá amar alguém até se amar."Acima de tudo, esse era o amor que ela desejava para a filha.

Kris gostava muito de crianças e, após se formar em Pedagogia, abriu sua própria escola de Educação Infantil. As crianças a chamavam de "Tia Kris". "Eu tenho trinta crianças", ela dizia para Danielle, "mas é claro que você é a minha favorita".

Danielle adorava ajudar a mãe na escola. Os alunos tinham entre 4 e 5 anos, e Danielle tinha apenas 8, depois, 9 anos, mas ela cuidava dos menores da forma mais encantadora e maternal; as crianças a seguiam como patinhos atrás da pata.

O pai fez algumas tentativas de entrar em contato com ela, mas seus vícios o tornavam não confiável a maior parte do tempo. Ele prometia pegá-la para um passeio no fim de semana. Ela arrumava a mala e ficava pronta para sair quinze minutos antes do horário combinado. Ela se sentava na sala de estar, com seu casaco de inverno, e a mala aos pés, pronta para sair. Na metade das vezes, ele simplesmente não apareceu. Para Kris, era duro ver a sua garotinha esperando trinta ou quarenta minutos e depois desabotoar o casaco, com lágrimas nos olhos, e levar a mala de volta para o quarto.

Quando Danielle tinha 7 anos, em 1992, ela perguntou para a mãe se poderia se fantasiar de noiva no Halloween. Kris arrumou para a filha um vestido branco longo, um véu e um buquê de flores artificiais, e Danielle foi de porta em porta como noiva sem marido.

Cynda pensa nisso também enquanto observa Danielle, completamente crescida, estudando a própria imagem nos espelhos da Sala Mágica.

Do lado de fora, uma noiva e sua mãe esperam pacientemente que Danielle desça do pedestal e libere a sala. Danielle sabe que seu tempo acabou, mas sair é difícil para ela. "Eu não quero sair", diz ela, "eu não quero tirar o vestido."

"Logo, você vai vesti-lo de novo", garante a avó.

Enquanto Danielle sai da Sala Mágica, ela e Cynda discutem as alterações necessárias e se devem permitir que Brian, o noivo, veja o vestido antes do grande dia. Elas fazem os cálculos de quantas semanas faltam para o casamento. É uma conversa animada. Nenhuma delas menciona Kris, nem o fato de que gostariam desesperadamente que ela estivesse na Becker's com a mãe e a filha. Isso não é algo de que possam falar facilmente.

Shelley não pergunta por que Danielle está com a avó e não com a mãe. Ela aprendeu, ao longo dos anos, que toda noiva tem uma história, e algumas histórias são reveladas lentamente ou não o são.

"Você ficou linda naquele vestido", diz Shelley quando Danielle chega no balcão de atendimento para fazer a reserva. "Foi uma ótima escolha."

Danielle aos 7 anos, fantasiada de noiva para o Halloween.

Beckers Bridal: lar de mais de 2500 vestidos.

Capítulo 3

Amores e meninas

Quando Shelley era uma garotinha, no início dos anos 1970, ela costumava ir até a Becker's para observar sua mãe e sua avó trabalhando, e frequentemente se escondia atrás de uma arara de vestidos. Ela ficava lá por uns quarenta minutos, sentada no chão, espremida entre vestidos de noiva e madrinha, só escutando as conversas. Seu rostinho às vezes aparecia em meio aos vestidos, mas normalmente nenhuma das noivas sabia que ela estava ali.

Shelley estudava todas essas jovens noivas, muitas ainda na adolescência. A maioria lhe parecia bonita, mas não do jeito que as noivas são hoje — sensuais e confiantes, com bronzeados adquiridos em salões de bronzeamento durante invernos rigorosos. Naquela época, a maioria das noivas tinha o mesmo corte de cabelo e a mesma pele pálida. Elas usavam óculos, não lentes de contato, e poucas usavam muita maquiagem. (Vovó Eva franzia o cenho para maquiagem porque manchava os vestidos. A quem aparecia com muita maquiagem era pedido que usasse proteção de plástico no rosto ao vestir os trajes.)

As noivas costumavam ser garotas do campo ou filhas de trabalhadores da indústria automobilística. Elas não viajavam longas distâncias para chegar à loja, não tinham muitas expectativas e acabavam ficando com qualquer vestido que a mãe ou vovó Eva dissesse que estava bom. Na época, a loja dispunha de umas poucas centenas de vestidos e Eva não tinha paciência com quem queria muitas opções. Hoje, uma noiva chega a provar trinta vestidos. Em seu tempo, Eva gostava de oferecer três opções, talvez quatro, e depois ela dizia algo como: "Acho que o primeiro ficou melhor, não concorda?".

"Acho que sim", respondia a noiva, cuja mãe dizia: "O primeiro é lindo, não é?". E, assim, a venda estava feita.

Algumas mães nem esperavam pela opinião de Eva. Elas decidiam tudo e não davam muito espaço para discussão com as filhas. "É esse. Nós vamos levá-lo", Shelley ouvia a mãe dizer e, ao contrário de hoje, as noivas não costumavam discutir. Elas sorriam, beijavam a mãe e agradeciam.

Shelley começou a perceber que as noivas acreditam em destino quando é a hora de escolher o vestido. Várias vezes ela ouviu noivas dizerem que um vestido "falou" com elas. *Falou com elas?* Isso significa que o próprio vestido tinha se anunciado como "o escolhido", falando, de seu lugar na arara, em uma voz que só a noiva consegue escutar. Shelley ficava intrigada com esses "vestidos falantes", que sempre lhe pareceram bastante silenciosos. Mas, com o tempo, ela começou a entender o poder de um vestido de noiva.

Ela também aprendeu a linguagem secreta das vendedoras. Se elas gostam de uma noiva, chamam-na de "menina". Elas dizem: "Menina, o vestido ficou lindo em você. Oh, menina, está perfeito!".

Se a noiva está sendo difícil, elas a chamam de "amor". Esse é um código para que as colegas saibam com quem estão lidando. "Meu amor, essa vendedora vai ajudá-la a escolher um véu" — assim Eva passava a cliente difícil para uma vendedora.

Sentada em seu esconderijo, Shelley se fazia as mesmas perguntas: "O que tudo isso significa? Essas garotas aí, nesses vestidos, vão se casar, mas o que é isso? Como elas se apaixonaram? Elas se apaixonaram?".

Sua mãe e sua avó não lhe davam qualquer explicação. Elas estavam lá para vender vestidos, não para falar de amor.

Sábado sempre foi o dia mais movimentado na Becker's, porque as noivas e suas mães não tinham de trabalhar ou ir à igreja. Em algumas manhãs de sábado, quando a loja promove exposições de grandes estilistas, a fila de noivas e acompanhantes já dobra a esquina antes mesmo de a loja abrir.

Assim, há décadas que os rapazes de Fowler cruzam a rua principal em busca de madrinhas. As noivas já estão comprometidas, claro, mas as madrinhas solteiras estão no mercado. Normalmente, os rapazes mais observam do que paqueram as garotas, mas em uma cidadezinha com tão pouca diversão, a cena é interessante.

Ken Hafner, nascido aqui em 1942, tem observado o desfile de madrinhas na rua principal desde garoto. "São dezenas delas indo até a loja", diz ele. "Isso é bom para a cidade. Elas comem, abastecem o carro e são ótimas de se olhar. Bem, a maioria, pelo menos."

Alyssa, filha de Shelley, convenceu Cory, seu namorado de 24 anos, a trabalhar meio período na Becker's fazendo a contabilidade. Seus amigos acham que ele tirou a sorte grande, pois passa todo o dia na companhia de mulheres lindas. Eles parecem não entender que Cory fica no escritório, calculando as comissões das vendedoras. Seus amigos veem mulheres atraentes na rua principal e enviam mensagens de celular para ele: "Loura bonita acabou de entrar na loja com duas amigas. Ela é noiva ou madrinha?".

"Não sei", responde Cory. "Estou no escritório."

"Tenho de saber", insiste o amigo. "Descubra!"

Embora mulheres atraentes, de todos os tamanhos e formas, visitem a Becker's diariamente, muitas dessas noivas não se parecem em nada com as modelos das revistas de noivas. "Eu tento explicar isso para os meus amigos", diz Cory, "mas parece que eles só reparam nas garotas mais bonitas". (Será verdade que todas as noivas — assim como todos os bebês — são lindas? "Talvez no dia do casamento", responde Cory diplomaticamente. "Mas não é regra nos dias de compra na Becker's.")

Devido ao grande negócio de noivas na rua principal — e ao fato de que a família Becker tem uma loja de roupas masculinas e outra de móveis —, os outros cidadãos há muito chamam Fowler de "Beckerville". Alguns fazem isso manifestando carinho. Outros, não. Seja como for, há incerteza na cidade sobre como acomodar, ou comemorar, a presença da Becker's Bridal. Uma sugestão antiga de adotar um vestido de noiva como símbolo da cidade não teve muito apoio. Seria interessante ver flâmulas com vestidos de noivas penduradas nos postes de iluminação da cidade; com certeza um número menor de noivas e mães, vindas de carro pela Estrada Estadual 21 do Michigan, se perderia.

Shelley gosta quando seus conterrâneos se dizem agradecidos pelos negócios que suas noivas proporcionam à cidade. Por exemplo, noivas e seus acompanhantes são responsáveis por uma grande porcentagem do movimento no KJ's Café, o restaurante vizinho da loja. Se não houvesse noivas andando pela rua principal, Fowler seria bastante deserta, como qualquer outra cidade rural em decadência.

Os habitantes também dizem que, ao viajarem por qualquer parte de Michigan, ao dizerem que são de Fowler, geralmente ouvem: "Ora, minha ex-mulher comprou o vestido de noiva lá". Ou: "Minhas duas ex-mulheres compraram os vestidos lá".

É difícil encontrar alguém que não tenha uma relação com a loja. Praticamente toda mulher de Fowler — assim como suas mães, avós e bisavós — comprou seu vestido de casamento na Becker's. Visite qualquer sótão da cidade e provavelmente encontrará um vestido velho com etiqueta da Becker's. Os vestidos não são caros, em sua maioria — em 2012, os preços da Becker's iam de 680 a 2.600 dólares —, embora vestidos mais extravagantes sejam encomendados geralmente para clientes mais ricos, vindos de cidades maiores. (A noiva média, nos Estados Unidos, gasta hoje 1.056 dólares em um vestido de casamento, um aumento de 34% se comparado com 1999. Shelley acredita que os programas de noivas da televisão, que mostram vestidos mais caros, convencem espectadoras de todas as classes sociais a acreditarem que toda noiva merece um vestido especial.)

Fowler continua fiel às suas raízes católicas alemãs e praticamente todos seus 1.100 habitantes se conhecem. Os moradores gostam de dizer, sorrindo, a quem vem de fora: "Fowler é uma cidade onde mesmo que sua mulher se divorcie de você, ela continua sendo sua prima".

Esta sempre foi uma comunidade tipicamente americana: um bom número de seus filhos e filhas servem nas Forças Armadas. Muitos cidadãos trabalham nas montadoras de automóveis dos arredores, enquanto outros dirigem cerca de meia hora para o Sul, até Lansing ou East Lansing, onde têm empregos administrativos na Michigan State University, ou são funcionários públicos na capital do estado. E, finalmente, existem aqueles que preferem gastar dois ou três minutos para ir ao trabalho e conseguem um emprego na Becker's, que hoje tem vinte e dois funcionários.

Eleanor Klein é, atualmente, a recordista de tempo trabalhado na Becker's. Sobrinha da vovó Eva, ela começou no emprego em 1935, quando tinha 15 anos, e trabalhou na loja por setenta e dois anos. Agora com 89 anos e aposentada, ela tem compreensíveis saudades dos velhos tempos. Shelley volta-se para ela em busca de conselhos e sugestões, pois década após década, Eleanor acompanhou as mudanças em noivas, mães e pais, vestidos e casamentos.

Da década de 1930 até a de 1950, a maioria das noivas não trabalhava e, portanto, não tinha seu próprio dinheiro. Os pais pagavam pelos vestidos. Quando Eleanor saiu da loja, em 2007, as noivas tomavam quase todas as decisões e, frequentemente, pagavam elas mesmas pelos vestidos. "Hoje em dia, são as noivas que dizem para os pais o que querem, e não o contrário", diz Eleanor.

Atualmente os vestidos são muito mais ousados, é claro. "As mães costumavam dizer 'você está muito nua!'", explica Eleanor. "Eu costumava ter de colocar renda em lugares onde havia muita pele à mostra. Hoje quase todas as noivas querem mostrar o corpo. Algumas querem mostrar *todo* o corpo."

As noivas da Becker's também eram menores do que hoje. Um vestido de noiva médio é tamanho 46 (o que se traduz, em roupa casual, em 40-42), e calça 38-40. Há anos, eram menos musculosas, já que as moças não faziam musculação. E não comiam do jeito que os americanos comem hoje. É por isso que a maioria das noivas não consegue usar o vestido que sua avó comprou na Becker's.

Eleanor considera seus primeiros anos na loja como os mais satisfatórios. Quando vendia um vestido, ela explica: "Eu sentia como se tivesse realizado algo. Era como se eu enviasse a noiva para algo para a vida toda. Nos últimos anos, eu sabia que muitos dos casamentos não seriam para sempre". Ela vendia o vestido e pensava: eles estão se casando com a ideia de que podem se casar de novo algum dia? Cerca de um terço das noivas atuais da Becker's são divorciadas e estão comprando vestido para um segundo ou terceiro casamento.

Shelley tem as mesmas preocupações de Eleanor, mas as engrenagens da Becker's Bridal não param de rodar; não há tempo para apertar o botão de pausa. Da mesma forma que sua mãe e avó, ela comanda uma operação militar, sempre pensando estratégias para enfrentar todos os dias as ondas de noivas que surgem, enquanto aquelas que já compraram seus vestidos voltam para novas provas. Não há tempo para se perguntar "você o ama?" ou "amor é o bastante?". E, sinceramente, Shelley sabe que não é da sua conta.

Nossa cultura, hoje, está centrada no individualismo, na satisfação de necessidades pessoais e na procura de companheiros que nos façam felizes. Mais do que suas mães e avós, muitas mulheres atuais esperam que o romance seja o principal combustível de seu casamento. Mas pesquisadores estão descobrindo que casais intensamente românticos apresentam tendência maior de entrar em conflito e se divorciar. Em 2010, o Projeto Nacional de Casamento, da Universidade de Virgínia, publicou dados mostrando que pessoas que definem o casamento primordialmente como "romance" têm maior probabilidade de colocar suas necessidades à frente das necessidades do casal. Os laços de seu casamento podem ser mais satisfatórios e emocionantes, mas são mais frágeis e a união é uma vez e meia mais provável de terminar em divórcio. Casais tendem a funcionar melhor quando se concentram nas responsabilidades compartilhadas de criar os filhos, cuidar das economias e ajudar um ao outro. Resumindo, casais têm maior sucesso no casamento quando se veem como companheiros em vez de almas gêmeas.

Pesquisadores também estão descobrindo que os casais de maior sucesso não necessariamente resolvem seus problemas, mas os superam. Eles chamam isso de "ética da resistência marital". De fato, um estudo da Universidade de Chicago mostrou que 80% dos casais que eram "muito infelizes", mas concordaram em não se divorciar, disseram-se "felizes" cinco anos depois. Daqueles que se divorciaram, apenas metade estava feliz após cinco anos.

Na Becker's, atualmente, muitas noivas parecem encantadas pelo romance do casamento, mas nem todas têm noção da mecânica e dos aborrecimentos de tal união. O resultado, parece, é que mais relacionamentos terminam antes de chegarem ao altar.

A Becker's avisa suas noivas de que as vendas dos vestidos são definitivas, devido aos ajustes necessários. Isso explica por que há uma sala, longe da vista das noivas felizes, chamada de Cemitério de Vestidos. Esse é um lugar triste e abarrotado, onde vestidos são empilhados quando há o rompimento de noivados ou as noivas são abandonadas por um noivo arrependido. Às vezes, algumas mulheres voltam anos depois para reclamar seu vestido, normalmente antes de se casar com outro noivo. O restante dos vestidos permanece ali por anos, esperando por clientes que nunca mais voltam para buscá-los.

Ultimamente, mais do que nunca vestidos estão indo parar no Cemitério de Vestidos da Becker's. Shelley explica: "Há um sentimento de insatisfação no mundo, o dinheiro anda curto, casamentos são cancelados e algumas noivas não têm certeza do que desejam". Dia após dia, Shelley vê pais que não compreendem suas filhas, que não captam seus anseios e não conseguem se comunicar claramente com elas. Shelley vê filhas que não conhecem bem a si mesmas. Elas pensam que sabem o tipo de vestido que desejam, mas não têm uma noção clara do tipo de vida que querem, ou do tipo de homem que pode ser seu melhor companheiro.

De fato, em sua loja de vestidos nessa cidadezinha, Shelley é capaz de notar uma sensação global de incerteza. Mesmo sem a ajuda de pesquisas, ela sabe das coisas. Ela conhece o significado de compromisso para os diferentes tipos de pessoas. Ela sabe o que é promiscuidade e monogamia em série, e como isso hoje em dia leva ao casamento. Ela sabe as alegrias e os medos que as noivas sentem. E ela vê como as mulheres atualmente são atraídas pelos programas de televisão sobre noivas; estes provocaram uma epidemia de interesse em noivas, seu comportamento e seus vestidos — embora não tenham, na mesma medida, provocado interesse em reflexões sobre o conceito de casamento.

A cada dia, Shelley vê exemplos das transformações da nossa cultura, e repara em inconsistências. "Eu quero um vestido branco, e minha mãe acha que as mangas têm de cobrir meus braços", diz uma noiva de primeira viagem. "Eu quero me vestir com recato. Minha família é religiosa, e acho que eu também." A moça e seu namorado já têm um filho, que corre pela loja enquanto ela escolhe o vestido de casamento. Atenciosamente, Shelley procura um vestido recatado com mangas longas, sem pensar em julgar a decisão da noiva que pôs a maternidade à frente do casamento. Se a mãe diz que a filha não deve deixar o noivo (que também é o namorado com quem ela vive) ver seus braços nus até se casarem, bem, ela vai providenciar isso.

Algumas das clientes de Shelley dizem ter se inspirado no filme *Sorte no Amor*, que promoveu a ideia de que um vestido de noiva não precisa refletir o passado da mulher. Uma personagem desse filme se deitou com diversos jogadores de um time de beisebol. "Você acha que eu mereço usar branco?", ela pergunta à costureira que faz ajustes no seu vestido de noiva. "Querida", a outra responde, "todo mundo merece usar branco".

25% das noivas que procuram a Becker's, atualmente, têm filhos. Outros 7% a 8% estão grávidas e procuram um vestido que possa ser aumentado. "Quando comecei a trabalhar aqui, aos 14 anos", diz Shelley, "acho que só aparecia uma grávida a cada trezentas noivas. E pouquíssimas tinham filhos antes de se casarem pela primeira vez".

Claro que muitas das noivas da Becker's ainda trilham o caminho tradicional; casar jovem para, então, começar uma família. Mas outras aderem às tendências em voga em todo o país. Os americanos têm, hoje, oito vezes mais filhos fora do casamento do que em 1960. Mais de 40% das crianças nascidas nos Estados Unidos atualmente são filhos de mulheres não casadas — o que equivale a 2% no Japão.

Enquanto isso, mais mulheres se casam mais tarde — ou não se casam.

O número anual de casamentos nos Estados Unidos, que atingiu o ápice em 1984 com 2,48 milhões de enlaces, tem declinado a cada ano desde então. Em 2009, foram registrados apenas 2,08 milhões de casamentos. Os filhos da geração *baby boom* estão em idade de se casar, mas parecem menos ansiosos para fazê-lo do que as gerações que vieram antes deles. Para as mulheres, a idade média do primeiro casamento aumentou de 21 anos, em 1970, para 26 anos. Para os homens, aumentou de 23 para 28 anos.

No ramo dos casamentos, costumava-se aceitar o fato de que nove em cada dez americanos se casam pelo menos uma vez antes de atingirem os 40 anos. As lojas de vestidos de noiva consideravam que a mulher que ainda não tivesse comprado seu vestido eventualmente precisará de um. (Em 1980, o número de pessoas com 40 anos casadas pelo menos uma vez atingiu um pico de 93%. Agora esse número está em 81%, e espera-se que caia ainda mais.) Quantos dos jovens na faixa de 20 ou 30 anos se casarão algum dia? Quando Shelley conversa com outros proprietários de lojas de vestidos de noiva, em exposições em Nova York, a questão dos casamentos nos Estados Unidos é um tópico perene. Tudo o que era considerado garantido caiu por terra.

Existem muitas razões para a relutância atual dos jovens em se casar. Quem vive junto ou tem filhos sem se casar já não é estigmatizado. E milhões de jovens viram o casamento de seus pais naufragar, o que lhes faz pensar bem no caso. Eles sabem que seus avós cultivavam a ideia de que o casal deve sofrer junto enquanto espera que as coisas melhorem. Mas não há como voltar a esse tempo. A tolerância para com relacionamentos imperfeitos está tão baixa que desistir cedo parece ser o novo estilo de vida. (Esqueça a "coceira dos sete anos". Pesquisadores da Universidade de Minnesota descobriram que a maioria dos divórcios, agora, acontece no quarto ano de casamento.) Então, não é realmente surpresa que alguns jovens decidam deixar o casamento para lá, pois isso torna o inevitável rompimento menos complicado.

O casamento já "não é tão necessário quanto antes", concluiu um estudo de 2010 do Pew Research Center. Esse estudo chegou à conclusão que 39% dos entrevistados acreditam que o casamento está "se tornando obsoleto", muito mais que os 28% que pensavam o mesmo em 1979.

Essa é uma estatística que pode parecer chocante, mas Shelley continua lá, dia após dia, atendendo os 61% que ainda acreditam nas possibilidades do casamento. Essas clientes lhe mostram, por meio de palavras e atitudes, que seus sonhos continuam vivos, ainda que não sejam os mesmos que os de suas mães. Shelley também tem muitas clientes que podem se definir como parte dos 39%; se perguntam (ou se preocupam) se o casamento realmente está ficando obsoleto. Mas elas também estão lá, provando vestidos na esperança de que irão desafiar as estatísticas. "Eu ainda acredito na mágica da instituição do casamento", diz Shelley.

Há um velho ditado judaico que diz: "Toda vez que acontece um casamento, um novo mundo é criado". Todos os dias, em sua loja, Shelley testemunha as transições de um mundo antigo para um novo nas interações das noivas com seus pais — e nas conversas sobre os noivos e os planos para o futuro.

Shelley é uma vendedora motivada, assim como sua avó o foi. Mas ela também é romântica e sempre deseja um final feliz para cada mulher que passa por sua porta. Ela disse que deseja paz e felicidade em cada mundo novo que ajuda a criar.

Shelley viu, em sua própria vida, como o amor pode enfraquecer e como as crianças podem ser magoadas por um casamento problemático. Ela não fala sobre sua vida pessoal ou sobre seu casamento quando está lidando com as noivas. É quase um alívio elas estarem concentradas em seus próprios problemas e não fazerem perguntas pessoais a Shelley. Mas quando ela pensa no caminho que sua vida tomou, seu desejo para cada uma dessas noivas é que a jornada seja mais fácil.

Capítulo 4

Meredith

Antes de chegar à Becker's, em uma tarde de quinta-feira, Meredith Maitner já tinha visitado outras lojas, incluindo a David's Bridal, uma rede com trezentas lojas que afirma deter 35% do negócio de vestidos de noivas nos Estados Unidos.

Meredith tem 39 anos, está casando pela primeira vez e a David's não foi uma experiência fácil para ela. "Eu tive de dividir o pedestal com uma garota que era metade do meu tamanho e tinha metade da minha idade", diz ela.

Os preços da David's eram os menores do mercado, um ponto positivo. Mas Meredith não recebera muita atenção, e certamente lá não havia uma sala especial, com luz difusa e atmosfera mágica. "Só um espelhão e aquele pedestal", e ela repete, para enfatizar, "que você tem de dividir com garotas magrinhas. Foi meio ruim."

Meredith é uma mulher com muito senso de humor, risada fácil e está disposta a discutir seu longo caminho até a Sala Mágica. Loura, avantajada e sofisticada, ela também exala uma gentileza típica do Centro-Oeste, que lhe permite situar sua vida até aquele momento em um contexto significativo. Ela completará 40 anos imediatamente antes do dia de seu casamento.

"Enquanto cresce, você percebe que as coisas têm uma certa organização", explica ela. "Você faz o Ensino Fundamental, depois o Médio e então vai para a faculdade, e depois se casa. Foi o que os meus pais fizeram. Eu achava que o mundo funcionava assim. E por algum motivo eu saí dos trilhos."

Há dezesseis anos, na véspera do 24º aniversário de Meredith, sua mãe a visitou. Em dado momento da conversa, a mãe disse, despreocupadamente: "Sabe, na véspera de completar 24 anos eu estava me casando". Meredith certamente sabia que sua mãe e seu pai — ela professora do Fundamental, ele diretor de escola, agora aposentados — casaram-se na noite anterior ao aniversário da mãe. Por toda sua vida, o aniversário de casamento dos dois foi no dia 9 de agosto, e o aniversário da mãe, no dia 10. Mas o fato de sua mãe escolher aquele momento, um dia antes de Meredith completar 24 anos, para fazer aquele comentário, foi como levar um tapa na cara.

"Isso meio que magoa", disse Meredith para a mãe.

"Aquilo fez eu me sentir problemática", ela avalia, hoje. "Sei que minha mãe só estava querendo conversar, mas a mensagem foi: 'Quando eu tinha sua idade, minha vida estava progredindo. Eu estava me casando. E você não está'. Podia ser que ela só estivesse marcando o tempo: 'Eu estava ali, na minha linha do tempo. Você não está no mesmo lugar na sua'. Ou pode ser que sempre há uma mensagem nas entrelinhas em tudo que as mães falam."

Os pais nem sempre se dão conta de como suas observações despreocupadas soam para seus filhos adultos. (A história de Meredith evoca a pesquisa feita por Jane Isay, autora de *Walking on Eggshells* [Pisando em Ovos], sobre a delicada relação entre filhos adultos e seus pais. "A voz de um pai ou mãe, mesmo quando sussurrada, é mais alta do que a voz de qualquer outra pessoa para seus filhos adultos", diz Isay. Ela aconselha os pais a moderar as críticas: "A noção de que seus filhos precisam que você lhes diga o que há de errado com eles é falácia. Eles sabem o que há de errado com eles. O que eles querem dos pais é apoio para aquilo que fazem de certo.")

A mãe de Meredith soube que não deveria ter dito aquilo no momento em que pronunciava as palavras. "Meio que escapou", diz ela. "Eu não queria que aquilo soasse como se eu estivesse perguntando 'Qual o problema com você? Por que não se casou ainda?'. Só estava dizendo que minha vida tinha seguido um caminho diferente."

Meredith em 1992, com 21 anos; uma jovem profissional no Japão.

O caminho de Meredith se desviou quando ela terminava a faculdade e viu um folheto, em um quadro de avisos, procurando jovens para ensinar inglês no Japão. Por impulso, ela se candidatou e viveu um ano maravilhoso lá. Abraçou a cultura local e a vida de estrangeira, e se divertiu fazendo amizade com os fuzileiros americanos baseados no Japão. Ela percebeu que queria seguir uma carreira em negócios internacionais e, ao voltar para os Estados Unidos, arrumou trabalho em uma empresa que era detentora de cinemas e estações de rádio. Depois, ela mudou para uma empresa de calçados com sede em Rockford, Michigan, pelo qual passou catorze anos viajando pelo mundo — Inglaterra, Rússia, Turquia, Alemanha — como diretora de planejamento e operações de três marcas de calçados. No meio-tempo, ainda fez um mestrado.

Enquanto sua vida profissional progredia, a afetiva era confusa. Ela namorou alguns homens interessantes, mas a química não era boa. Eles a entediavam. Namorou também outros que não pareciam muito interessados nela. E também se envolveu com dois sujeitos aos quais ela se refere como "minhas histórias de terror".

Ela namorou, durante três meses, um rapaz que trabalhava com relações públicas. As coisas pareciam bem. Ela o apresentou para a família, que gostou dele. "Ele fazia e dizia as coisas certas", lembra-se Meredith. "E estava gastando um monte de dinheiro comigo, sempre pagava a conta de restaurantes, bares, tudo."

Então, ela descobriu que o sujeito tinha pegado seu CPF e, com o número, obtivera um cartão de crédito com o primeiro nome dele e o sobrenome dela. Ele debitara 5 mil dólares do cartão antes de ser pego. O romance virou caso de polícia. A promotoria acusou-o de roubo de identidade e estelionato — dois crimes. Meredith disse ao tribunal que não queria mais contato com ele, e nunca mais o viu.

Houve outro homem que ela namorou por um ano. Eles chegaram a morar juntos, mas ele estava sempre deprimido. Certa manhã, eles começaram a brigar depois que Meredith lhe dissera que ele precisava cuidar melhor da vida e das finanças. Mais tarde, naquele mesmo dia, ele tomou diversas caixas de comprimidos para dormir em uma tentativa de suicídio. Meredith o encontrou quando voltou do trabalho. Ela chamou o resgate, contando freneticamente a ocorrência: "Ele está tendo convulsões no sofá!". A ligação caiu e ela teve de começar tudo de novo.

O namorado dormiu por quatro dias e ficou hospitalizado uma semana, mas sobreviveu. Após ele passar mais uma semana em um centro de saúde mental, Meredith o levou para seu apartamento. Ela o ajudou a montar um currículo e fazer uma carta de apresentação. Ela o animou e o ajudou a arrumar um emprego na Califórnia.

Ele se mudou para lá um dia antes do aniversário de Meredith, que ficou aliviada com sua partida.

"Depois dessas histórias, comecei a investigar todo cara que eu namorava", diz Meredith, abatida. "Verificava os sites da polícia e dos tribunais. Dava para ver se o sujeito tinha sido casado, preso, multado, tudo."

Ela acabou namorando outro homem — "um cara decente" — por quatro anos, mas ele não queria se comprometer. Seis meses depois que eles se separaram, ele ficou noivo de uma mulher muito mais nova que Meredith.

Ao longo dos anos, houve épocas em que Meredith gostava de estar solteira e ser independente. Mas ela ficava frustrada, também. Reconheceu que não estava solteira porque preferia estar assim. Estava solteira porque não conseguia encontrar ninguém, apesar de procurar.

Ela preferiu enfatizar os aspectos positivos. "Eu podia jantar na hora que quisesse e ver minhas amigas quando bem entendesse. Percebi que preferia ficar em casa, bebendo vinho e lendo um bom livro, a estar em um encontro com um cretino."

A mãe de Meredith começou a analisar filosoficamente a questão. "Conforme os anos se passavam", diz a mãe, "comecei a achar que não era a vontade de Deus que ela se casasse. Talvez devesse ficar solteira. Muita gente solteira é feliz. E ouve-se falar tanto de divórcio. Talvez seja bom que ela não tenha se casado para depois se divorciar."

Meredith acredita que atingiu sua condição de solteirice crônica por meio das escolhas que ela mesma fez para sua vida. Mesmo assim, ao longo dos anos, ao compartilhar sua história com mulheres que conheceu, suas experiências soavam familiares para muitas delas — incluindo para mulheres duas ou três décadas mais velhas.

As mulheres da geração anterior à de Meredith dizem que foram as primeiras a serem classificadas como solteiras de carteirinha —

como se fossem um grupo. E foi educativo, para Meredith, saber pelo que elas passaram.

Em 1986, quando Meredith tinha 15 anos, a revista *Newsweek* causou polêmica com uma matéria intitulada "Tarde demais para o príncipe encantado?". A reportagem trazia más notícias para as mulheres solteiras com mais de 30 anos, e o país ficou com pena delas.

O artigo trazia um estudo feito por pesquisadores de Yale e Harvard sugerindo que mulheres solteiras brancas, com 30 anos e nível universitário tinham uma chance de apenas 20% de arrumar um marido. Aos 40 anos, a probabilidade caía para 2,6%. Usando de hipérbole e um humor ultrajante à época, que soaria inaceitável hoje, a *Newsweek* afirmou que aquelas quarentonas tinham "uma probabilidade maior de serem mortas por um terrorista" do que de arrumarem um companheiro.

Meredith estava terminando o Fundamental naquele verão. Não lhe ocorrera, na época, que um dia estaria exatamente naquele grupo demográfico. E ela não prestou muita atenção nas repercussões daquele estudo, nos infinitos artigos e debates em programas de televisão, nas conversas lacrimosas entre mulheres solteiras e suas mães.

Em retrospecto, Meredith se identifica com certos aspectos das mulheres solteiras daquela geração. Elas tinham medo de ficar sozinhas. Elas se perguntavam o que tinham feito "de errado". Elas davam ouvidos a vozes abafadas dos meios de comunicação que as faziam se sentir inseguras.

Em 1986, a insegurança foi particularmente excessiva. Gail Prince, um consultor de namoro citado na reportagem da *Newsweek*, hoje se lembra de que muitas mulheres consideraram o estudo Harvard-Yale "perversamente tranquilizador", pois sugeria que questões sociais, e não insuficiências pessoais, estavam por trás das dificuldades de se encontrar um companheiro. Na *Newsweek*, Prince aconselhou as mulheres a "carregar facilitadores de conversa, como um colar de penas ou um exemplar de uma revista de esportes". Esses estratagemas já eram cafonas quando Meredith chegou aos 30 anos, no novo século, mas servem para nos lembrar da urgência com que as pessoas, na época, procuravam orientação. (Pode-se dizer que a urgência continua até hoje, mas de formas diferentes. "Facilitadores de conversa" hoje são fotos ousadas publicadas no Facebook, ou "cutucadas" virtuais com o objetivo de fazer os homens responderem à provocação.)

De qualquer modo, as estatísticas da *Newsweek* seriam colocadas em xeque por um demógrafo do Departamento de Censo dos Estados Unidos, que calculou que aquelas mulheres de 30 anos tinham, na verdade, uma probabilidade de 62% de encontrar um marido. Para as quarentonas, a chance era de 20%. Mas a mensagem principal do estudo Harvard-Yale — de que mulheres instruídas e com foco na carreira corriam o risco de passar a vida sozinhas — continuava a reverberar quando Meredith fez 30 anos.

Mas o que aconteceu com aquelas mulheres solteiras de 40 anos, com nível superior, de 1986? Elas estão com seus 60 e poucos anos, e dados do censo mostram que menos de 10% delas nunca se casaram. *Newsweek*, Harvard e Yale erraram. Enquanto isso, uma nova pesquisa sugere que, hoje, as mulheres com boa formação têm, na verdade, maior probabilidade de continuar casadas.

É claro que, para Meredith, com seus 30 e muitos anos, essas estatísticas relativamente animadoras poderiam ter lhe dado esperança, mas elas não contam a história toda. Meredith percebeu que as motivações tradicionais, tão fortes no passado, têm menos poder para levar a um casamento. A religião costumava empurrar as pessoas para o altar por meio de culpa, ameaça de danação e exigências de responsabilidade. Hoje a religião não exerce o mesmo tipo de pressão. Antes os pais costumavam insistir com seus filhos para que fizessem o que era correto e se casassem com a namorada. Os pais já não são mais tão insistentes.

Concluindo, estudos, estatísticas, mudanças sociais e o barulho da mídia não conseguiram explicar tudo e nem ajudaram Meredith. Para ela, a situação era muito simples: ela era uma mulher, que precisava encontrar um homem. E isso parecia difícil.

Meredith acabou por dizer a seus pais que tinha desistido do amor. Vinte e cinco anos de namoros não tinham lhe dado um companheiro para a vida. "Provavelmente nunca terei um marido", disse ela, "então preciso cuidar bem de mim mesma. Esse é o meu objetivo." Ela tinha meios para comprar joias para si mesma, e o fez. "A vantagem de colares e pulseiras é que você ficará com eles para toda a vida, e eles sempre servirão em você, mesmo quando estiver gorda." Ela tentou abraçar a ideia de que não precisava de um marido. "É bom saber que você consegue se virar sozinha."

Quanto à possibilidade de nunca ter filhos, ela filosofou: "Meu irmão e minha cunhada sempre me deixaram amar seus filhos, sou muito próxima de meus sobrinhos. Eu os amo tanto. Se não tiver meus próprios filhos, vou amá-los ainda mais."

Por seu lado, a mãe de Meredith também procurou enxergar o lado positivo. "De certa forma, fui egoísta", diz ela. "Já que ela não ia se casar, poderíamos passar mais tempo com ela." Meredith e seus pais planejavam constantemente noites de cozinha internacional. Depois do trabalho, Meredith pegava pratos estranhos em restaurantes exóticos e os levava para a casa dos pais. Eles celebraram noites etíopes, turcas e indianas, dentre outras.

Talvez a vida tivesse seguido assim, calma e agradável, se Meredith não tivesse ido ao clube polonês durante o festival Pulaski de Grand Rapids, Michigan. Esse evento anual celebra Casimir Pulaski, herói da Revolução Norte-Americana que morreu em combate em 1779, aos 32 anos. Imigrante polonês, patrono da Cavalaria dos Estados Unidos e amigo de Benjamin Franklin, ele é celebrado pelos poloneses norte-americanos como guerreiro da liberdade. Ele é saudado com bastante bebida, polca, desfiles e concursos.

Meredith tinha, finalmente, desistido de namorar (já fazia sete meses), mas concordou em ir com amigas a esse clube polonês, onde acabou se sentando ao lado de um amigo do amigo de uma amiga, um homem de 42 anos — ilustrador e designer gráfico freelancer — que também nunca se casara. Seu nome era Ron.

Ela o achou meigo, divertido e atraente — eles conseguiam conversar com tanta naturalidade —, mas Meredith pensou que ele fosse "totalmente gay". Ron tinha dois brincos em uma orelha e um na outra. "Ele tinha um jeito de artista", diz ela, "e, além disso, usava botas Doc Martens. E me dava muita atenção." Ela não recebia tanta atenção de um homem heterossexual havia anos e também se perguntava, se ele não fosse gay, como teria chegado aos 42 anos sem se amarrar? Meredith foi conquistada por seus grandes olhos castanhos, a cabeleira cheia e os belos dentes brancos.

Ron, enquanto isso, também a tinha achado atraente e gostado de observá-la brincando com as amigas à mesa. Ela entrara em uma discussão com alguém sobre qual era o porto mais movimentado dos Estados Unidos. (Meredith estava com a razão: Los Angeles/Long Beach.)

No fim da noite, Ron pediu o telefone de Meredith para uma de suas amigas. Embora ele tenha esperado duas semanas para lhe telefonar, depois que o fez, os dois não se desgrudaram mais.

Ron contou-lhe sua própria jornada até entrar em sua vida. "Uma vez eu estava com a mulher certa na hora errada", explicou ele;"depois, eu fiquei com a mulher errada na hora certa; e agora, acho que encontrei a mulher perfeita para sempre."

Meredith verificou a ficha corrida de Ron e, graças a Deus, só encontrou multas de estacionamento. Um ano após se conhecerem, ele a pediu em casamento e ela aceitou.

"É melhor ser uma noiva mais velha", Meredith diz. "Eu sei quem eu sou e o que espero de um homem, e sei o suficiente para pôr isso de lado e aceitar que o que eu preciso em um homem é o melhor que se pode ter."

Para a mãe de Meredith, é um grande alívio e uma grande alegria estar na Becker's. Elas foram lá acompanhadas da cunhada de Meredith, para ver as ofertas da exposição de Maggie Sottero. A equipe de Shelley esforça-se para descobrir qual o vestido certo para Meredith, mas elas não sabem que a noiva já encontrou um vestido, dias atrás, em outra loja, e está praticamente decidida a comprá-lo. Ela foi até a Becker's só para ter certeza. Em sua cabeça, ela se justifica por deixar as vendedoras gastarem algumas horas atendendo-a. Meredith não está 100% certa sobre aquele vestido. Ela diz: "Meu coração está aberto. Talvez seja como namorar mais alguns caras antes de ter certeza de que aquele é o escolhido."

Há um vestido que fica sensacional nela e é com ele que Meredith decide entrar na Sala Mágica. Ele é tomara-que-caia, com um espartilho sexy. "Eu fico tão gata nesse vestido", diz Meredith para sua cunhada. "Glamorosa como uma estrela de cinema. Olhe como meus peitos parecem transbordar!"

Ela se estuda nos espelhos que multiplicam sua imagem ao infinito. "É um monte de Merediths com um visual fabuloso!" Ela sorri para o espelho mais um pouco, enquanto a cunhada tira fotos. Parte dela adoraria usar aquele vestido. Então, Meredith diz: "Sabe, ele é demais, de tirar o fôlego. Não quero que o Ron desmaie na igreja". Ela toma uma decisão: "Eu não me sinto uma noiva com ele. Eu me sinto uma estrela de cinema desfilando em um tapete vermelho em Hollywood".

Ela volta para o outro andar, dos provadores, e experimenta mais alguns vestidos, sem sucesso. Finalmente, dá de ombros e diz: "Acho que é só por hoje".

Ela passa pelo velho espelho, chegando ao balcão de atendimento, onde uma das vendedoras anota suas medidas, informações de contato e data do casamento. Meredith lhe agradece pela atenção, dá uma última olhada no vestido sexy e, enquanto está saindo, sua mãe lhe diz: "Acho que isso era o que não queríamos em um vestido de noiva: tomara-que-caia, com toda aquela renda e as listras horizontais, mas vou lhe dizer: você estava linda nele. Absolutamente linda."

Às vezes, as mães sabem a coisa certa para se dizer.

Meredith, na Sala Mágica, com o vestido que era sexy demais.

Capítulo 5

Vovó Eva

Shelley gosta de que a Becker's Bridal esteja localizada em um velho banco. A estrutura centenária é sólida, como um bom casamento deve ser. Isso é significativo para ela, que gosta de ter a palavra BANCO bem visível, gravada na pedra cinzenta no alto do edifício. Isso é um lembrete para Shelley de que ela vai até ali ganhar dinheiro para sustentar a família; esse negócio é o banco da família. Também há o reconhecimento, místico e significativo, de que o cofre do banco já guardou as posses materiais mais valiosas das pessoas em suas caixas pessoais de depósito. Agora as pessoas levam algo ainda mais precioso para a Sala Mágica: suas filhas.

Quando criança, Shelley viu a palavra BANCO no alto do edifício, mas nunca pediu uma explicação para vovó Eva. Assim, Shelley não sabe como a avó se sentia sobre sua loja ocupar aquele espaço. Aquele era um lembrete, para Eva, das perdas que a cidade sofrera durante a Depressão? Ela gostava da sombra majestosa que o edifício projetava como a estrutura mais proeminente da rua principal?

Ainda existe um punhado de cidadãos de Fowler, na faixa dos 90 anos, que se lembram daquele dia, em 1932, quando o Banco Popular quebrou. Bancos faliam em toda parte, e interventores chegaram a Fowler para calcular quantos centavos por dólar os correntistas deveriam receber. Eles foram para o cofre, no segundo andar, e pegaram o pouco de dinheiro que restara. Algumas pessoas não receberam nada. Uma delas foi o homem que por décadas administrou o restaurante ao lado da Becker's. Ele perdeu toda sua fortuna no banco. "Eu tinha 12 anos quando ele quebrou", ele gosta de contar, "e era um entregador de jornal esforçado. Havia 12 dólares e 50 centavos na minha conta. Nunca vi um tostão desse dinheiro."

Embora tenha usado essa perda para conseguir umas risadas ao longo dos anos, ele e outros idosos também comentam como a falência do banco devastou Fowler. Muitos na cidade perderam suas economias, fazendas e empresas. Um fazendeiro ficou tão perturbado por perder cinco mil dólares que foi para o celeiro, passou uma corda por uma das vigas e se enforcou.

Uma lavanderia ocupou o prédio do banco por um curto período, e depois Eva mudou sua loja do outro lado da rua para o edifício vazio. No começo, ela usava o cofre do banco como depósito. Era um espaço estranho — uma sala fortificada com paredes de concreto, apoiada em duas lajes de concreto de um metro de espessura no porão. Parecia que vestidos de noiva não combinavam em uma sala projetada para proteger pilhas de dinheiro. Só depois que Eva morreu Shelley começou a sonhar em transformar o cofre na Sala Mágica.

Agora que a loja é dela, Shelley está mais curiosa sobre a história do edifício e o papel de Eva como matriarca da família. Quer compreender exatamente como o negócio permaneceu nas mãos da família, no mesmo local, por setenta e seis anos. Ela pensa em como cada geração dos Becker fez sacrifícios na vida familiar — perdendo momentos da vida de seus filhos — para manter a loja em funcionamento. A dedicação profissional foi transmitida aos filhos e netos de Eva, mas todos pagaram um preço. É claro que existiram muitos momentos de satisfação, ao longo dos anos, e eles viveram confortavelmente, mas os Becker não vestiram cem mil noivas sem suas próprias decepções e cicatrizes.

Muito da dinâmica atual da família Becker tem origem na vovó Eva. Em 1922, com 22 anos, ela se casou com Frank Becker, o mais velho de nove irmãos, entrando para uma família com longa tradição no varejo. Assim como a maioria das pessoas na cidade, os Becker eram fervorosos católicos de origem alemã, e a igreja era o ponto central de uma vida séria e temente a Deus. Fowler esperava que seus cidadãos orassem, trabalhassem duro e tivessem muitos filhos — e que esses também trabalhassem duro e orassem.

Frank e Eva no dia de seu casamento, em 1922.

Os cunhados de Eva tocavam um armazém na rua principal desde 1899, vendendo ração e sementes para fazendeiros, e tecido e outros produtos para os habitantes da cidade. Como seria a regra para gerações da família, esperava-se que todos ajudassem, e assim Eva e o marido trabalharam na loja até que acabaram assumindo o negócio.

Foi em 1934 que Eva teve sua primeira experiência com o negócio de vestidos de noiva. Ela dirigiu seis horas até Chicago para comprar produtos para a loja, e decidiu levar também um vestido de casamento de um atacadista. Sua primeira cliente foi uma garota da cidade chamada Helen Miller, e o vestido era de cetim branco, tinha o colarinho alto e mangas bufantes. Eva também vendeu para Helen uma grinalda com véu que descia até o chão.

O ponto alto da festa de casamento de Helen, oferecida em um celeiro da região, foi uma apresentação improvisada por Clem Sohn, o padrinho. Este era um vizinho de 24 anos que se tornara famoso no início da década de 1930 como "O Saltador Alado" em um espetáculo aéreo. Estudando os morcegos, Clem imaginou uma forma de planar usando uma roupa alada que ele mesmo desenvolvera usando tecido zefir costurado a tubos de aço. Ele viajava pelo mundo pulando de aviões e planando como um morcego até atingir 300 metros de altitude, quando abria seu paraquedas. Ele gostava de dizer para a imprensa: "Sinto-me tão seguro quanto você se sente na cozinha da sua avó".

No casamento de Helen, Clem pulou do alto do celeiro com sua roupa de morcego, enquanto os convidados do casamento aplaudiam do chão. (Cerca de três anos depois, uma plateia horrorizada de 110 mil pessoas, em um espetáculo aéreo em Vincennes, França, assistiu ao desespero de Clem puxando o cordão de comando do seu paraquedas de emergência, que nunca se abriu. A filmagem de seu mergulho mortal, seu 175º salto, está na internet.) As pessoas mais velhas de Fowler lembram que foi a roupa de Batman de Clem, e não o vestido de casamento de Helen, o que mais chamou a atenção no casamento.

A entrada de Eva no ramo de noivas também chamou pouca atenção. O armazém era mais conhecido por seus picles. Mas Eva continuou a fazer suas viagens para fora da cidade, quando trazia novos vestidos, e ao longo do tempo espalhou-se a notícia, para cidades vizinhas, de que ela era "a" pessoa a se procurar na hora de comprar um vestido de noiva. Aos poucos, esse acabou se tornando o negócio principal da família.

Logo Eva percebeu que os vestidos estavam sempre mudando, e que ela faria bem em se manter informada sobre as tendências da moda. Quando ela começou a vender vestidos de casamento, eles eram fechados com uma complicada linha de colchetes. Mas em suas viagens, Eva começou a ver mais vestidos com zíperes, e ela embarcou no conceito, levando esses vestidos modernos para Fowler. Suas noivas ficaram impressionadas com o deslizar do zíper e gostaram da facilidade com que podiam entrar e sair dos vestidos.

Era auge da Depressão e muitas pessoas de Fowler tinham dificuldades financeiras. Sua forma de lazer mais extravagante era dirigir até Lansing e passar a noite em um cinema, assistindo a um filme em que os personagens viviam luxuosamente. Nenhum homem em Fowler tinha o costume de andar de smoking como Cary Grant fazia no filme *Topper e o Casal do Outro Mundo*, de 1937. Mas casamentos tornaram-se a oportunidade para que pessoas comuns pudessem fingir que também eram elegantes. E assim os homens alugavam smokings, e as mulheres mais ousadas compravam de Eva vestidos de casamento que replicavam os trajes sedosos envergados por atrizes como Jean Harlow.

Na década de 1930, ainda se esperava que os vestidos de casamento fossem multifuncionais, não extravagâncias usadas uma única vez. Muitas mulheres usavam o vestido no dia de seu casamento e, meses depois, o tingiam e faziam ajustes para usá-lo em outras ocasiões importantes, ou mesmo usavam-no como traje de gestante. Eva discutia com as noivas outras formas de usar o vestido de noiva. Isso fazia parte da técnica de venda.

Ao contrário de hoje, em que é deselegante ou dá azar pedir um vestido de casamento emprestado a uma noiva, na época de Eva isso era comum. Ela perdia vendas quando um vestido passava de uma amiga para outra, mas fazia parte do modelo de negócio e Eva tinha de aceitar.

Durante a Segunda Guerra Mundial, quando o patriotismo levou as pessoas a diminuir a ostentação, as noivas da Becker's evitavam caudas longas, lantejoulas e outros enfeites. Então, a guerra acabou, e houve uma demanda implacável por vestidos prontos para atender ao fluxo de casamentos entre os soldados que voltavam para casa e suas namoradas não mais pacientes. Eva teve um desfile contínuo de noivas de soldados em sua loja.

Nos anos que se seguiram, com o fim do racionamento, cresceram as ombreiras e os orçamentos dos casamentos. No começo da década de 1950, com a chegada do filme *O Pai da Noiva*, com Elizabeth Taylor, aos cinemas de Michigan, as noivas começaram a pedir vestidos de antes da guerra para Eva, com a cintura o mais fina possível.

As noivas também foram à Becker's comentando o vestido que Grace Kelly usou em 1956 para se casar com o príncipe Rainier, de Mônaco. Trinta e cinco costureiras e estilistas do departamento de figurinos da MGM, em Hollywood, tinham criado esse vestido, usando 100 metros de renda de seda e 25 metros de tafetá. O véu continha pássaros-do-amor em renda e milhares de pérolas. Muito melhor para a Becker's. Se o pai de Grace, o milionário Jack Kelly, da Filadélfia, podia entregar sua filha tão espetacularmente vestida ao futuro marido, os pais de Fowler poderiam gastar pelo menos alguns dólares a mais para garantir que suas filhas tivessem um vestido um pouco acima do comum.

Foi nessa época que começou a florescer a ideia de que as filhas tinham direito a uma cerimônia de conto de fadas. Vestidos de noiva começaram a deixar de ser vistos como trajes para múltiplos usos, ou algo que se pudesse compartilhar com outras pessoas. Os casamentos começaram a deixar de ser uma cerimônia para a união de duas famílias e passaram a se centrar na noiva. Esta se tornou a estrela de seu próprio desfile de moda, com sua plateia formada por amigos e família.

Eva gostou de que os casamentos estivessem se tornando espetáculos comerciais. Ela estava vendendo mais vestidos e os clientes gastavam mais dinheiro. E ela gostava quando casamentos de ricos e famosos capturavam a imaginação do povo.

Em 1966, a filha de 19 anos do presidente Lyndon Johnson, Luci, se casou usando um vestido sóbrio que cobria seu corpo todo. Ela fez seus votos diante de dez madrinhas vestidas de rosa e igualmente cobertas, 55 milhões de espectadores de televisão e setecentos convidados, incluindo o atraente namorado de sua irmã Lynda, o ator George Hamilton.

O espetáculo cheio de pompa foi bom para os negócios da Becker's, mas Eva notou sinais de mudanças. A reportagem de capa da revista *Life* chamou o casamento de Luci Johnson de uma trégua para a nação durante "um verão de violência, frustração e desespero" devido à Guerra do Vietnã e aos protestos raciais. Embora o centro do Michigan fosse manter seus valores conservadores por mais tempo que outras partes do país, Eva suspeitava que as mudanças culturais chegariam à sua loja. Em 1967, quarenta e três pessoas morreram durante tumultos em Detroit. Os hippies começaram a pregar o "amor livre" e as feministas sugeriam que as noivas entrassem sozinhas na igreja, em vez de deixar que seus pais as entregassem como se fossem propriedades. Era inevitável que algumas das clientes potenciais de Eva logo evitassem seus vestidos mais luxuosos, optando, em seu lugar, por vestidos simples de camponesa comprados em outros lugares.

Tudo que ela podia fazer era permanecer firme com as clientes que continuavam a procurá-la, e lembrar a seus pais dos valores que as filhas encontrariam em um casamento convencional. Ela continuou a enviar suas clientes para a igreja católica, a poucos quarteirões de distância, a qual continuou a unir casais de noivos em cerimônias tradicionais centradas em Deus.

Eva trabalhava duro e, como sempre, a Becker's sobreviveu.

Quando Shelley compara sua administração com a da avó, ela enxerga semelhanças, claro, mas também vê mudanças sociais. No tempo de Eva, a maioria dos homens trabalhadores não queria mulheres trabalhadoras como esposa. De qualquer modo, poucas mulheres assim existiam. Os homens se casavam com suas secretárias, que então ficavam em casa para cuidar dos filhos.

Assim era a vida nos Estados Unidos, e as mulheres se agarravam à esperança clichê de que um príncipe montado em um cavalo branco as arrebataria de uma vida comum. Shelley percebe que ainda hoje existe um anseio por algo do tipo. Algumas de suas noivas de classe média ficaram entusiasmadas com o casamento real britânico de 2011, pois se enxergavam na plebeia Kate Middleton. Ao contrário da Europa, onde os jovens raramente se casam com alguém de fora da sua classe, o casamento sempre foi um dos caminhos mais claros para a ascensão social nos Estados Unidos. Subir de classe social por meio do casamento é possível devido à fixação da cultura americana na atração física: os homens não escolhem suas mulheres, obrigatoriamente, baseando-se no currículo ou na árvore genealógica delas.

Mas, como Shelley observa em sua loja, está ficando difícil para alguém de classe social baixa encontrar alguém de classe mais alta para se casar. O "acasalamento preferencial" — o impulso humano de se ligar a alguém semelhante a si mesmo — está em crescimento nos Estados Unidos, dizem os sociólogos. Quem tem nível superior está se casando com pessoas com o mesmo nível de instrução a taxas mais altas que nunca. No tempo da vovó Eva, os médicos se casavam com suas enfermeiras e recepcionistas. Agora, eles se casam com suas colegas médicas.

Quando Eva comandava a Becker's, quase todas as clientes eram mais jovens que seus noivos, e mais baixas também. Mas, em décadas recentes, a porcentagem de noivas que são mais velhas (e altas) que seus maridos tem crescido continuamente.

As noivas atuais da Becker's têm melhor formação e empregos que pagam bem, desfrutando de maior autossuficiência e poder. Elas não se contentam em manter um casamento morto. (Essa é uma das razões pelas quais 65% dos divórcios nos Estados Unidos, hoje, são iniciados pelas esposas.) Mas, para as noivas de um estrato socioeconômico mais baixo, que se casam com seus iguais, a situação é mais precária e estressante. Ao contrário dos casais ricos, é mais difícil para elas contratar babás e empregadas, tirar licença ou arrumar empregos com maior flexibilidade de horários e locais de trabalho. Tudo isso é motivo para mais preocupação e brigas. Com sua jornada dupla em casa e no trabalho, as mulheres ficam sobrecarregadas.

Na época de Eva, praticamente todo mundo passava pelo altar; uma situação econômica desfavorável não impedia casais de se unirem. Sempre se dava um jeito. Mas, atualmente, pessoas com nível superior têm 16% mais chance de se casar do que aquelas que não fizeram faculdade. Como sintetizou o estudo Pew de 2010, que mencionamos antes, "uma lacuna matrimonial e outra socioeconômica têm crescido lado a lado durante a última metade de século, e uma pode estar alimentando a outra".

Algumas dessas tendências foram percebidas por vovó Eva, pela primeira vez, como sinais distantes. Agora, elas afetam a forma como Shelley toca seu negócio e interage com noivas, suas mães e avós — todas com expectativas diferentes e de acordo com sua localização na linha do tempo.

Quando as noivas comentam sobre o príncipe William se casar com uma plebeia, em certa medida estão analisando a própria vida. Mesmo nas conversas aparentemente frívolas sobre um casamento real, Shelley consegue estabelecer a trajetória da experiência feminina, do tempo da vovó Eva até hoje.

Não restaram muitas pessoas na cidade que viveram os primeiros dias da Becker's, e Shelley interessa-se por quem tem recordações de Eva. Quando mulheres mais velhas chegam à loja acompanhando netas que vão comprar seus vestidos de noiva e mencionam ter adquirido o seu próprio vestido de uma Eva idosa, Shelley se anima. As pessoas dizem que sua avó era uma mulher de negócios durona. Sensibilidade não era com ela. Isso faz Shelley pensar em como o processo de vendas é diferente hoje. Ao contrário de Shelley, Eva não gastava muito tempo elogiando as noivas, ou dizendo como eram lindas, nem conversando com as mães. Eva se concentrava em vender vestidos, não em cuidar do estado emocional da noiva.

Ela não tinha muita simpatia por noivados desfeitos. "Nossa política é muito clara", ela diria para uma mãe de noiva. "Não devolvemos o dinheiro."

"Mas foi totalmente inesperado. Minha filha está tão nervosa! O que vamos fazer com um vestido de casamento quando não vai haver casamento?"

"Não fazemos devoluções", Eva respondia. "Essa é a nossa política."

Na opinião de Shelley, Eva não facilitava para ninguém, mas foi uma desbravadora como mulher profissional. Ela não apenas conduziu sua empresa, mas expandiu-a em uma época em que as mulheres ficavam quase que exclusivamente em casa, principalmente em cidades como Fowler.

Ela era um marco na empoeirada rua principal — uma mulher baixa e forte, com pernas e braços grossos, que vestia avental branco e chapéu emplumado, sempre carregando vestidos de noiva ao ir ou voltar de sua loja. Os homens a levavam a sério e admiravam sua tenacidade; alguns a chamavam de “pequena Napoleão”. As mulheres também a respeitavam. Elas acreditavam que Eva sabia o que era melhor para suas filhas quando o assunto era vestido de noiva.

Eva teve dois filhos. O primeiro, Luke, nasceu em 1923, e o segundo, Clark, foi um bebê temporão, nascido em 1937. Clark é o pai de Shelley e sua chegada inesperada não foi recebida com muito entusiasmo por seus pais. Eva — então com 37 anos — temia que cuidar dele a afastaria do trabalho.

Clark é bastante direto ao descrever sua mãe. “Ela nunca mostrou muito afeto”, diz ele. “Ela cuidava da loja seis dias por semana. Esse era o foco de sua atenção. E meu pai também trabalhava duro, fazendo a contabilidade todas as noites e aos domingos também.”

Nos anos que se seguiram, Eva ficou determinada a não deixar as noivas saírem da loja de mãos abanando. Se uma noiva e sua mãe não conseguissem encontrar um vestido de que gostassem, Eva montaria um para elas. Quando a noiva não gostava de nenhum véu, Eva lhe fazia um novo. Ela viajava sozinha para Chicago e Nova York para trazer vestidos para Fowler.

Após trabalhar setenta anos na loja, Eleanor, sobrinha de Eva, lembra-se da tia como uma mulher que se dedicava integralmente ao negócio e supervisionava as funcionárias. “Se fosse preciso lavar uma parede, nós lavávamos”, diz Eleanor. Quando não havia noivas na loja, Eva dava instruções em alemão para as vendedoras. Era uma operação sistemática.

Ao longo do tempo, Eva tornou-se uma empresária mais agressiva, encomendando tantos vestidos que seu marido, Frank, temeu que a loja pudesse ser esmagada pelas dívidas. Mas a ambição de Eva era dominadora e caixas de vestidos de noiva continuavam chegando ao depósito da estação de trem. Frank, às vezes, recusava-se a assinar os recibos dos pacotes. “Nós não temos como estocar todos esses vestidos”, dizia ele em tom de desculpa.

"Coloque os pacotes no canto", dizia o chefe do estoque para seus subordinados depois que Frank saía. "A Eva virá amanhã, quando o Frank não estiver, e ela vai assinar e levar os pacotes com ela."

Clark entrou na empresa em 1959. Ele teria preferido trabalhar mais adiante na rua, na loja de móveis da família, mas essa operação tinha ficado com seu irmão mais velho. Então, lhe disseram que poderia trabalhar na Becker's Bridal, vendendo roupa masculina nos fundos da loja. Mas essa ideia não era boa. Poucos homens teriam disposição para atravessar uma loja para noivas cheia de moças tagarelando com suas mães. O lugar era feminino demais. Assim, os homens iam a outras lojas para comprar seus ternos e suas gravatas, e o negócio de roupas masculinas de Clark enfrentou dificuldades.

O ponto positivo para Clark: trabalhar na loja lhe facilitava conhecer garotas — madrinhas, irmãs de noivas, garotas solteiras curiosas — e certo dia uma bela jovem chamada Sharon entrou com suas amigas apenas para olhar os vestidos. Clark gostou dela e a convidou para sair. Eles se casaram em 1962 e tiveram oito filhos. Michelle — apelidada Shelley — foi a terceira dos filhos e a mais velha das meninas.

Sharon aprendeu rapidamente que Eva era durona e seria uma sogra controladora. "Tudo era sempre feito do jeito dela, e ninguém discutia com ela", diz Sharon. "Até o marido tinha medo dela."

Quando foi a hora de escolher o vestido de casamento de Sharon, Eva deu-lhe três opções. O primeiro era azul-claro. "É bonito, mas acho que não gostei", arriscou Sharon.

"Tudo bem, experimente esse", disse-lhe Eva. O segundo era de cetim, com renda Chantilly e gola alta. "Esse é bonito", disse Sharon.

"Ótimo, então vai ser esse", disse Eva. Sharon não chegou a experimentar o terceiro vestido.

Eva deu a Sharon um arranjo de cabeça. "Esse vai combinar", disse. E foi assim. Eva até mesmo escolheu as madrinhas de Sharon.

Após o casamento, Eva retomou o vestido que Sharon usara, limpou-o, cortou as mangas e o pendurou em uma arara da loja, vendendo-o semanas depois para outra noiva.

Clark e Sharon no dia de seu casamento em 1962.

O estilo autoritário de Eva virou lenda na família. Quando Shelley tinha três anos, tinha o cabelo comprido que chegava à cintura. Um dia, Sharon saiu para comprar comida e vovó Eva a observou com mais atenção. "Seu cabelo está muito comprido", disse ela.

Beth, a prima de 17 anos de Shelley, também estava por perto. "Você precisa cortar o cabelo dessa garotinha", disse Eva para Beth. A avó entregou uma tesoura para a adolescente, que fez o que lhe foi mandado. "Continue cortando", disse Eva.

Quando Sharon voltou do mercado, o cabelo de Shelley estava tão curto que ela parecia um menino. Sharon ficou pasma, mas não disse nada para a sogra. Era tarde demais e, além disso, não se discutia com Eva. "Talvez esse tipo de determinação fosse necessário para uma mulher ser pioneira na indústria de moda para noivas", reflete Shelley hoje.

Foi compreensível que Clark se afeiçoasse pelos pais e irmãos de Sharon. Ao contrário da família Becker, que praticamente só pensava em negócios, a família de Sharon se esforçava para cultivar a vida doméstica. Eles mediam sua felicidade pela alegria que encontravam uns nos outros, não no número de vestidos de noiva vendidos em determinada semana.

Não é preciso dizer que Eva não era a vovó carinhosa da forma como atualmente gostamos de idealizar as avós. Ainda assim, Shelley, que tinha 10 anos quando Eva morreu, hoje se sente mais perto dela do que nunca. Sim, Eva podia ser uma figura inflexível, distante, temível, mas Shelley tem algumas lembranças queridas da matriarca da família, as quais guarda no coração. Um dia, aos 8 ou 9 anos, Shelley caminhava pela rua principal e encontrou Eva, que carregava um vestido de noiva. Eva trocou o vestido do braço direito para o esquerdo, para que pudesse levar a mão ao bolso, de onde tirou uma moeda.

"Tome, menina", disse Eva.

Não foi a moeda que alegrou Shelley, mas a forma como Eva se dirigiu a ela. Era o termo que as vendedoras usavam, na loja, para as clientes de que gostavam.

Hoje em dia, Shelley frequentemente fica sozinha, na loja, conferindo a contabilidade, e é nessas horas que ela sente, com mais força, a presença da avó. A filha de Shelley, Alyssa, nasceu onze anos depois que Eva morreu, e agora que Alyssa está trabalhando na Becker's, Shelley sente que outra ligação intergeracional foi forjada.

"Sou grata porque parece que vovó Eva continua na loja, ajudando Alyssa e eu", diz Shelley. "Sinto que ela demonstra seu amor hoje, por meio de toda sua energia na loja. Às vezes, quando a pessoa está viva, ela não consegue demonstrar todo o amor que sente. Talvez o amor de algumas pessoas, como a vovó Eva, apareça depois."

Capítulo 6

Erika

Erika Hansen, 23 anos, chegou à Becker com mãe, três irmãs e avó. Esse é um momento muito emocionante para todas, e a noiva reflete sobre qual vestido levará para a Sala Mágica. As irmãs de Erika a rodeiam e palpitam sobre cada vestido que ela prova, tiram fotos e fazem vídeos, falando todas ao mesmo tempo, enquanto soltam elogios e gracejos. Erika sente-se ao mesmo tempo alegre e sobrecarregada. Ela já esteve ali antes, quando suas irmãs mais velhas escolhiam seus próprios vestidos de noiva. Agora é a vez dela.

"Como eu vou saber se é o vestido certo?", ela pergunta para Mona, a vendedora que está lhe atendendo.

"Você vai saber", assegura-lhe Mona. "Normalmente, quando você entra na Sala Mágica e começa a chorar... é o vestido certo."

Suas irmãs sabem que Erika está nervosa com o casamento e todos os preparativos necessários. Elas estão ali para lembrá-la de que não se trata apenas do vestido, mas também do amor que ela sente pelo noivo, Reuben, um ex-fuzileiro que serviu no Iraque e no Afeganistão.

As irmãs têm muito carinho umas pelas outras. Dá para perceber isso na forma como elas ficam próximas e afastam o cabelo de Erika da frente de seus olhos. Elas têm tanto em comum, inclusive a dedicação à santidade do amor e do casamento, algo que não está fundamentado apenas na sua criação e na fé, mas também na percepção que têm de si mesmas.

Erika, à direita, com suas irmãs.

É como se essas lindas jovens viessem de outra época, com seus valores diferentes de quase todas as outras jovens. Todas as quatro irmãs decidiram se guardar para o que chamam de "algo muito especial". Cada irmã abraçou a beleza que existe em uma paciência singular.

Foi por isso que até recentemente Erika ainda não tinha experimentado seu primeiro beijo romântico, o que aconteceu no dia em que Reuben a pediu em casamento. Por vontade própria, ela esperara a vida toda por aquele beijo.

Suas irmãs têm histórias parecidas.

Leanne, a irmã mais velha, hoje com 26 anos, recebeu seu primeiro beijo no dia do casamento, no altar.

A irmã do meio, Kayla, 24 anos, foi beijada pela primeira vez no dia em que seu noivo, com seu pelotão, foram enviados ao Iraque.

Sua irmã mais nova, Aleece, tem 22 anos e nunca foi beijada. Ela prometeu esperar pacientemente até sua hora chegar.

Na Becker's, as irmãs falam à vontade para Shelley, Mona e outras vendedoras sobre seus votos de pureza — votos que vão bem além da doutrina de sua igreja batista. Quando eram crianças, o pastor frequentemente falava o que pensava a respeito dos estágios do amor e da recomendação religiosa de se abster de sexo até o casamento. Mas e beijar? Abraçar? Algo mais? A mensagem subjacente era: nós sabemos que você tem necessidades, então seja cuidadosa e respeitosa. Além do sexo, as garotas aprenderam que essas decisões pessoais são tomadas "entre você, Deus e seu parceiro".

Leanne, a irmã mais velha de Erika, foi a primeira a considerar o voto de não beijar ainda quando estava no 5º ano. Ela tinha lido um livro juvenil em que a heroína toma a decisão de guardar seu primeiro beijo para o dia de seu casamento. Leanne achou que aquilo parecia muito romântico e fez a mesma promessa. Foi uma decisão pessoal. Ela não foi encorajada a isso pelos pais. E, uma a uma, suas irmãs mais novas fizeram votos semelhantes.

Na Becker's, a mãe das meninas, Lynn, uma atraente mulher de 50 anos, mantém-se afastada, deixando as filhas falarem. Então, uma das vendedoras lhe pergunta o que acha dos votos que as filhas fizeram. "Eu brincava com as meninas quando eram pequenas", responde Lynn. "Eu dizia 'Guarde seus beijos para a mamãe, o papai e o homem com quem você se casar'. Eu estava brincando, e elas sabiam que era brincadeira."

Talvez Lynn estivesse brincando, mas ela e seu marido, Victor, bem que podiam estar falando sério. Eles tentaram orientar as meninas para que tomassem decisões acertadas, principalmente em termos de sexualidade. "Nós procuramos prepará-las. Quando uma decisão está nos atormentando, em vez de ficarmos perto do limite, em que é fácil ultrapassá-lo e tomar uma decisão ruim, é melhor nos mantermos o mais longe possível desse limite. Nossa filha mais velha adotou esse pensamento literalmente e decidiu que não beijaria. Isso se tornou um princípio para ela, que influenciou as irmãs. Honestamente, isso é uma coisa delas. Cada uma tomou sua decisão e a assumiu pessoalmente."

Analisando sua juventude, Lynn descreve sua vida afetiva como típica dos anos 1970. "Eu adorava beijar e não era nem de longe casta como são minhas meninas", diz ela. "Quando Leanne disse que não beijaria até o casamento, eu pensei: 'Você nunca vai conseguir', mas não disse isso para ela. Falei apenas: 'Isso pode ser difícil'. E eu desafiei as meninas, quando ficaram mais velhas. Não queria que elas pensassem que é errado beijar. De vez em quando, eu perguntava: 'Vocês entendem que não é errado beijar, certo?'."

Cada uma das irmãs formulou uma regra. Leanne quis esperar pelo casamento. Kayla queria ter certeza de que estava apaixonada e tinha escolhido o homem com quem iria se casar. Erika decidiu que beijaria no dia em que ficasse noiva. Aleece ainda está refletindo sobre as circunstâncias exatas em que será seu momento de beijar.

Em certa medida, é difícil de acreditar que, em 2010, existam mulheres como as irmãs Hansen. Na Becker's, elas chegam como uma brisa de ar puro. Shelley e suas vendedoras viram muitas jovens comprando seus vestidos de casamento já grávidas. Algumas noivas compartilham informações demais sobre suas histórias de vida, contando casos sórdidos de relacionamentos passados para dizer que esperam resultado melhor com o homem com que se casarão. Alguns dias antes, uma mulher chegou à loja para comprar o vestido para seu quarto casamento. Ela disse para Shelley, com um sorriso torto: "Sou sempre a noiva, nunca a madrinha".

Erika e suas irmãs parecem ser tão diferentes de suas contemporâneas. Há uma espécie de serenidade nelas. As meninas Hansen reconhecem que suas opções podem não ser as ideais para todas as jovens, mas foram as escolhas certas para elas.

E, ainda assim...

Há coisas de que sua mãe, Lynn, não quer falar na Becker's: lembranças difíceis, que pesam sobre seus ombros, coisas que as garotas sabem, mas também guardam para elas. Lynn cresceu em um lar problemático, o que influenciou muitas de suas decisões como mãe. Ela se questiona, às vezes, se não está sendo superprotetora com as filhas.

Talvez, em seu amor por elas, em seu impulso visceral de protegê-las, Lynn possa ter resguardado as filhas em demasia. Pode ser que tenha se empenhado demais em evitar que elas sofram as mesmas decepções amorosas que definiram sua juventude. Será que seus votos foram motivados, ainda que parcialmente, por sua compreensão das dificuldades que a mãe enfrentara?

As Hansen estão há horas na Becker's, desde antes de a loja abrir. O dia começou com elas esperando em frente à loja, enquanto avaliavam a cidadezinha e aguardavam Shelley destrancar a porta. "Olhamos para esse prédio e imaginamos como eles conseguem enfiar milhares de vestidos aí dentro", comenta uma das irmãs de Erika. "Então, quando entramos, vemos todos eles, alinhados à nossa espera."

Depois que entraram, e como a loja ainda não estava movimentada, as irmãs de Erika ocuparam dois provadores e começaram a pegar vestidos para ela experimentar. Alguns eram fortes candidatos, mas outros elas consideraram tão exagerados ou cheios de babados que imaginaram ser divertido vê-los em Erika, que aceitou a brincadeira. "Você brilha em cada vestido que veste", disse a mãe.

Mona, a vendedora, sabia como manter as moças animadas. "Sabe de uma coisa?", ela disse em certo momento. "Acabamos de receber vestidos novos. Quero muito ver como eles ficam em alguém. Você não quer experimentar alguns para mim?"

Ao contrário da maioria das noivas da Becker's, que nunca ligam para o gosto dos noivos, Erika procurava pensar no que Reuben gostaria de vê-la vestindo. "Ele não gosta de nada muito exagerado ou 'na moda'", disse para as irmãs. "Não é a cara do Reuben."

Ao longo da manhã, Erika provou de trinta a quarenta vestidos. Alguns eram leves, com menos de 2 quilos. Outros, como a peça de cetim grosso que pesava quase 10 quilos, faziam até andar ser uma tarefa difícil. "Eu sinto como se estivesse vestindo uma cortina", anunciou Erika em dado momento.

"Precisamos reabastecer", disse a mãe. "Estamos perdendo energia. Onde podemos almoçar?"

Mona as enviou para a pizzaria da rua principal e prometeu que, quando Erika voltasse, ela teria reduzido as opções de vestido a um punhado. Então, a noiva poderia começar a pensar em se observar na Sala Mágica.

As irmãs tinham fotografado Erika em todos os vestidos, com seus celulares e uma câmera digital. Elas reviam as fotos enquanto comiam pizza, cada uma dando seu palpite. Alguns tinham renda. Outros, não. Um deles tinha um design elegante com flocos de neve. Outro, da Espanha, era maravilhoso, mas muito acima de seu orçamento. Todos eram absolutamente recatados.

Embora milhares de noivas, atualmente, queriam parecer o mais sexy possível em seu traje de noiva, as lojas de vestidos informam que há uma demanda crescente por vestidos recatados. Shelley tem clientes que são judias ortodoxas, cristãs evangélicas e muçulmanas. Elas precisam de mangas e decotes altos, para mostrar o mínimo possível de pele, mas ainda assim querem ficar glamorosas.

Quando as Hansen voltaram à Becker's, suas escolhas tinham sido reduzidas a seis. Mona mostrou alguns véus e buquês, e avisou que estava na hora. "Muito bem", disse ela. "Vamos para a Sala Mágica."

E, então, aqui estão elas.

O primeiro vestido que Erika experimenta na Sala Mágica é aquele com os flocos de neve. Suas irmãs gemem e suspiram, mas isso pode ser apenas uma forma de manter o entusiasmo. Alguém pergunta: "Qual o próximo?".

Erika sai e volta com o vestido espanhol de 2.300 dólares. É lindo, e ela fica maravilhosa, mas o preço deixa todas incomodadas. Então, Erika experimenta o terceiro vestido, que faz uma abordagem moderna do clássico vestido de renda. Ele é marfim e tem uma faixa de cetim na cintura, com contas de cristal. O preço está abaixo de mil dólares.

Naquela iluminação suave, olhando-se nos espelhos que se multiplicam ao infinito, Erika repentinamente tem uma visão: ela, com aquele vestido, de pé, no altar.

"Eu acho que vou chorar", diz.

"Bem, esse é um sinal", diz alguém. Erika começa a chorar, no que é seguida por suas irmãs, mãe e avó. E logo todas começam a rir. Assim mesmo.

"Acho que é esse", Erika diz para Mona. O quarto, o quinto e o sexto vestidos não chegam a entrar na Sala Mágica.

Erika fica sobre o pedestal por mais meia hora, virando para a esquerda, para a direita, dando voltas e mais voltas. "Eu amei", diz ela. "Acho que Reuben também vai amar."

Capítulo 7

Um negócio de mãe para filha

Nos anos de 1940, uma noiva da Becker's geralmente demorava uma hora para escolher e comprar um vestido. Vovó Eva tinha apenas cerca de cinquenta vestidos na loja e, ao fim de uma hora, os pais da noiva estariam no balcão pagando em dinheiro pelo vestido.

Nas décadas de 1950 e 1960, a Becker's oferecia por volta de cem vestidos e o processo todo demorava duas horas. Para a maioria das noivas, a Becker's era a única loja que pretendiam visitar e elas compravam seu vestido logo no primeiro dia.

Já nas décadas 1970 e 1980, a Becker's dispunha de dois mil vestidos diferentes, e as noivas e suas mães frequentemente apareciam com fotografias recortadas de revistas de noivas, e faziam perguntas como: "Você tem algo assim, mas com um decote mais baixo e mangas curtas?". O processo de provar vestidos podia se estender por quatro horas, mas as vendedoras sabiam que a venda era provável. Mais de 90% das mulheres que visitavam a Becker's acabavam comprando seu vestido lá.

Na década de 1990, contudo, as coisas mudaram. As noivas tinham colocado na cabeça que precisavam visitar diversas lojas.

Demoradas excursões de compras tornaram-se uma tradição nos preparativos para o casamento. Uma noiva podia ficar horas experimentando vestidos, para então ir embora e nunca mais ser vista.

"Você pode anotar tudo sobre o vestido para mim?", elas pediam a Shelley e o que ela podia fazer? Obediente, anotava o preço, o estilo, tudo o que lhe pediam.

Atualmente, a busca por um vestido tornou-se uma missão que dura semanas. "Virou um grande, alegre e divertido circo", diz Shelley. Isso significa mais horas de trabalho das vendedoras.

Shelley ouve as noivas falando em seus celulares, sentadas nos provadores: "Hoje eu vim até a Becker's com a minha mãe, mas posso ir com você, na quarta, visitar as outras lojas", diz uma delas, sem nem se preocupar em sussurrar.

Na Becker's, as noivas geralmente levam suas mães na primeira visita, que hoje pode se estender por quatro horas sem que a venda seja feita. Alguns dias depois elas voltam, com amigas ou irmãs. Depois, talvez, com sogra ou tias. Finalmente, elas reaparecem com as mães, e talvez os pais, mas, mesmo assim, com os pais ansiosos para pagar e ir embora, a decisão pode ser adiada.

"Elas não querem que a diversão acabe", diz Shelley. "O processo de comprar vale mais que o vestido." Ela teve de contratar mais funcionárias só para segurar as mãos das noivas e garantir-lhes, vestido após vestido, que elas estão lindas. "A compra do vestido tornou-se algo que requer muito tempo", diz Shelley. "Hoje, demora muito para fecharmos uma venda." Isso pode ser frustrante para as vendedoras, que, às vezes, ficam chateadas com todo o trabalho que têm sem que façam a venda. Mas Shelley compreende que as noivas não queiram se sentir pressionadas a comprar o vestido. Por isso, ela precisa orquestrar uma dança delicada entre noivas e vendedoras, para encontrar a mistura ideal de ansiedade, emoção e comércio.

Nas reuniões de lojistas do setor, Shelley ouviu todos os supostos truques do ramo: não comece mostrando um vestido de menor custo, pois se a noiva se apaixonar por ele, ficará menos interessada em um modelo mais caro; se a noiva parece em dúvida quanto a se casar, a vendedora deve ressaltar os pontos positivos da instituição do casamento e mostrar entusiasmo sobre os preparativos. "Meu casamento foi o dia mais feliz da minha vida", deve dizer a vendedora. "Eu nunca me senti mais linda." Uma vendedora deve buscar uma história feliz de casamento em sua família; as funcionárias de uma loja de vestidos de noiva devem aprender que precisam, por meio de atitude e conversa, passar a mensagem de que o dia de comprar o vestido é um dos mais importantes na vida da noiva. (Inclusive, a Kleinfeld, famosa loja de noivas de Nova York, envia uma carta às noivas que marcam horário de atendimento: "Nós acreditamos que o dia em que você escolhe seu vestido de casamento deve ser tão alegre e memorável quanto o dia em que o vestirá.")

Shelley com sua fiel fita métrica sobre uma pilha de vestidos fora de moda.

Consultores da indústria de casamento também dizem ao pessoal de vendas que observem a linguagem corporal dos acompanhantes da noiva. Há tensão ou afeto entre eles? A noiva é dependente da aprovação de amigos e parentes ou está arrependida de tê-los trazido? Os acompanhantes podem ser úteis na defesa de um vestido em particular, para que a venda seja concluída? Em caso positivo, use-os como aliados.

As vendedoras são encorajadas a ficar atentas ao momento "Ah, mãe!". Quando uma noiva se olha no espelho e diz "Ah, mãe!", a vendedora deve se aproximar e dizer "Vamos até o balcão para fazer uma reserva para esse vestido?".

Shelley não se sente muito à vontade com essas técnicas de venda disfarçadas de empatia pela noiva. Ela quer que suas vendedoras sejam atenciosas e dedicadas, no entanto, empurrar um vestido para a cliente pode dar errado. O momento "Ah, mãe!" pode se tornar "Ah, mãe, não me faça usar esse vestido horrível que elas me venderam!". Então, ela orienta suas vendedoras a serem envolventes e determinadas, mas a venderem com sutileza em vez de pressão.

A indústria joalheira tem promovido a ideia de que, como regra, o noivo deve gastar dois meses de salário em um anel de noivado. Shelley sabe que isso não é nada além de advogar em causa própria. É como se a indústria de picles anunciasse que a regra é gastar dois meses de salário em picles. Cada cliente da Becker's tem suas próprias necessidades e seus limites, e Shelley aprendeu que não respeitar isso é contraproducente.

É quase certo que, as vendedoras da Becker's são convocadas para atuar como árbitras entre mães e filhas. Em parte, elas culpam os *reality shows;* as noivas assistem a *Bridezillas* e passam a acreditar que se comportar mal é o esperado. "Elas acham que é correto agir dessa forma", diz Shelley. "Algumas mulheres surtam sem qualquer motivo."

Principalmente durante as alterações no vestido, algumas noivas ficam irritadas quando o menor ponto estiver errado. Muitas querem o vestido curvado no busto. "Mais apertado, apertado", dizem.

"Não dá para apertar mais", responde Shelley. "Vai forçar o zíper."

"Não estou nem aí para o zíper", diz a noiva. "Eu quero o vestido mais apertado."

"Não posso", insiste Shelley. "Não vai dar certo. Sinto muito."

"Mãe?!", a noiva grita para a mãe, do outro lado da sala. "Você pode vir até aqui e dizer para ela que eu não ligo para o zíper?"

Shelley força um sorriso e resiste a responder enquanto a mãe lhe diz que: "Ela realmente não está preocupada com o zíper. Ela precisa do vestido mais apertado no busto".

Embora muitas noivas sejam amáveis e respeitosas, o estereótipo da noiva ditatorial existe porque frequentemente é verdadeiro. Parte desse comportamento se deve à tensão resultante de tudo que elas precisam realizar antes do casamento. Mas também há uma noção cultural de direito que parece aumentar a cada ano. O casamento se tornou o momento na vida de uma mulher em que ela pode ficar obcecada consigo mesma sem que ninguém a contrarie.

Sharon, mãe de Shelley, diz que havia muito menos drama quando ela administrava a loja na década de 1970. As vendas eram fechadas sem tanta angústia. "Mães e filhas não brigavam como hoje", diz ela. "Não havia esse xingamento e essa falta de respeito. Naquela época, a noiva ficava só um pouco agitada na hora de comprar o vestido. Se uma garota falasse com a mãe do jeito que vi algumas noivas falando na loja hoje, ela levaria um tapa na cara."

Sharon atribui as mudanças não apenas ao endurecimento da cultura, mas a como as famílias se estruturam. "As famílias são menores agora. Anos atrás, nas famílias numerosas, os mais novos herdavam o que pertencera aos mais velhos. As crianças ficavam felizes com o que conseguiam. No entanto, nas pequenas famílias de hoje, alguns pais dão aos filhos tudo o que eles querem." As mães estão mais ansiosas por agradar as filhas e menos inclinadas a contrariá-las, diz Sharon. "Se uma mãe tiver duas crianças e somente uma for menina, então ela se apegará à sua única filha."

Observando mães e filhas interagirem atualmente na Becker's, pode-se ver como elas refletem as mudanças culturais como um todo. Quando vovó Eva nasceu, em 1900, os pais evitavam demonstrar muito amor pelos filhos. Especialistas alertavam que abraçar e beijar os filhos tornava-os mimados e transmitia doenças. Além disso, como muitas crianças morriam na infância, as mães temiam ficar muito ligadas a uma criança que poderiam perder. A principal responsabilidade de uma mãe era manter os filhos vivos, não lhes dar carinho.

Quando Sharon estava criando Shelley, na década de 1960, as mães seguiam o conselho do doutor Spock, que lhes dizia: "Você sabe mais do que pensa. Confie no seu bom-senso". Seus livros levaram as mães a se tornarem mais tolerantes, e os pais, mais envolvidos. (Na década de 1970, as feministas protestaram contra o conselho do doutor Spock para que os pais elogiassem os vestidos bonitos de suas filhas. Ele tirou a referência de seu livro, mas os pais já tinham incorporado a ideia. É raro um pai que visita a Becker's não elogiar o vestido da filha.)

De muitas formas, as moças de hoje estão muito mais próximas de seus pais e mães do que as gerações passadas. Graças aos telefones celulares e às mensagens de texto, o contato é constante — a toda hora e todo minuto —, principalmente com as mães. Mas também há razões além da tecnologia. Os pesquisadores que estudam essa nova "era do afeto" citam a influência do menor número de filhas por mãe. Eles dizem também que, por estarem se casando mais tarde, as jovens têm mais tempo para se relacionar com seus pais.

Nas gerações passadas, as mulheres em geral estavam em seu segundo ou terceiro filho ao chegarem aos 25 anos de idade. Elas estavam amamentando e arrumando a casa, não tinham tempo para telefonar para suas mães durante o dia e comentar cada minuto de sua vida. Em 1970, apenas 4% das mulheres que davam à luz pela primeira vez tinham mais de 29 anos. Hoje, quase um quarto das mulheres tem mais de 30 anos quando dão à luz seu primeiro filho, de modo que passaram uma década a mais se relacionando com a mãe — ou brigando com ela.

Uma grande parte das noivas atuais cresceu sendo mimada, com mães e pais próximos que deram muita ênfase em passar tempo com suas crias e dizer sim a elas. Nas pesquisas, quase três quartos dos pais atuais dizem que são mais tolerantes com seus filhos do que seus pais foram com eles próprios. Um subproduto disso: dar moleza para as crianças cria pais mais populares. Nove entre dez moças dizem ter bom relacionamento com seus pais — um aumento de 20% desde a década de 1980.

O mimo dos pais mudou a forma como os americanos veem a si mesmos e a seus filhos adultos. A maioria acredita que a pessoa só se torna adulta ao redor dos 26 anos, de acordo com uma pesquisa do National Opinion Research Center. Essa atitude é, em parte, alimentada por pais que não sabem quando e como devem cortar o cordão umbilical. Laurence Steinberg, psicólogo do desenvolvimento da Temple University, publicou recentemente uma edição revista de seu livro, de 1990, *You and Your Adolescent: A Parent's Guide for Ages 10-20* [Você e seu Adolescente: Um Guia das Idades entre 10-20 Para os Pais]. A diferença é que a versão revista define os adolescentes como tendo entre 10 e 25 anos.

No entanto, eis um paradoxo: enquanto os jovens estão demorando mais para se tornarem adultos, também estão abandonando a infância mais rapidamente. 55% dos pais acreditam que a infância, hoje, acabe aos 11 anos, de acordo com outra pesquisa. Os sinais, certamente, são evidentes: os pais veem suas filhas pré-adolescentes vestirem-se de maneira provocativa ao mesmo tempo em que mudam rapidamente do Disney Channel para os programas mais chocantes da MTV. O Facebook, antes restrito a estudantes de faculdade, hoje é reduto de jovens de 13 anos.

Então, se a infância acaba aos 11anos e a idade adulta não chega até os 26 anos, onde as mulheres jovens ficam nesse ínterim?

Bem, muitas delas estão na Becker's.

Todos os dias, Shelley observa essa dança entre mães e filhas. Ela vê mães que não conseguem dar asas às filhas nem abrir mão de sua própria juventude. Algumas mães, com as alças do sutiã à vista, as roupas de uma elegância demasiadamente juvenil para sua idade, falam que são as melhores amigas de suas filhas. "As pessoas acham que somos irmãs", diz uma filha, mas Shelley não sabe dizer se a jovem noiva acha isso bom. Na verdade, parece um pouco assustador.

Muitas filhas querem que a mãe esteja por perto e lhes dê atenção, mas elas não dão real valor às opiniões da mãe. Ao contrário das gerações anteriores de noivas, as jovens de hoje dão mais importância às amigas. É por isso que tantas chegam à Becker's acompanhadas por um rebanho de madrinhas. As mães ainda têm influência, claro, e muitas assumem o controle da situação — ou tentam. Mas as noivas geralmente acreditam que a opinião das madrinhas é a melhor.

Com certeza, cada geração de filhas pensa que o conselho de sua mãe é antiquado e ineficiente. Hoje em dia, contudo, com a velocidade que o mundo muda, está cada vez maior a diferença entre o conselho que a mãe dá e o que a filha quer escutar.

A raiz disso está na desvalorização da sabedoria acumulada, no nivelamento da relação entre jovens e velhos. "A idade não é mais a principal razão para se procurar o conselho de uma pessoa", explica Jason Dorsey, de 32 anos de idade, um consultor intergerações que ajuda as empresas a compreenderem a Geração Y, que ele define como formada pelas pessoas com idades entre 16 e 32 anos.

Já houve um tempo em que os jovens procuravam os mais velhos para obter conselhos. Mas, agora, se os mais moços quiserem aprender a dar nó em gravata, preparar um coquetel ou planejar um casamento "nós podemos encontrar um vídeo a respeito no YouTube", diz Dorsey. "Não procuramos mamãe e papai". Ele alerta que o conselho dos pais precisa ter valor ou os jovens se dispersam. "Nós temos uma capacidade de atenção extraordinariamente pequena e muitas distrações. Se não gostamos do que você está falando, podemos acessar o mundo por meio dos celulares." (De fato, as noivas da Becker's estão frequentemente em seus BlackBerrys ou iPhones à procura de sapatos ou enviando mensagens com perguntas para as amigas, enquanto suas mães ficam por perto, esperando para conseguir atenção.)

Hoje, 82% das pessoas com idade entre 18 e 29 anos acreditam que há um "abismo entre gerações" nos Estados Unidos, de acordo com uma pesquisa do Pew Research Center. É um aumento de 60% sobre pesquisa semelhante feita em 1979, e maior até que os 74% registrados em pesquisa de 1969, no auge do movimento da rebelião jovem. Na época, questões políticas e sociais criaram o abismo entre os *baby boomers* e seus pais. Os jovens de hoje citam diferenças geracionais em "pontos de vista", "postura profissional" e "tecnologia" — o que ajuda a explicar por que eles não se interessam pela sabedoria dos mais velhos.

Na Becker's, por exemplo, mais mães têm contado às vendedoras sobre suas tentativas de fazer as filhas desistirem de planejar o casamento em algum lugar idílico e distante. Casamentos fora da cidade de residência dos noivos são inconvenientes e dispendiosos para os convidados, e fazem os noivos parecerem egoístas. Mas nessa questão, como em tantas outras, o conselho dos pais é ignorado; o número de casais, nos Estados Unidos, que escolhe se casar em lugares distantes quadruplicou ao longo da década passada e hoje responde por 16% de todos os casamentos.

No andar de vendas da Becker's, Shelley encoraja suas funcionárias a sentir como é o relacionamento de cada noiva com sua mãe para, assim, calibrar sua forma de interação com as clientes de acordo com essa observação. No passado, era importante que a vendedora olhasse nos olhos da mãe da noiva e mostrasse consideração por suas sugestões. Hoje, quem manda geralmente é a noiva.

Bill, o único homem que trabalha na área de vendas, acredita que dar poder à noiva resulta em boas vendas. "Não ligo para o que sua mãe pensa", ele diz para a noiva. "Não ligo para o que sua sogra pensa. Quero saber o que você pensa. Você gosta desse vestido?"

"Eu gosto", a noiva responde.

"Perfeito", ele diz então. "É isso que importa."

Ainda assim, apesar de tais declarações, Bill também mostra dedicação pelas mães, pelo menos quando estão comprando seus vestidos para o casamento da filha.

Ele passa boa parte do dia do outro lado da rua principal, na filial da Becker's que atende madrinhas e mães de noivas. Ele calcula que cerca de 15% das mães de noivas procuram vestidos que são reveladores ou sexies demais. Ele tem de lhes dizer, gentilmente, que nenhuma noiva quer que a mãe pareça uma exibicionista ou roube a cena. Algumas mães entendem o recado. Outras não se importam. Essas são as decotadas que acreditam parecer irmãs das filhas.

Um problema maior, diz Bill, é que muitas mães, com seus 40, 50 ou 60 anos — cerca de 35% das clientes — "querem parecer mais velhas do que realmente são. Elas estão tão preocupadas em agradar as filhas, e tão preocupadas em não escolher algo sexy demais, que acabam indo parar na seção de avós. Eu tenho de lhes dizer 'Eu compreendo que você não queira brilhar mais que sua filha, mas ainda assim tem de estar linda. Olhe essas curvas! Você é linda! O meu objetivo é fazer você parecer ainda mais linda, acentuar essas curvas'."

Muitas mulheres ficam sem graça quando Bill fala com elas assim. "Há muito tempo elas não ouvem esses elogios", ele diz. Ele acredita que assim beneficia não apenas as mulheres mais velhas, mas também suas filhas. A beleza dessas mães pode estar em declínio, mas nesse momento elas podem ser modelos de comportamento para suas filhas, mostrando-lhes que é possível envelhecer com autoconfiança e uma dose de graça. Muitas jovens não param para pensar em como será a vida quando forem mais velhas, mas ao chegarem lá não conseguem deixar de refletir sobre como sua mãe se comportou — com autoconfiança e uma sensação de aventura, ou com sentimentos de horror e necessidade de se recolher?

Bill emprega o termo "sensualidade conservadora" para descrever o que define os vestidos perfeitos para a mãe da noiva do Centro-Oeste dos Estados Unidos na segunda década do século 21. "Existem certos estilos, cores, formatos", diz Bill. "Tento ajudá-las a enxergar as possibilidades existentes nelas mesmas."

Bill frequentemente abraça as mães após encontrarem o vestido ideal, enquanto suas filhas, as noivas, os observam com curiosidade. Algumas noivas gostam de ver sua mãe recebendo atenção e se sentindo especial. Outras são impacientes e querem apenas cuidar das necessidades de seu casamento.

Por anos, enquanto Bill administrava a pizzaria da rua principal, a única interação que ele observava entre mães e filhas acontecia quando elas discutiam que cobertura escolher para a pizza. Agora que está no negócio de noivas, Bill enxerga a complexidade do relacionamento entre mãe e filha.

Ele não segue uma cartilha quando conversa com as mães e é observado pelas filhas, apenas confia em seus instintos. "Nós queremos que todos, no casamento, saibam de onde a noiva veio", ele diz para a mãe. "Ao mostrar sua própria beleza, você estará mostrando a beleza de sua filha."

As mães, em sua maioria, sorriem para ele, aliviadas, enquanto se afastam dos vestidos para avós e reavaliam a imagem que têm de si mesmas.

Os Becker estão no ramo da magia, mas continuam trabalhando no varejo, com todos os riscos inclusos — que vêm das mães e filhas. Em um dia movimentado, há vários anos, o vestido mais caro da loja simplesmente sumiu. Parecia óbvio que ele fora roubado. Primeiro, especulou-se que uma noiva o tivesse levado em um saco de vestido, fingindo ter acabado de comprá-lo. Todas as vendedoras estavam ocupadas com outras noivas e não notaram. Mas então elas se lembraram de uma noiva que provara um monte de vestidos e então saiu da loja usando um casaco de inverno volumoso e longo. Pensando bem, ela parecia bem maior naquele casaco quando foi embora do que quando entrara na loja. Aquele devia ser seu disfarce de fuga.

Que tipo de mulher faria algo assim? Será que sua mãe a ajudara a planejar a fuga da loja? Shelley tentou imaginar a noiva usando um vestido roubado no dia de seu casamento, sorrindo para seus entes queridos (ou para sua quadrilha de cúmplices). Que tipo de esposa ela seria? O casamento de uma mulher assim duraria? Será que o noivo sabia o que ela fizera? Será que o terno dele também fora roubado? E sobre a recepção? O vestido era deslumbrante. Com certeza as convidadas da noiva lhe diriam: "Você está maravilhosa. Onde comprou o vestido?". Será que a noiva se esquivaria da pergunta ou responderia? "Becker's Bridal. Eles têm opções ótimas."

Em algum lugar, nas profundezas do velho espelho junto ao balcão frontal, está a imagem daquela noiva cleptomaníaca. Ela certamente passou pelo espelho quando saiu do provador com seu volumoso casaco de inverno a caminho da rua.

Talvez a maior ameaça para as lojas de vestidos de noiva, nos dias atuais, venha da competição estabelecida pelas lojas virtuais. "Algumas noivas tomam três horas do nosso tempo, provam os vestidos, e então vão para a internet para economizar 50 dólares", diz Shelley. Em média, cinquenta e cinco noivas visitam a loja aos sábados. "Normalmente, de dez a quinze delas estão apenas nos usando para depois comprarem pela internet", diz Shelley. "Elas nos fazem acreditar que são clientes. Mas nós vemos os sinais de alerta." As vendedoras da Becker's reparam nos olhares que as noivas trocam com suas mães e ouvem os sussurros quando elas pensam que a vendedora não está ouvindo.

Algumas lojas retiram dos vestidos as etiquetas com o nome dos estilistas, para que as noivas não possam procurá-los na internet. Mas a Becker's tem tantos vestidos que seria muito trabalhoso remover todas as etiquetas. Shelley costumava dizer para as noivas que não era permitido tirar fotos dos vestidos até que pagassem o sinal, mas ela desistiu dessa regra há vários anos.

"Agora, toda noiva tem uma câmera consigo", diz Shelley. Quando as noivas estão nos provadores, ela frequentemente ouve os cliques dos celulares com câmera. As noivas fotografam as etiquetas, o interior dos vestidos — tudo —, para que possam ir para casa e descobrir um jeito de comprar o traje gastando menos.

Shelley instruiu as vendedoras a não enfrentarem as não compradoras. "Apenas sorria", ela aconselha. "Se fizermos diferente, elas dirão nas redes sociais que somos mal-educadas." Atualmente, as noivas insatisfeitas com o serviço que recebem vão ao Facebook ou ao WeddingWire.com e publicam análises da loja com uma ou zero estrela. "Não podemos arriscar", diz Shelley.

Quando uma noiva compra seu vestido pela internet e ele não serve direito, ela pode procurar a Becker's implorando por ajuda com os ajustes. "Nós temos de dizer não", diz Shelley. "Já é difícil dar conta dos ajustes para clientes que compraram conosco." Elas tentam dispensá-las com um sorriso, para que não sejam atacadas no WeddingWire por não terem ajudado. A indústria do casamento nos Estados Unidos supostamente movimenta 40 bilhões de dólares por ano, mas está cada vez mais difícil para a Becker's manter sua fatia do mercado.

Apesar de todos esses desafios na área de vendas, uma parte de Shelley gosta de assistir ao espetáculo de caça ao vestido. Ela ainda fica emocionada quando uma noiva desmaia por causa de um vestido, e ainda perde a fala quando mãe e filha choram e se abraçam. "Nós estamos em um ramo emotivo", ela lembra suas vendedoras durante as reuniões mensais da equipe.

Elas também estão no ramo de mães e filhas, claro.

Shelley passou a vida observando como mães e filhas interagem e expressam afeto. Ela ouviu os conselhos, bons e maus, que mães procuram dar às suas filhas, tais como: "Nunca namore um homem mais bonito que você, nem um que cheire melhor que você". (A moral disso? Nunca escute o que diz uma mãe que se expressa de forma tão definitiva.) "Case-se com um homem que a ame só um pouco mais do que você o ama." (O problema desse conselho: amor não é um líquido que pode ser quantificado com xícaras de medida.) "O melhor presente que você pode dar a seus filhos é amar seu marido." (Shelley reconheceu que esse era válido, mas percebeu, em sua vida, que não era um presente fácil de se dar.)

Um dia, no escritório, sentada com Alyssa, ela fala francamente: "Eu vejo mães e filhas se abraçando e se beijando, acho que não faço isso o bastante. Eu sei que não sou de expressar meus sentimentos. Não sou muito carinhosa".

"Eu não preciso disso", diz Alyssa. "Sério, não mesmo."

"Bem, eu sei que você vê isso o tempo todo na loja, e não quero que você pense...", Shelley fica sem voz.

"Tudo bem. Nós não somos de abraçar", diz Alyssa.

"Acho que sempre fomos assim", comenta Shelley.

Durante o tempo em que administraram a loja, Clark e Sharon, pais de Shelley, estavam muito ocupados tentando pagar as contas. Eles não tinham tempo para garantir que davam para os filhos a dose certa de demonstrações públicas de afeto. Não lhes ocorrera que Shelley observava pais e filhas sendo afetuosos na loja, e que talvez isso a fizesse avaliar sua própria vida.

A sociedade também era diferente. Ao contrário de hoje, os pais não tinham uma noção tão clara da necessidade de dizer "eu te amo" e de abraçar. Os meios de comunicação não martelavam a necessidade de os pais distribuírem amor e apoio.

Então, Shelley e Alyssa estão atrasadas nesse aspecto. A cada dia, elas observam as aventuras afetuosas de mães e filhas se desenrolarem na loja. Mas, devido a suas natureza e criação, elas são mais reservadas.

E Shelley compreende e dá valor à prioridade, instilada pela vovó Eva, que a família sempre pôs nos negócios. Ela reverencia seus pais e avós pelo esforço de manter a loja em funcionamento; conhece a história deles e nada veio com facilidade. E se houve sacrifícios no lar, bem, eles foram necessários para manter a Becker's Bridal em atividade.

Shelley reconhece que a história da Becker's não moldou apenas a empresa que ela dirige hoje, mas também a moldou, como filha e mãe.

Após vovó Eva instalar Clark, o pai de Shelley, na seção de roupa masculina, nos fundos da loja, em 1959, ele trabalhou duro para fazer essa seção funcionar. Mas, entre 1963 e 1975, ele e Sharon tiveram oito filhos, que chegavam em intervalos de dezoito meses. Embora Sharon trabalhasse para Eva, era difícil sustentar todas aquelas crianças com os salários magros que recebiam da Becker's.

Eva vinha prometendo a Clark, desde o início da década de 1960, que passaria a loja para ele e Sharon "dentro de alguns anos". A espera durou dezesseis anos. Eva não conseguia largar a Becker's.

Em 1975, quando Eva tinha 75 anos e Frank, seu marido, 82, Clark finalmente deu-lhes um ultimato: "Se eu não puder comprar a loja", ele disse a seus pais, "vou ter de procurar outro emprego, algo que me pague mais. Já esperei muito. Acho que já esperei o bastante".

O pai de Clark estava pronto para fazer a venda. Ele estava cansado. Mas para Eva, a loja de vestidos era tudo. Sua relutância em passá-la para Clark tornou-se amargura. Ela reclamava de estar sendo afastada do negócio que passara a vida construindo. "Estão me chutando da loja", disse ela para conhecidos.

Mas Frank sabia que já era hora — passara da hora — e persuadiu Eva a aceitar a transação. Ele e Clark chegaram ao que lhes parecia um preço justo pela loja — o valor era inferior a 100 mil dólares — e combinaram que Clark poderia pagar em prestações. Fecharam o acordo e Eva, embora contrariada, concordou com o plano.

Em poucos dias, contudo, o acordo enfrentou novo obstáculo. Quando o irmão mais velho de Clark soube da negociação, acreditou que a loja fora subvalorizada. Quanto menos Eva e Frank recebessem, tanto menos deixariam de herança. Como acontece frequentemente em empresas familiares, o atrito resultante desse acordo prejudicou para sempre a relação entre eles.

Eva e Frank renegaram seu acordo com Clark e Sharon, e lhes disseram que teriam de pagar mais. Clark sentiu-se traído, mas aceitou os novos termos.

Em poucos meses, tanto Frank quanto Eva estariam mortos. Em abril de 1975, Eva sofreu um derrame e nunca se recuperou. Em agosto, Frank engasgou com uma folha de alface e morreu. Assim, Clark e Sharon tiveram de administrar a Becker's sem a orientação — ou interferência — de Eva. Alguns dizem que o espírito de Eva começou a habitar a Becker's no mesmo dia em que ela morreu. Mas Clark e Sharon não se assombraram com essa possibilidade. Eles a aceitaram. Sharon explicou para seus filhos que "todo mundo fica ao nosso redor depois que morre. A vovó Eva também". E Clark fez questão de dizer a seus filhos que, apesar de a negociação ter desgastado sua relação com a mãe, ele a respeitava muito. "Sinto orgulho dela", ele dizia. "Sua dedicação e seu trabalho duro construíram esta empresa, e cabe a nós conduzi-la de agora em diante."

A morte de Eva deu liberdade a Clark e Sharon, mas também foi assustadora. Eles finalmente tiveram liberdade para recriar a loja de acordo com o que acreditavam, para uma nova era, mas estavam sozinhos. Eles andaram depressa, aumentando o estoque de duzentos vestidos, em 1975, para três mil em 1982, ano em que a loja começou a aceitar cartões de crédito. E eles trabalharam muito — dias, noites, fins de semana. Eles trabalhavam tanto assim, diziam, para sustentar todos aqueles filhos. Cinco noites por semana eles mantinham a loja aberta até às 20 horas, e os filhos também ajudavam.

"Quando você tem muitos filhos, tem de contar com a ajuda deles", diz Sharon. "É como um fazendeiro, que põe os filhos no trator desde cedo."

Olhando para trás, Sharon lamenta o tempo que não passou com os filhos e as atividades escolares que perdeu. "Por que não tirei um dia de folga?", ela se pergunta. "Por que eu tinha de ficar na loja seis dias por semana?" Sua vida parecia constantemente agitada. Sua responsabilidade de providenciar as alterações nos vestidos das noivas a tempo para seus casamentos parecia, às vezes, opressora.

As crianças sentiam o mesmo, é claro. "Você tem de falar da loja toda noite quando chega em casa?", elas perguntavam. Mas, assim era a vida. Era uma empresa familiar, e a ênfase era na empresa.

Na década de 1950, as lojas de departamento detinham cerca de 85% do mercado de vestidos de noiva em todo país, mas a Becker's sobreviveu por meio da propaganda boca a boca em cidadezinhas do Michigan. Na década de 1960, milhares de lojas familiares para noivas começaram a aparecer juntamente com as galerias de compras que eram construídas em todos os subúrbios dos Estados Unidos. Essas butiques floresceram, mas como a Becker's tinha se estabelecido há tanto tempo, suas clientes permaneceram fiéis. O próximo grande desafio viria nos anos 1990, quando a rede David's Bridal começou a crescer vendendo vestidos de tecidos sintéticos a partir de 99 dólares. Como resultado dessa e de outras pressões, o número de lojas de vestidos de noiva caiu, nos Estados Unidos, de oito mil, em 1990, para menos de cinco mil. A Becker's continuou firme.

Desde a época em que Eva dirigia a loja, algumas pessoas em Fowler achavam que os Becker eram os milionários da cidade. Havia certa medida de inveja e despeito nesse comentário. Algumas pessoas não compreendem as pressões existentes em uma empresa familiar. Elas veem todas aquelas noivas andando pela cidade, comprando vestidos caros, e deduzem que os Becker estão faturando muito.

Muitos habitantes de Fowler trabalhavam na linha de montagem da General Motors. Sua marmita era praticamente o único investimento que faziam em seu emprego. Eles trabalhavam suas oito horas diárias e, quando voltavam para casa, estavam livres. "Eu os invejava", diz Sharon. "Nós chegávamos em casa e ainda comíamos, bebíamos e dormíamos a loja. Nós colocávamos 90% do que ganhávamos de volta na loja. Nossa preocupação era ter dinheiro suficiente para pagar as contas e os funcionários."

Clark nunca gostou do negócio; ele nunca teve grande simpatia pelas noivas e nunca se divertiu muito vendendo vestidos. "Assim que eu terminei o Ensino Médio, deveria ter saído e procurado outro trabalho", diz ele com sinceridade. "A loja era um meio de vida. Isso foi tudo o que eu tirei dela." Sua paixão tornou-se a ferrovia em miniatura que ele construiu meticulosamente, dia a dia, e que acabou tomando a maior parte do porão de sua casa. Usando pinças e lâminas de barbear, ele construiu 98 estruturas diferentes, todas em escala 1/87. Ele fez as janelas com tule dos vestidos e os telhados com o papel cartão que vinha dentro dos vestidos. A ferrovia em escala era sua fuga.

Ele colocou uma donzela em perigo — uma noiva com véu esvoaçante — sobre um dos trilhos. "Talvez alguém a tenha amarrado aí", ele dizia para as visitas. "Ou pode ser que ela esteja se suicidando." Por algum motivo, ele parecia se divertir com essa possibilidade. Quando um pedaço do revestimento do teto do porão caiu e destruiu sua miniatura do edifício da Becker's Bridal, o fato lhe pareceu oportuno. Ele optou por nunca reconstruí-la. "Se eu pudesse recomeçar", diz ele, "teria construído a maior loja de hobbies do país, não uma enorme loja de vestidos para noivas."

Em seus anos na loja, Clark normalmente voltava para casa às 20h30. Sharon costumava chegar depois, já que ficava na Becker's até que a última cliente fosse atendida.

Shelley viu o estresse que a empresa provocou no casamento dos pais. Um não tinha tempo livre para o outro e às vezes ficavam brigados por causa de decisões que precisaram tomar na loja. Os dois lidavam com as pressões do trabalho de formas diferentes. Sharon procurava sempre manter a compostura ao lidar com as clientes. Clark chegava ao ponto em que estourava.

Certa vez, Shelley viu quando uma noiva e sua mãe gritaram com Clark porque o vestido não servira. Era óbvio que a noiva tinha engordado desde que provara o vestido para fazer os ajustes, mas elas estavam culpando as costureiras da Becker's. Clark aturou-as por algum tempo e depois disse: "Se Deus não consegue agradar a todos, eu com certeza também não!". A noiva ficou olhando para Clark enquanto ele se afastava.

Embora a família não ficasse junta tempo suficiente, e embora ela ansiasse pelo afeto dos pais, Shelley sabia que era amada por eles. Ela sabia disso da mesma forma que tinha certeza que vovó Eva amava Clark. Ao longo das gerações, essa não foi uma família dada a demonstrações de afeto, principalmente se comparados aos padrões atuais, mas o amor sempre foi subentendido. Às vezes, quando voltava para casa, Clark trazia doces ou picolés para seus filhos. Ele não dizia "eu te amo" — ele mesmo não tinha ouvido muito essas palavras em sua infância —, mas procurava outras formas de demonstrar esse sentimento.

Com os pais absorvidos pelas responsabilidades da loja, Shelley, como filha mais velha, era convocada para ser a babá de seus irmãos. Foi essa função que a definiu. Shelley não se lembra de pensar muito em suas próprias necessidades. Seu pensamento constante era: "Se meus irmãos estiverem felizes e se meus pais venderem muitos vestidos na loja para pagarem as contas, então tudo estará bem".

Quando Shelley analisa o passado e tenta compreender a menina que era e a adolescente que se tornou, ela se pergunta por que nunca se permitiu sonhar. Escondida atrás daqueles vestidos de noiva, observando a vida na Becker's, nunca lhe ocorreu pedir à mãe para experimentar um dos vestidos de casamento depois que a loja fechava.

"Eu não achava que felicidade era para mim", diz ela. "Talvez porque eu sentisse que não a merecia. Mas, mais do que isso, eu simplesmente não me permitia sonhar."

Shelley passou muito tempo cuidando de seus cinco irmãos menores. Hoje sua mãe reconhece: "Shelley perdeu sua infância", diz Sharon.

Mais precisamente, ela não teve tempo — nem arrumou tempo — para pensar em seu próprio futuro. Ela não parou para pensar se um dia seria a estrela de seu próprio casamento, desfilando pela nave da igreja como uma noiva da Becker's. Ela pensou que um dia seria mãe; seu instinto materno e a experiência com os irmãos fizeram com que essa fosse uma ideia óbvia. Mas uma noiva? Ela não considerou a hipótese. "Acho que quando se é uma criança tão ocupada, perde-se o tempo de sonhar", diz ela. Enquanto menina, não teve muito tempo livre para brincar de boneca e fantasiar sobre a vida. Era uma criança séria com responsabilidades sérias. Seus pais trabalhavam de dez a doze horas por dia e eles precisavam dela para ajudar a cuidar das coisas em casa.

As pessoas dizem para Shelley que ficam tristes ao saber que sua infância foi, de certa forma, perdida. Mas ela não tem muitos arrependimentos. "Está tudo bem, eu entendo", diz ela. "Eu aceito que era a responsável, que meus irmãos precisavam de mim. Minha cabeça foi formada assim. E eu os amava, é claro. Então, queria cuidar deles."

Quando Shelley tinha 10 anos, sua irmã mais nova, Jenny, nasceu. Mais tarde, o berço de Jenny às vezes era colocado no quarto de Shelley, para que ela pudesse ficar de olho na irmãzinha.

Shelley aceitou a responsabilidade com muita seriedade. "Vamos, Jenny", ela dizia, "venha dormir comigo."

Ela não fazia isso porque sentia necessidade de se relacionar com a irmã mais nova. A verdade era que Shelley queria ter certeza de que Jenny respirava a noite toda. Ela não queria que nada acontecesse com sua garotinha preciosa, principalmente durante sua guarda. Desde que ela pudesse sentir a irmã respirando ao seu lado, estava tudo bem. Era um misto de amor, dever, incerteza e medo que a faziam pegar Jenny no berço.

Há um registro fotográfico de Shelley como babá. Nos álbuns de fotografia da família Becker, ela está sempre segurando Jenny. Em inúmeras fotos, ela é a menina de 10 anos segurando o bebê, ou a garota de 12 com a criança de 2 anos, ou ainda a adolescente de 13 anos segurando a menina de 3 anos. "Shelley, você era obcecada por mim!", diz Jenny, que hoje tem 35 anos.

"De certa forma, eu era mesmo", confirma Shelley.

Shelley acredita que sua personalidade de guardiã é um benefício hoje, em seu trabalho na loja. Ela tem um instinto maternal para cuidar das funcionárias e, tão importante quanto, para cuidar das necessidades das noivas. É quase como se ela quisesse protegê-las do que pode estar lhes esperando no futuro.

Há pouco tempo, ela foi tratada de problemas na tireoide que podem estar relacionados ao estresse em sua vida. "Você é uma árvore, um carvalho. Vejo isso em você", disse-lhe o médico.

"O que você quer dizer com isso?", perguntou Shelley.

"Bem, um carvalho pode estar apodrecendo por dentro e continuar forte por fora", disse o médico. "Só de olhar a árvore não dá para saber o estrago por dentro. Você precisa cuidar melhor de si mesma."

Shelley levou a sério as palavras do médico, mas havia dezesseis casamentos naquele fim de semana e muita coisa para se fazer. Ela não tinha tempo para contemplar o carvalho em que havia se transformado.

Capítulo 8

Megan

Megan Pardo tem a atitude de uma professora de jardim de infância. Ela fala sorrindo e melodiosamente — ao mesmo tempo em que sugere autoridade. É possível perceber que ela tem o dom de explicar as coisas paciente e cuidadosamente, e que ela presta atenção em como os jovens precisam ouvir para absorver o que as pessoas mais velhas falam.

Uma veterana de 21 anos na Illinois State University, noiva de um estudante de Agronomia, ela voltou para sua casa em Grand Rapids, no feriado de primavera, e de lá foi de carro até a Becker's. Durante o percurso, contou para a mãe como está adorando seu estágio atual em uma classe de Educação Infantil. Ela disse que encontrou seu lugar na vida: em frente a um tapete de sala de aula, diante de meninos e meninas de pernas cruzadas, ajudando-os a aprender as lições básicas da vida. "É para isso que eu nasci", diz ela.

Laura, sua mãe, ex-professora do Fundamental, hoje com 48 anos, leciona Pedagogia no Hope College de Holland, Michigan. Laura lembra-se de quando Megan era pequena, brincando de escolinha com suas bonecas e prometendo seguir os passos da mãe como educadora. Megan fez o curso de babá da Cruz Vermelha aos 10 anos, a idade mínima permitida. Ela começou a trabalhar em uma creche aos 14 anos. Durante seu último ano no Ensino Médio, entrou para uma cooperativa, onde trabalhava meio período em uma creche.

Megan, 2 anos, em 1990.

Para Laura, cujo trabalho atual é ensinar futuras professoras como se ensina, é recompensador ver a filha tão entusiasmada com sua atual função na vida das crianças.

A viagem proporcionou um período agradável de aproximação entre mãe e filha, que continuou depois que elas chegaram à Becker's e começaram a selecionar, juntas, o vestido. Megan está muito disposta e entusiasmada, e Shelley se diverte observando-a provar os vestidos. Algumas noivas fazem suas tarefas com sorrisos contagiantes, enquanto demonstram reconhecimento pelos esforços da mãe e das vendedoras. Mesmo já tendo assistido a esse processo milhares de vezes, Shelley ainda se alegra ao ver noivas como Megan.

Megan diz a Gwen, a vendedora que lhe atende, que não quer um vestido muito chamativo; ela espera encontrar algo sem renda ou contas. "Recatado e requintado", diz Megan, mostrando fotos que imprimiu da internet. Decididamente, ela não quer um vestido pesado de princesa.

Não demorou e Megan diminuiu suas opções para dois vestidos favoritos. O primeiro é justo e marca bem o corpo — simples, elegante e tomara-que-caia, com a saia ligeiramente evasê. Ele não tem cauda e possui um bonito laço nas costas. Mas Megan acha que é um tantinho sexy demais.

O outro vestido que a atraiu também é simples, mas mais elegante — um traje leve com alças e uma saia sem complicações com uma cauda curta. Ela é convidada a experimentá-lo na Sala Mágica, e sua mãe deixa escapar um suspiro quando chega lá.

"Eu adoro a renda nas costas", diz Megan, observando seus reflexos de todos os ângulos possíveis nos espelhos. "Agora, se pudéssemos conseguir algo assim sem as contas..."

"Nós podemos encomendá-lo sem as contas", promete Shelley.

"Isso é otimo!", diz Megan, que então sorri. Ela se volta para a mãe. "Acho que encontrei meu vestido."

Megan, nascida em 1988, é a caçula da família Pardo. Seu irmão, Chad, é de 1986, e sua irmã mais velha, Melissa, nasceu em 1984.

É difícil para Megan até imaginar como seria se a irmã Melissa também estivesse na Becker's para ajudá-la a encontrar um vestido. Ela não consegue imaginar a irmã adulta encostada nos espelhos da Sala Mágica enquanto avalia os vestidos.

Para Laura e seu marido Jack, um engenheiro de produção, Melissa foi uma primogênita muito amada, um bebê tranquilo com um belo sorriso. Um dia, quando Melissa tinha apenas nove meses, Laura deixou-a, como de costume, na creche que funcionava na casa de uma mulher. Laura conversou um pouco com a babá, despediu-se da filha com um beijo e foi trabalhar. Mais tarde, naquela manhã, a fralda de Melissa precisou ser trocada e a babá colocou-a no trocador, virando-se por um instante para pegar os lenços umedecidos. Naquele momento, Melissa se esticou, rolou e caiu no chão, que atingiu no pior ângulo possível e achatou a base de sua espinha. O acidente revelou-se catastrófico.

Melissa permaneceu em coma por uma semana e os médicos logo disseram que não havia atividade cerebral — e, portanto, não havia esperança. Laura e Jack acabaram aceitando a fatalidade e tomaram a dificílima decisão de desligá-la dos aparelhos que a mantinham viva.

Eles tinham 23 e 24 anos, e de repente estavam novamente sem filhos. Não foi fácil resistirem ao sentimento de que o mundo tinha acabado. Mas, em sua tristeza, Jack teve uma epifania. Um homem de fala mansa, mais à vontade discutindo engenharia do que suas próprias emoções, de alguma forma ele conseguiu se expressar. Enquanto atendia as visitas e chamadas de condolências, e refletia sobre sua terrível perda, ele começou a falar e repetir a mesma coisa para as pessoas.

"O mais importante que eu aprendi", ele dizia, "é que trazemos filhos para este mundo, mas não sabemos quanto tempo eles vão ficar por aqui. Não sabemos quanto tempo vamos ter para amá-los. Crianças morrem todos os dias. Nós não pensamos nas muitas vezes que vimos notícias sobre pessoas que perderam os filhos em acidentes ou devido a doenças. Mas essas notícias se acumulam, enquanto vivemos a vida sem lhes dar atenção. Nós não temos nossos filhos para sempre. Foi isso que eu aprendi."

Como resultado da morte de Melissa, a babá, uma mulher na faixa dos 30 anos, perdeu a licença para operar a creche. Isso entristeceu os Pardo. Eles sabiam que fora um acidente — poderia ter acontecido com qualquer pai ou mãe, com qualquer babá —, e a perdoaram rápida e completamente. Eles perderam contato com ela ao longo dos anos, mas pensam nela com frequência, sabendo que ela também carrega essa perda na alma.

"Todos nós já demos as costas para nossos filhos para pegar uma fralda ou uma chupeta", diz Jack. "Os médicos nos disseram que a morte de Melissa foi um acidente do tipo um em um milhão. Ela caiu de menos de um metro em um chão acarpetado. Quantas crianças caem de alguns degraus ou começam a escalar o berço para depois cair? Acontece todo dia, e as crianças se levantam e estão bem. Nossa filha caiu no carpete, mas não se levantou e não estava bem. Aconteceu. Eu não culpo ninguém."

Um bebê de nove meses ainda não tem a personalidade completa, claro, então Laura e Jack não têm muitas lembranças memoráveis dela. Perto do fim de sua vida, Melissa tinha começado a se levantar e andar em volta da mobília, segurando-se nas coisas e rindo, brincalhona. Duas semanas antes de morrer, Laura levara a filhinha para assistir ao pai em um jogo de *softball*. Ela se esquecera de levar o chapéu da menina, que ficou com uma séria queimadura de sol na cabeça. Nas últimas fotos que tiraram da filha, ela está queimada, mas sorrindo.

Embora ainda estivessem de luto, ou talvez por causa disso, Laura e Jack decidiram ter outro filho o mais rápido possível. Seu filho nasceu apenas onze meses após a morte de Melissa. Megan veio dois anos depois.

Jack e Laura falavam de Melissa para seus dois filhos, pois queriam que ela continuasse fazendo parte da família. Uma foto dela está pendurada em lugar de destaque da casa. Enquanto as duas crianças cresciam, e novas fotos delas eram colocadas à mostra todos os anos, Melissa continuou bebê para sempre. Algumas pessoas que os visitaram, sem saber da tragédia, simplesmente supunham que a garotinha da foto fosse Megan.

Os Pardo perceberam rapidamente que Megan era de natureza diferente da tranquila Melissa. Revelou-se uma criança de temperamento forte, determinada e questionadora. Ela nunca gostou de usar cinto de segurança, então seus pais tinham, frequentemente, de parar o carro, prendê-la novamente e lembrá-la da importância de usar o cinto. Mais adiante na estrada, eles a viam pelo retrovisor soltando novamente o cinto. Eles tinham de encostar o carro e recomeçar todo o processo.

"Ela tem uma cabeça toda dela", dizia Laura para as pessoas. "Ela é diferente de Melissa e Chad. É difícil lidar com ela."

"Bem, isso vai ser uma característica notável quando ela for adulta", respondeu um amigo certa vez. "Ela será uma líder. Vai ter autoconfiança. Megan vai achar que poderá fazer qualquer coisa."

O nome do meio de Megan é Melissa, e ela sempre soube que isso é uma homenagem à memória da irmã falecida. Desde pequena, ela carrega o nome com orgulho. Em seu primeiro ano de escola, havia outra Megan na classe, e então ela disse à professora e aos colegas que a chamassem de "Megan Melissa". Esse era o nome que ela escrevia nos trabalhos e provas. (Hoje ela usa esse nome no Facebook, e muitos de seus amigos e contatos não sabem a origem dele.)

Quando Megan estava no segundo ano, Laura saiu de seu emprego de professora e começou a trabalhar para uma editora de livros didáticos, o que exigia que ela viajasse muito. Então, Megan começou a chorar todas as manhãs. Ela se sentia enjoada desde o momento em que acordava. "Eu não quero ir para a escola!", dizia ela sem parar, e era difícil consolá-la. Jack e Laura diziam que ela tinha de ir — eles a pegavam pela mão e a levavam até o carro, para depois deixá-la na escola. Mas, inevitavelmente, logo a professora telefonava. "A Megan disse que está doente. Vocês precisam vir buscá-la. Ela está atrapalhando a aula."

Os pais acabaram por levá-la a uma terapeuta, que pediu a Megan que fizesse uma relação das coisas que a deixavam feliz — seu cobertorzinho, chupar o dedão — e as coisas que a deixavam triste e preocupada. Megan também recebeu o desenho do contorno de uma pessoa, e lhe pediram que colorisse as diferentes partes. Disseram-lhe para usar giz de cera vermelho nas partes do corpo tristes ou que doíam, e giz rosa para o restante. A barriga, o coração e a cabeça foram pintados de vermelho.

Por meio desse processo, a terapeuta ficou sabendo que Megan tinha medo de perder a mãe. "Eu tinha uma irmã e ela morreu", contou Megan para a terapeuta, e acrescentou: "Minha mãe sai muito". Megan não falou, mas a terapeuta imaginou o que ela pensava: "Talvez minha mãe também vá morrer e nunca mais volte para mim".

Jack também viajava com frequência. Engenheiro, ele passava de uma a duas semanas fora, geralmente em centros de distribuição fora do estado, programando esteiras de transporte para empresas como a Frito Lay. Nesse caso, sua função era calcular como colocar milhares de pacotes de batata frita em caixas, estas sobre paletes e levar tudo até as docas de carregamento, para depois colocar as caixas nos caminhões. As pessoas achavam que ele tinha um trabalho interessante, principalmente quem gostava de batata frita, mas Megan sentia falta do pai e ficava preocupada com a possibilidade de ele não voltar.

Laura percebeu que precisava passar mais tempo com Megan, dando-lhe segurança, principalmente porque a filha estava com dificuldade para dormir à noite. "Eu deitava na cama com ela", lembra-se Laura, "e nós cantávamos músicas e orávamos juntas. Uma mãe e uma filha não fazem isso, todas as noites, sem desenvolverem uma relação especial."

No 3º ano, as necessidades mais urgentes e os medos mais vexatórios de Megan começaram a se dissipar. Ela começou a ir para a escola feliz e se tornou uma adolescente compassiva e líder estudantil. Ela cantava no coral e jogava *softball*.

Megan e sua mãe permaneceram próximas. Elas cozinhavam juntas e conversavam sobre tudo, inclusive sexo. Em dado momento, Laura parou de trabalhar na editora de didáticos e entrou na pós-graduação. Ela e Megan se sentavam à mesa da cozinha, todas as noites, para fazer lição de casa juntas. "Algumas adolescentes não gostam da mãe por perto, principalmente quando estão em público", diz Laura. "Eu me lembro que sentia vergonha da minha mãe quando era mais nova. Mas Megan sempre me quis com ela, então eu ia de monitora nos passeios da escola."

Com o passar do tempo, Jack e Laura perceberam que Megan tinha uma cabeça boa, e não se preocupavam com ela. A única coisa que os fez ficar receosos foi quando ela começou a dirigir. Ela parecia ingênua e um pouco dispersa. No Michigan, os adolescentes podem conseguir a habilitação com 14 anos e oito meses. Para alguns adolescentes, incluindo Megan, isso pode ser muito cedo.

Na primeira vez em que se sentou no banco do motorista, Megan nem sabia que havia três pedais. "Engate a primeira", disse o pai.

"O que isso quer dizer?", perguntou ela, e o pai explicou, mas não o suficiente.

Eles estavam em um estacionamento vazio e Jack queria que ela estacionasse em uma vaga. "Tudo bem, vamos dar a ré", ele disse. Ela colocou o câmbio em "R" e acelerou. O carro voou por sobre a guia, aterrissando na calçada.

Ela passou no exame de direção e conseguiu sua habilitação com 16 anos, mas Laura receava que ela não prestasse atenção ao seu entorno enquanto dirigia. Logo nos primeiros dias, ela bateu em um carro na escola. Também recebeu algumas multas por alta velocidade. Então, em seu primeiro dia de aula na faculdade, envolveu-se em um acidente que provocou a perda total de seu carro, embora ninguém tivesse se machucado.

Todos os pais se preocupam com os filhos dirigindo, e com os Pardo não foi diferente. Eles ficaram aliviados porque, conforme Megan ficava mais velha, ela se tornava mais cuidadosa e atenta ao volante. Mas eles continuam a orientá-la a respeito de direção defensiva. "Embora tenhamos perdido Melissa, não acho que isso tenha nos tornado pais superprotetores", diz Jack. "Mas eu sempre disse aos meus filhos: todos nós cometemos erros, e alguns custam mais do que os outros. Todo mundo quer ajudar seus filhos a evitar problemas, mas, é claro, muita coisa foge ao nosso controle."

Nos dias seguintes à sua ida à Becker's, Megan passou muito tempo ao telefone com o noivo, Shane, que estava em Illinois. Algumas ligações duraram horas. Sua mãe a ouvia ao telefone a uma hora da manhã e dizia: "Você tem de dormir! Todas essas noites em claro ainda vão cobrar seu preço."

Foi um aviso profético.

Megan acordou, em uma manhã de domingo, sem ter dormido o necessário. Ela foi para a igreja, despedindo-se dos pais com beijos, e depois passou cinco horas dirigindo de volta à faculdade em Illinois. Ela ficou acordada até tarde também na noite seguinte e acordou cedo, pela manhã, para lecionar. Na segunda-feira pela manhã, dia 29 de março de 2010, ela se sentia animada e exausta de toda agitação decorrente de comprar o vestido e planejar o casamento. Megan estava de bom humor, ansiosa por voltar para seus alunos do jardim da infância.

A caminho da escola de Educação Infantil de Farmer's City, Illinois, ela se sentiu sonolenta e abriu a janela, na esperança de que o ar fresco a mantivesse acordada. Mas isso não ajudou. Por volta de 7h30, ela dormiu ao volante, por alguns segundos, e o carro começou a derivar para a direita, na direção de um descampado. Ela acordou sobressaltada e rapidamente tentou trazer o carro de volta à pista, mas exagerou na manobra e o carro capotou, dando uma volta completa antes de parar, sobre os pneus, na pista contrária. Ela estava a pouco mais de um quilômetro da escola.

Uma hora depois, Laura Pardo recebeu uma ligação: Megan sofrera um acidente de carro. Ela estava consciente, mas sua mão direita tinha sido seriamente mutilada, com um dos dedos decepados. Ela sofrera cortes na testa, no nariz e em outros lugares, e os médicos investigavam ferimentos internos e danos neurológicos.

Laura já perdera uma filha devido a um acidente — Laura não foi capaz de proteger Melissa, com apenas nove meses, quando ela caiu daquele um metro de altura. Agora sua outra filha sofrera um acidente terrível a quinhentos quilômetros de distância. Ela também não fora capaz de proteger Megan.

Ela chorou, orou e, perturbada demais para dirigir seu carro, pediu ao pai que a levasse para Illinois.

Naquele mesmo dia, na Becker's, Shelley corria com o pedido do vestido de Megan. Ela não tinha como saber que o casamento, marcado para agosto, corria sério risco de não acontecer.

Capítulo 9

Salva-vidas

Shelley não deixa de perceber que algumas noivas da Becker's chegam à loja na esteira de perdas pessoais e tragédias familiares. Elas têm pais com doenças terminais ou então algum ente querido que perderam recentemente ou que fora diagnosticado com alguma doença séria.

O casamento é um evento feliz na vida das pessoas, claro, entretanto os momentos duros da vida não esperam até depois do casamento. Eles se apresentam sem aviso, lembrando as noivas de que elas podem planejar o casamento, mas não como a vida se desenrola.

Shelley não consegue se esquecer das histórias mais tristes que testemunhou ao longo dos anos na Becker's. Ela guarda, em sua memória, imagens de certas noivas sorrindo em frente ao velho espelho, no balcão frontal, ou abraçando a mãe na Sala Mágica. Essas noivas não tinham como imaginar o que lhes aconteceria.

Houve o caso da noiva entusiasmada que foi atropelada e morta por um carro quando atravessava a rua para ir a uma agência do correio. Ela iria postar cartões de agradecimento para as convidadas do seu chá de cozinha.

E teve a noiva cujo pai não se sentia bem enquanto ela escolhia seu vestido na Becker's. Naquela noite, ele foi hospitalizado. A noiva voltou no dia seguinte, encontrou o vestido perfeito e disse "Eu quero muito que meu pai veja isso". Ela colocou o vestido, pediu que a fotografassem com o celular e enviou a foto para o pai, que estava no hospital. Ele a viu em seu telefone e ligou para ela, dizendo que aprovava a escolha e que a filha estava linda com aquele vestido. Pouco depois de ver a foto, ele morreu. Ela entrou na igreja sem o pai, mas consolava-se pensando que, pelo menos, ele a tinha visto com o vestido, ainda que na tela do celular, e que a achara linda.

Shelley vê muitas noivas felizes e animadas, claro, no entanto, também vê aquelas que se aproximam do vestido com muita sobriedade. Quando detecta tristeza, ela naturalmente tenta imaginar o que pode estar acontecendo na vida daquela mulher. A menos que perceba que a noiva deseja desabafar, contudo, não lhe pergunta "O que há de errado?". Ela só tenta ser o mais jovial possível, na esperança de que isso melhore o humor da noiva.

De vez em quando, uma noiva entra no provador, fecha a porta e então Shelley ouve o choro abafado. Ela espera um pouco, bate na porta e pergunta: "Querida, está tudo bem com você? Posso entrar?".

É aí que ela ouve as histórias.

Ela já ajudou numerosas noivas com câncer a encontrar vestidos que cubram cicatrizes e cateteres no peito. Já providenciou vestidos para noivas em cadeiras de rodas, que deslizam pela cabeça, e desculpou-se por não poder levá-las escada acima para a Sala Mágica.

Shelley sabe, por todos os seus anos na loja, que casamentos geralmente são ilhas de otimismo cercadas por oceanos de incerteza, solidão e mágoa. Para algumas mulheres, um vestido de noiva funciona como um salva-vidas.

Dadas as grandes mudanças nas interações entre mães e filhas, Shelley e as vendedoras ficam animadas quando a noiva mostra grande respeito por sua mãe. Uma noiva recente que se destacou aos olhos de todas foi Courtney Driskill, que chegou vinda de Owosso, cidade de 15.700 habitantes a 45 minutos de Fowler. Courtney chegou sem o costumeiro séquito de madrinhas. A mãe era sua única companhia. "Não existe mais ninguém com quem eu gostaria de dividir este momento", disse ela.

Uma bela moça de 29 anos com cachos dourados, Courtney tem sofrido com problemas de saúde desde a adolescência, quando amidalite e mononucleose frequentemente a faziam perder aulas. Foi só após ela fazer 20 anos que os médicos descobriram o motivo de sua saúde frágil: febre reumática, uma doença inflamatória que pode afetar o coração, as juntas, a pele e o cérebro.

Ela passou boa parte dos 20 aos 30 anos na cama, dormindo até vinte horas por dia. Ela se levantava para comer e usar o banheiro, e então voltava a dormir. Era difícil para seus pais assistirem a como a doença danificava suas válvulas cardíacas e seu sistema imunológico.

Para pagar o caro convênio médico de Courtney, de 660 dólares por mês, sua mãe arrumou um emprego na seção masculina da JCPenney. Ela começou ganhando 6,75 dólares por hora. Dada a abnegação da mãe, Courtney se encontrava lutando contra constantes sentimentos de culpa. Ela se sentia incrivelmente cansada e doente, e, enrolada no sofá da sala, em meio ao seu torpor, via a mãe saindo para trabalhar nas manhãs de inverno. Peça a Courtney para definir a palavra "amor" e ela irá lhe falar sobre a mãe, que ajudava homens a encontrar gravatas e calças na JCPenney para conseguir pagar seu convênio médico.

Quando sua saúde melhorou, e ela conseguiu se levantar do sofá para trabalhar meio período, Courtney percebeu como as coisas tinham mudado. Ela voltou para a escola de Ensino Médio de Owosso para treinar as animadoras de torcida, e logo viu que mudanças problemáticas tinham ocorrido na forma como muitas garotas se portavam — e nos segredos que guardavam de seus pais.

Ela assumiu uma posição de irmã mais velha para muitas das garotas e ficou chocada pela forma como a sexualidade é mais escancarada hoje do que quando ela estava na escola. "Quando eu terminei o Ensino Médio, há doze anos, nós usávamos calças baggy e camisas de flanela", diz ela. "Hoje as meninas usam salto agulha para ir ao ensaio da banda da escola. Eu sinto pena delas. Elas querem se sentir bonitas e desejadas, mas vestem-se de um jeito muito vulgar. É preocupante."

A escola estava cheia de garotas de minissaia e miniblusa. Um professor confessou para Courtney que fica constrangido ao lecionar para suas jovens alunas que se vestem daquela maneira. Algumas literalmente abrem as pernas para lhe mostrar a calcinha enquanto ele leciona. "Ele tem vergonha de olhar para elas", diz Courtney.

Courtney viu como as garotas, inundadas por mensagens confusas durante toda a vida, se sentem pressionadas a parecerem "gostosas" cada vez mais novas. Quando essas alunas, que se vestem de modo inadequado, eram pré-adolescentes, por exemplo, elas eram alvo de propagandas como a do Nair Pretty, um produto depilatório direcionado a garotas com idades entre 10 e 15 anos. O texto: "Sou uma cidadã do mundo. Sonhadora. Sou nova. Não vou ficar com pelos aparecendo nas minhas pernas."

Tais mensagens podem parecer inócuas, mas Courtney viu como apressam a adolescência e adicionam uma dose venenosa de pressão à vida das meninas. As garotas que acreditam que seu valor depende de sua habilidade de parecer sexy são, geralmente, aquelas que desenvolvem distúrbios alimentares ou começam a se cortar — ou se envolvem em atividades sexuais perigosas.

Courtney ouviu falar que uma de suas alunas ficou bêbada em uma festa e fez sexo com cinco garotos, um após o outro. Courtney tentou convencê-la a procurar uma clínica de planejamento familiar para fazer exames, mas a garota se recusou. "Que nojo!", disse ela, "sou muito nova para isso." Sua mãe soube dos rumores, mas escolheu aceitar as negativas da menina. A promiscuidade continuou.

Courtney procura encorajar as garotas a confiar em seus pais. Algumas o fazem. Outras não veem vantagem nisso e dizem que seus pais são muito críticos, principalmente em questões sexuais. Esses comentários refletem um estudo de 2009 feito por pesquisadores da Ohio State University. Eles descobriram que, enquanto meninas adolescentes conversam mais com seus pais sobre sua vida amorosa do que os meninos, quando se trata de falar com a mãe e o pai sobre sexo, tanto garotas quanto garotos são igualmente reticentes.

Ao trabalhar com garotas que se sentiam inseguras e confusas, Courtney naturalmente começou a refletir sobre sua própria adolescência. Ela acha que teve sorte, pois na maior parte do tempo sentia-se à vontade para procurar a mãe e conversar sobre questões delicadas, como sexualidade, drogas — tudo —, ainda que uma das duas abordasse o assunto indiretamente. "Nós começávamos tateando", lembra-se Susan, a mãe. "Falávamos de alguém que tinha tomado uma decisão ruim ou se metido em encrenca. Isso facilitava falar francamente sobre nossas opiniões ou decisões."

A mãe de Courtney também conversava com ela preventivamente. Por exemplo, as mulheres da família, havia algumas gerações, lutavam contra a tensão pré-menstrual e a depressão e o mau humor que vinham com ela. Em sua experiência, Courtney tem evitado a maioria dos piores efeitos colaterais. "Mas eu quis fazê-la perceber que existe um padrão nessa coisa", diz Susan, "para o caso de ela também ter de lidar com isso."

Ao longo dos anos, Susan observou como os problemas de saúde de Courtney afetaram seus relacionamentos amorosos. Não havia muito que ela pudesse fazer para ajudá-la, exceto dar apoio para a filha e ser uma boa ouvinte. Ela tentava dar força à autoestima de Courtney sempre que podia, mas também achava que era importante ser realista.

Com 20 anos, Courtney teve um namorado sério, com quem achou que ia se casar. Quando o avô dela estava em seu leito de morte, Courtney levou o namorado para conhecê-lo, pensando que era importante que o avô e o jovem estabelecessem uma ligação. Seu avô morreu algumas horas depois.

Em vez de fortalecer a relação do casal, aquele encontro junto ao leito de morte tornou o relacionamento sério demais para o namorado de Courtney, que rompeu com ela no dia seguinte. "Ele cresceu em uma fazenda, onde a mãe fazia tudo pela família", diz

Courtney. "E lá estava eu, dormindo um monte e tendo meus dias bons e maus. Eu não era uma mártir como a mãe dele."

Olhando para trás, Courtney diz, ela deveria ter visto que o rompimento estava para acontecer. Sua mãe certamente percebeu que o jovem estava recuando e tentou dar alguns avisos, de leve, para a filha. Mas Courtney ignorou os sinais. "Quando ele me deixou, fui pega de surpresa", diz ela.

Sua mãe se lembra de como a filha ficou devastada pelo fim do relacionamento, como ela se enrolava no sofá, morta de cansaço, como sempre, e mais triste do que nunca. "Parece que vou ficar nesse sofá até os 90 anos!", disse Courtney.

"Eu fiquei desolada", diz Susan. "Queria fazer tudo aquilo desaparecer." Mas ela preferiu oferecer para Courtney sua opinião honesta — que muitos homens não conseguem lidar com a ideia de namorar ou casar com uma mulher doente. "Querida, você é inteligente, dinâmica, intuitiva... você é linda. Você é a pessoa mais gentil e descolada que eu conheço. Mas você também está doente, e sua saúde pode lhe prejudicar. Talvez você demore mais para encontrar a pessoa certa."

"Eu não tinha certeza de que as coisas dariam certo para ela", diz Susan, "e ficava triste e preocupada com isso. Mas também sabia que as dificuldades a estavam tornando mais forte. Eu tinha esperança."

Courtney acabou sentindo-se grata pela doença ter afugentado alguns homens. Isso lhe permitiu encontrar John Schlaud, um fuzileiro instrutor que se apaixonou por tudo que há de maravilhoso nela e jurou ficar ao seu lado sem se importar com quão precária sua saúde pudesse ser.

John tinha um casal de filhos de seu casamento anterior, e conforme o relacionamento dele com Courtney amadurecia, ela conversava com a mãe sobre seus sentimentos. Estaria preparada para o desafio de ser uma madrasta? O casamento seria justo com John, dados seus problemas de saúde? E se a doença a impedisse de ter seus próprios filhos?

As mães não têm todas as respostas, mas às vezes possuem um poder materno de observação e conseguem sintetizar as coisas de modo que confortem suas filhas. "Vejo o quanto você o ama, e o quanto ele ama você", disse Susan para a filha. "Vocês vão conseguir superar o que quer que esteja à frente, e vão conseguir fazer isso juntos."

Durante a visita de Courtney à Becker's, Shelley e as vendedoras perceberam a forma carinhosa e fácil com que ela interagia com a mãe. Mas Courtney não lhes contou que tinha um segredo: sim, ela planejava um casamento formal. Sim, ela queria um vestido lindo. Mas ela e John já tinham se casado meses atrás na Carolina do Sul, onde ele estava alocado.

O motivo? Ela sentia muita culpa por sua mãe trabalhar todos os dias só para pagar seu convênio. "Isso é como um pecado em meu coração", ela contou para John, e ele lhe explicou que, ao se tornar esposa de militar, imediatamente estaria coberta pelo plano de saúde dele. Casar-se rapidamente foi uma decisão natural para eles, e seus pais concordaram.

Ainda assim, aquele pedaço de papel não diminuiria as emoções que Courtney sabia que sentiria ao entrar na igreja com seu pai e sua mãe. "Passei tantos anos me sentindo tão doente, dormindo no sofá dia após dia, enquanto minha mãe demonstrava seu amor indo trabalhar", diz Courtney. "Depois disso tudo, meus pais merecem me ver vestida de noiva — e eles com certeza merecem um ninho vazio." Seus pais estiveram ao seu lado "na saúde e na doença". Agora ela se sente abençoada por amar um homem disposto a fazer o mesmo.

Os médicos disseram a Courtney e John que eles não devem pensar em ter um filho logo — ou talvez nunca — porque o corpo dela pode não ser capaz de levar uma gravidez adiante. Courtney fica triste com isso, mas aceita a realidade. E ela se sente com sorte por estar conseguindo construir uma relação com os dois filhos de John, principalmente com Samantha, de 6 anos. Courtney jurou ser um porto seguro para sua enteada, e espera poder ajudá-la em seu longo caminho até se tornar uma mulher adulta. (Samantha já falou que deseja ter seios grandes quando crescer, o que deixou Courtney um pouco sem reação.)

Quando está com Samantha em Owosso, Courtney gosta de ajudá-la a manter a inocência, levando-a a parques onde ela mesma brincou quando criança. Samantha anda de bicicleta pelo bairro em que Courtney cresceu, e esta tem tirado fotos da enteada. "Estou passando, de forma inconsciente, pelas pequenas coisas que marcaram meus momentos mais felizes na infância, tudo aquilo que fiz com minha mãe", diz ela.

Courtney pensa em como será a vida para Samantha quando ela entrar no Ensino Médio. Será o ambiente, então, ainda mais carregado de sexualidade e confuso do que hoje? Ela vai conseguir evitar os perigos da adolescência — distúrbios alimentares, bebedeiras, celebridades irresponsáveis como modelos de comportamento, amizades nocivas — e chegar à idade adulta com a autoestima intacta?

Na Becker's, Courtney explicou que, após o casamento, ela e John levariam as duas crianças para a "lua de mel" em Orlando, na Flórida. Ir à Disney World seria caro demais para eles, mas os dois planejaram visitar o Sea World, que é gratuito para militares da ativa e sua família. Tendo crescido no Michigan, as crianças nunca viram o mar, então Courtney e John prometeram dirigir para o leste até encontrarem o mar. Todos estão animados.

Quando Courtney finalmente encontrou o vestido ideal e o levou para a Sala Mágica, ela pensou: "Uau, que lugar aconchegante!". Não era só a luz, mas a forma como a sala fazia todo mundo sussurrar. Era, também, o modo como ela e a mãe se entreolhavam naqueles espelhos.

Sua mãe, tão acostumada a ver Courtney prostrada no sofá de casa, ficou emocionada ao ver a filha aprumada sobre o pedestal da Sala Mágica.

"Achei que nunca veria este dia", disse a mãe.

Fora da loja, para muitas mães e suas filhas, o mundo gira incerto — a respeito de sua identidade, sexualidade e de como elas devem interagir. Mas aqui, para uma mulher casada em segredo e sua mãe, o sentimento é de alegria.

Courtney com o marido, John, e os enteados Jacob e Samantha.

Capítulo 10

Uma noiva Becker's

Shelley começou a trabalhar na Becker's em 1979, quando tinha 14 anos. Sua irmã Bev, três anos mais nova, assumiu o papel de babá em casa, para que Shelley pudesse ajudar na loja.

Shelley não chegou a se perguntar: "É aqui que quero passar minha vida?". Foi mais um caso de ela assumir que "Não há alternativa. Esta vai ser minha vida". Ela não conhecia muita coisa além de Fowler e da loja e não consegue se lembrar se alguma vez seus pais lhe disseram: "Um dia, Shelley, você estará no comando da loja". Talvez tenham dito. Ou talvez não precisassem dizê-lo. Eles sabiam e ela também.

Seus pais não lhe pagaram salário logo que ela começou. Durante os primeiros seis meses, o trabalho dela foi tirar alguns vestidos de caixas e embalar outros para entrega. Mas logo começaram a lhe pagar cinco dólares por hora e ela começou a trabalhar como vendedora.

Ela foi um pouco hesitante no começo, mas tentava mostrar que sabia o que estava fazendo. Embora ainda mal fosse uma adolescente, Shelley encontrou o que dizer dentro dela mesma, e começou a perguntar para mulheres adultas: "Então, com que tipo de vestido você sonhou a vida toda?".

As noivas e suas mães olhavam para Shelley e sorriam. Quem era essa garota? Mas elas lhe falavam sobre seu vestido tão sonhado e deixavam-na fazer sugestões.

"Como ficou?", a noiva lhe perguntava.

"Não é a melhor escolha para você", respondia Shelley. "Venha ver esta coleção." E a cliente imaginava que aquela garota devia entender um pouco do assunto e a seguia.

O trabalho era, ao mesmo tempo, assustador e animador para ela. Conhecia as pressões que sua mãe tinha de aguentar e via como as noivas podiam ser terrivelmente difíceis. Mas ela também observava muitas interações encantadoras entre mães e filhas. Começou a admirar o amor cego da maternidade, tão bem descrito no provérbio marroquino: "Aos olhos de sua mãe, todo besouro é uma gazela".

Shelley começou a admirar a camaradagem existente entre as vendedoras mais velhas, incluindo Eleanor, contratada por vovó Eva em 1935. Ao longo das décadas, essas mulheres aprenderam a calibrar o grau de paciência necessário a cada noiva. Elas desenvolveram técnicas para satisfazer as noivas que acreditavam saber mais do que as vendedoras, mas não sabiam.

Muitas noivas chegam segurando uma foto recortada de revista e insistem que *aquele* é o vestido que estão destinadas a usar. Frequentemente, o vestido que parece perfeito em uma modelo magrinha não é, nem de perto, algo que ficará bem nelas.

Quando Shelley tinha 16 anos, em 1981, o seriado de televisão *General Hospital* [Hospital Geral] encenou o casamento do milênio, fazendo os personagens Luke e Laura dizerem "sim" diante de trinta milhões de espectadores. Como Laura usou um vestido champanhe rosado, um toque de rosa tornou-se a cor de ordem para inúmeras noivas da Becker's. Sem problemas. Mas muitas noivas também queriam usar arranjos de cabeça parecidos com o de Laura — que lhes cobriam a testa e transbordavam badulaques. Nem todas as mulheres ficam bem com arranjos monstruosos. Aquelas de rosto miúdo e feições delicadas ficavam perdidas no meio deles.

Um rosto redondo fica parecendo ainda maior. Aos 16 anos, Shelley aprendeu a dizer para uma noiva que "Não, não é a sua cara."

"Mas é perfeito..."

"Não, sinto muito. Não ficou bom."

Shelley também aprendeu a aceitar a inutilidade ou de esperar a volta de certas clientes. Como a Becker's tem uma grande variedade de vestidos, noivas às vezes vêm de cidades distantes, apaixonam-se por um vestido e partem sem comprá-lo.

"O que aconteceu?", perguntava Shelley depois que uma cliente dessas ia embora.

"Elas provavelmente vão pedir que alguma loja em sua cidade o encomende", explicou uma vendedora mais velha. "Assim, elas não têm de dirigir centenas de quilômetros para fazer as provas e os ajustes." Para as vendedoras da Becker's, esse tipo de coisa pode ser desmotivadora.

Sharon, mãe de Shelley, sempre se preocupou com o fluxo de caixa e a folha de pagamento. Ela ficava baqueada, às vezes, quando uma noiva saía de mãos abanando. "Era como se tivéssemos feito algo errado", lembra uma vendedora.

Ainda assim, a loja movimentava grandes volumes e fechava muitas vendas. Os sábados costumavam ser uma loucura. Duas ou três noivas dividiam cada provador. Quando a multidão era muito grande, noivas menos inibidas se trocavam no meio da loja, na frente de todos.

Não era estranho que uma noiva chegasse sem roupa de baixo, para não marcar o vestido. "Fecha para mim?", pedia ela. Isso significa que a vendedora tinha de puxar o zíper desde o traseiro nu da moça. Algumas clientes usavam muito perfume. Outras cheiravam a suor. As vendedoras nunca se esqueciam de lavar as mãos antes do almoço.

Shelley aprendeu todo tipo de técnica com as veteranas de vendas. É importante fazer a leitura do relacionamento entre a noiva e sua mãe. Se há tensão, qual é o motivo? É comum que a noiva lance um olhar de "socorro!" para a vendedora, o que é uma dica de que ela precisa de liberdade para pensar por si mesma, sem a atitude autoritária da mãe. A vendedora pode ajudar dirigindo as perguntas quase que exclusivamente para a noiva. Se a mãe não for muito lenta, ela vai entender a mensagem.

Por outro lado, uma noiva desrespeitosa com a mãe é mais difícil de controlar. Mesmo que a vendedora consiga deixar a cliente mais alegre, esperando, com isso, que ela fique mais amável, não há como se corrigir uma vida de relacionamento defeituoso entre mãe e filha. Nesses casos, o objetivo é fechar a venda e colocar noiva e mãe no caminho de casa.

Shelley também percebeu que as vendedoras mais velhas tinham senso de humor, porém mantinham-se o mais reservadas possível. Quando Sharon contratou adolescentes e jovens da cidade — incluindo três moças que viriam a se casar com os irmãos de Shelley —, o ambiente da loja mudou. A loja podia ser uma instituição sagrada, mas as vendedoras mais novas estavam decididas a se divertir nela e encontraram formas bobas de fazê-lo.

O lugar tem espelhos por toda parte, claro, e as moças não conseguiam evitar de se observar o dia todo. A menos que tivessem muita autoestima, elas estavam sempre reparando em suas falhas, acne e aparência menos que perfeita. As ferramentas de trabalho — fitas métricas e espelhos — faziam as meninas avaliarem criticamente umas às outras. Em dias menos movimentados, quando não havia noivas por perto, elas mediam o comprimento de narizes, dedos, orelhas e comparavam suas medidas.

Quando a mãe de Shelley se ausentava da loja por mais de algumas horas, as vendedoras jovens experimentavam os vestidos e faziam desfiles. O sino da porta da frente, que sinalizava a chegada de uma cliente, fazia com que corressem para os provadores. Então elas voltavam, recompostas: "Posso ajudar?".

Certa vez, a mãe de uma noiva estranhou e perguntou à vendedora: "Algum motivo para você estar usando um véu?".

A vendedora não tinha percebido que se esquecera de tirá-lo, mas disfarçou bem: "Sabe como é, sou solteira e trabalho em uma loja para noivas. Não consigo resistir".

Os Becker trabalhavam duro, seis dias por semana, mas em um dia por ano, na Sexta-Feira Santa, eles faziam uma pausa de três horas. Toda sexta-feira antes da Páscoa, quando a hora do almoço se aproximava, a mãe de Shelley pedia para as noivas colocarem suas roupas porque a loja ficaria fechada do meio-dia às 15 horas. Os católicos consideram que essas três horas são sagradas; foi nesse período que Jesus esteve crucificado antes de morrer. Sharon levava a Sexta-Feira Santa a sério. Convidava toda a sua família estendida para almoçar postas de salmão em sua casa, enquanto as crianças decoravam os ovos de Páscoa. Era uma bela tradição dos Becker, um respiro do incansável negócio nupcial. Mas às 15h05 todas as vendedoras tinham de estar de volta ao trabalho. E geralmente havia uma fila de noivas esperando para entrar na loja quando Sharon destrancava a porta da frente.

Shelley frequentemente se pegava observando a loja, olhando para as caixas amontoadas, o ambiente nem tão elegante, com aparência de armazém, e pensava que, se um dia estivesse à frente da empresa, faria mudanças. Shelley sempre teve uma boa inteligência visual, e embora nunca fizesse sugestões aos pais, suas ideias para a renovação da loja estavam catalogadas em sua cabeça.

Ela trabalhava todo dia na Becker's das 15h30 até a hora de fechar, às 20 horas, e durante todo o sábado, o que significa que tanto no Ensino Fundamental quanto no Médio ela tinha pouco tempo para as amigas. Enquanto nas noites de sexta-feira elas estavam nos bailes da escola, Shelley trabalhava na loja, esperando pacientemente que as noivas saíssem dos provadores.

Mais de uma vez, Shelley viu como era crucial garantir que cada noiva tivesse o vestido que escolhera, perfeitamente ajustado, entregue a tempo da cerimônia. Se Shelley fizesse alguma besteira, as noivas podiam reagir como se ela tivesse arruinado suas vidas. Shelley percebeu rapidamente como era sério o ramo em que trabalhava.

Em 30 de setembro de 1981, quando estava no 1° ano do Ensino Médio, em poucas horas, caíram 200 milímetros de chuva sobre Fowler, o que deixou a rua principal completamente alagada. O dono do posto de gasolina, que ficava dois quarteirões a oeste, se afogou. Na Becker's, a água entrava incontrolavelmente pela porta da frente.

Clark e Sharon saíram para buscar sacos de areia, mas não seguraram a água. "Pegue os vestidos vendidos que estão no térreo!", Sharon gritou para Shelley. "Leve-os para cima! Rápido, rápido!"

Os Becker sabiam que os vestidos já ajustados, ou com casamento marcado para as próximas semanas, tinham de ser salvos primeiro. Se fossem destruídos, a loja teria de lidar com histeria nupcial em massa. Tratando-se de vestidos de casamento, aquilo era o equivalente de "crianças e mulheres primeiro".

Shelley entrou em ação, verificando as etiquetas e carregando os vestidos vendidos, dois de cada vez, acima da cabeça, para o andar mais alto. Conforme empilhava os vestidos no segundo andar, Shelley os organizava, e então corria escada abaixo para buscar mais. Enquanto isso, conforme se espalhava a notícia de que Fowler estava inundada, o telefone da loja tocava sem parar com noivas inquietas perguntando se os vestidos tinham molhado. "Estamos fazendo o melhor possível", Shelley ouvia a mãe repetir sem parar. Shelley sabia que nada menos que o melhor seria aceitável.

As semanas anteriores à inundação tinham sido muito movimentadas na Becker's. Mais de 750 milhões de pessoas, em todo o mundo, tinham assistido ao casamento da princesa Diana dois meses antes, e parecia que toda noiva que procurava a Becker's estava apaixonada pelo vestido em tafetá de seda da princesa, com mangas bufantes, renda bordada à mão e dez mil pérolas. As noivas adoraram ver aquela cauda de sete metros, de tafetá marfim, enfiada na carruagem que não era grande o bastante e, como resultado, passaram a querer caudas intermináveis e mangas bufantes em seu vestido dos sonhos. Era exaustivo levar todos aqueles vestidos bufantes, com caudas longas, escada acima e para longe do perigo.

A loja perdeu parte do estoque na enchente, mas nenhuma noiva ansiosa por seu vestido ficou decepcionada. Todos os vestidos vendidos foram salvos. Os Becker usaram ventiladores para secar o chão, e se alguma noiva entrou na igreja cheirando a enchente, com seu longo véu manchado de água deslizando pela nave central, não voltou para reclamar.

A juventude de Shelley carregou-a de venda a venda, noiva a noiva e crise a crise. Ela fazia o dever de casa às pressas, quando a loja estava sossegada, ou simplesmente não o fazia. Ela nunca pensou em ir para a faculdade, nunca pensou seriamente em sair de Fowler e nunca namorou muito. Durante seu último ano no Ensino Médio, inscreveu-se em um programa de estágio na Fowler High, para que pudesse sair da escola às 13 horas e ir direto para a Becker's.

Quando pensava na vida, ela percebia que seu objetivo era ajudar na loja e em casa, com os irmãos mais novos. Mas, certo dia, pareceu que sua vez tinha chegado.

Uma noite, quando tinha 17 anos, Shelley saiu da Becker's mais cedo para ir à festa de uma amiga. Esta tinha planejado convidar também um rapaz mais velho, chamado Gary Mueller, com a ideia de apresentá-lo a Shelley. Então, esta se viu conversando com esse jovem alto e atraente, de 20 anos, que fora colega de escola de seu irmão. Shelley e Gary nunca tinham se falado antes, e ela o achou gentil mas tímido. Ela tinha de puxar a conversa, mas, quando prestava atenção, dava para ver que ele era divertido, de uma forma reservada.

Nas semanas que se seguiram, Gary apaixonou-se por ela, e ela estava encantada com sua boa aparência e seu charme discreto. Ele era um pouco festeiro — estava sempre com uma bebida nas mãos —, mas isso descrevia muitos jovens da região. Para ela, isso era instigante. Quando estava com ele, Shelley sentia como se estivesse fugindo das limitações e responsabilidades da loja de vestidos de noiva.

Gary, por sua vez, então trabalhando com manutenção predial, não tinha grandes sonhos. Ele era o mais novo de seis filhos, seu pai era empregado na linha de montagem da General Motors. Seus pais eram de uma geração mais velha e enxergavam a vida com os olhos da Grande Depressão, o que os tornara muito cautelosos quanto a gastar e economizar. Assim como muitas famílias em Fowler, eles não eram muito carinhosos nem efusivos no momento de expressar amor.

Fiéis à educação que tiveram em casa, Gary e Shelley também não eram muito efusivos com relação a seus sentimentos. Mas, depois que começaram a namorar sério, o casamento parecia o destino inevitável. "Encontrei o cara", pensou Shelley. "Deve ser isso."

Gary nunca estivera na Becker's Bridal quando garoto, mas depois que começou a namorar Shelley, ele viu como a loja dominava a vida dos Becker. Ele ficou impressionado com o comprometimento da família com o negócio e com a dedicação de Shelley com as noivas, seus pais e irmãos. Ele imaginou que ela seria uma boa esposa e mãe.

Um dia, em julho de 1984, Gary e Shelley andavam de carro por Fowler quando ele parou na entrada da casa de seus pais. Parecia nervoso, mais envergonhado que de costume. Pegou uma caixa de doces e, de dentro dela, uma caixa de joia com uma aliança. Não foi bem um pedido de casamento. "Eu quero que você seja minha mulher", disse ele. "O que você acha?"

"Claro", disse ela. "Tudo bem." Eles se beijaram, se abraçaram e Shelley ficou animada. Algumas de suas amigas estavam noivas, e agora ela também estava. Gary tinha 21 anos; Shelley, 18 anos.

Ela experimentou vários vestidos na Becker's depois do expediente, mas não estava procurando de verdade até ir com a mãe a uma viagem de compras em Chicago. Sharon lembrou-se de como vovó Eva escolhera suas madrinhas e até seu vestido de casamento. Assim, ela resolveu dar tempo e espaço a Shelley para que a filha tomasse sua própria decisão. "Vamos encontrar algo que você ame", disse ela.

Em dado momento, um atacadista mostrou para Shelley um vestido de cetim branco cujo preço no varejo era três mil dólares — o que era caro, na época, mais caro que qualquer vestido da Becker's. (Hoje um vestido desses custaria 10 mil dólares.) Ele tinha um colarinho alto, mangas renascentistas e cauda de catedral, além de ter mais contas brilhantes e lantejoulas costuradas à mão do que Shelley jamais vira na loja em Fowler. "Amei", disse ela.

"Então, é seu", disse Sharon.

Elas pagaram o preço de atacado — 1.400 dólares — e o levaram para casa.

Durante seu noivado, Shelley descobriu uma nova afinidade com as noivas que atendia. Ela não consegue descrever exatamente o que sentia, a não ser que era "um sentimento secreto". Entusiasmo misturado a ansiedade e incerteza.

O dia do casamento, 7 de setembro de 1985, acabou sendo um dos dias de setembro mais quentes e úmidos de todos os tempos da região. O time de futebol americano da Universidade de Nebraska recebeu o da Florida State naquele dia, e a temperatura no campo chegou a 45 °C. Em Chicago, milhares de pessoas saíram de suas casas abafadas para se refrescar no Lago Michigan. Enquanto isso, Shelley e Gary derreteram durante sua cerimônia na igreja católica de Fowler, depois receberam 450 convidados em um prédio sem ar-condicionado do centro comunitário de St. John's, 11 quilômetros ao leste. A temperatura no salão passava de 38 °C.

O cabelo de Shelley ficou grudado em sua cabeça e o bolo de casamento literalmente derreteu. A cobertura deslizou do bolo, acumulando-se em pelotas sobre a mesa. A cada dez minutos, uma das tias de Shelley recolhia o que conseguia dessas pelotas e devolvia-as para o bolo, até o momento em que o esforço mostrou-se inútil e elas desistiram. Enquanto isso, duas das madrinhas desapareceram, após terem saído da festa — duas vezes — para ir até em casa tomar banho. Diversos convidados avisaram que estavam a ponto de desmaiar.

Shelley entrara na igreja com emoções conflitantes. Os pensamentos em sua cabeça eram: "Eu não quero me casar. Não quero abandonar meus irmãos e minhas irmãs. Eles ainda precisam de mim". Era difícil, para ela, se livrar de sua personalidade de cuidadora. Sua preocupação principal era com a irmã mais nova, Jenny, então com 11 anos. Shelley, que ajudara a criá-la desde o nascimento, sentia-se culpada por sair da casa da família, deixando Jenny para trás.

Quanto aos sentimentos por Gary, bem, ela era jovem, ele era jovem e os dois estavam ali. Ele era bonito e gentil com ela, e parecia menos reticente que Shelley. Ela o amava? Em certo ponto, claro. Mas Shelley pensa na menina de 19 anos que ela era e sabe que não compreendia exatamente o que era amor. E como poderia?

A recepção foi boa. Muita dança, muita bebida, alguns discursos dos quais ninguém se lembra. À meia-noite, Shelley e Gary começaram a se despedir antes de ir para a Ilha Mackinac, Michigan, ao norte. O prédio do centro comunitário quase não resfriara. Alguém disse que a temperatura ao ar livre estava em 38 °C. Os últimos convidados estavam esgotados e molhados de suor quando Shelley os beijou e agradeceu pela presença. Eles pareciam acabados. Todos precisavam de um bom banho.

Quando ela se aproximou da mãe para se despedir, Shelley escutou algo que não se lembrava de ter ouvido antes. "Eu te amo", disse-lhe a mãe, abraçando-a.

Com certeza Sharon dissera isso para Shelley quando esta era bebê. E é possível que tenha dito outras vezes, enquanto Shelley crescia. Mas Shelley sentiu, naquele momento, que essas palavras eram novas para sua mãe. Shelley ansiava por ouvi-las? É difícil dizer. Mais tarde, ela refletiria sobre aquele momento, chegando à conclusão que "Não é por que você nunca ouviu algo, que anseia por aquilo. Talvez você não saiba que precisa daquilo". Seus pais não tinham o costume de se expressar. Isso não significa que não sentissem amor.

De qualquer modo, aquelas palavras de sua mãe significaram mais para ela do que quaisquer outras ouvidas naquela noite, incluindo todos os "eu te amo" pronunciados por Gary.

"Eu te amo", disse-lhe a mãe, e aquelas palavras animaram Shelley.

"Também te amo, mãe", respondeu ela, apertando a mãe ao peito.

Ela saiu do salão com Gary, ainda com o vestido de casamento empapado de suor, e começou sua vida de mulher casada.

Capítulo 11

Julie

De pé no pedestal da Sala Mágica, Julie Wieber chegou a uma conclusão: aquele devia ser o momento mais agridoce de sua vida.

Na primeira vez que foi à Becker's, em 1986, sua mãe e sua sogra a acompanharam. Ela era uma noiva de 21 anos — agitada, risonha e apaixonada, mas ingênua —, que tagarelava sobre os planos de seu casamento e o noivo bonitão. Ela escolheu o primeiro vestido que experimentou. Alguns meses depois ela entrou alegre na igreja e se casou com Jeff, um jovem atraente e atlético que ela conhecia desde a infância. Eles tiveram cinco filhos entre 1987 e 1995 — quatro meninas e um garoto.

Agora, de volta à Becker's após vinte e quatro anos, sua entrada na Sala Mágica é mais hesitante, pois sua vida sofreu uma reviravolta inesperada e indesejada.

Enfermeira em um hospital de Lansing, Julie passou sua vida adulta com a certeza de que um dia voltaria à Becker's como mãe de noiva. Provavelmente como mãe de quatro noivas. Julie nunca pensou que ela mesma seria novamente a noiva sobre aquele pedestal.

De certa forma, a visita à Becker's de 2010 é uma reprise de sua ida em 1986. Novamente ela escolheu o primeiro vestido que provou, embora dessa vez seja cor de marfim e discreto, em vez de branco e cheio de floreios. Sua mãe a está acompanhando, e duas de suas filhas também.

Enquanto ela está no pedestal com seu vestido novo, linda aos 45 anos, todas as mulheres na Sala Mágica estão chorando — sua mãe, as filhas e as vendedoras. Shelley, também em lágrimas, recosta-se na parede leste. (Ela e Julie são amigas, assim como suas filhas.)

"Eu gostaria de acreditar que ninguém está vertendo lágrimas de tristeza", diz Julie, "que todas vocês estão chorando de felicidade porque minha vida está novamente entrando nos eixos."

"Claro", alguém diz, enquanto todas enxugam os olhos.

A cada passo do processo de compra do vestido, Julie não consegue deixar de pensar no dia de 1986 em que entrou na Becker's pela primeira vez. Ela fecha os olhos por um segundo, lembrando-se de como foi, para uma jovem de 21 anos em um vestido branco, se olhar no espelho pela primeira vez. Ela abre os olhos e lá está, com meia-idade. Essa é parte da mágica dos espelhos dessa sala. "Quando vim à Becker's pela primeira vez, ainda não tinha tido muitas experiências de vida", ela conta para Shelley mais tarde. "Aos 21, nossa atenção está focada no vestido. Era só nele que eu pensava. No vestido. Na festa."

Em 1986, ela decidira gastar boa parte de suas economias — 900 dólares — para comprar um vestido razoavelmente extravagante. Ela deu uma entrada de 150 dólares e planejava pagar o restante em parcelas de 100 dólares por mês. Contudo, quando ela foi à Becker's para pagar a primeira parcela, disseram-lhe que ela não devia mais nada. Seu noivo Jeff tinha passado por lá e quitado o vestido. Esse foi um dos muitos atos de bondade que Jeff faria para ela.

Julie nasceu em Fowler e cresceu perto de Jeff, amigo de seu irmão. Jeff, cuja família era dona da madeireira da região, gostava de fazer brincadeiras e animava qualquer festa. As pessoas diziam que ele era

Julie e Jeff no dia do casamento.

o sujeito mais carismático e amigável que jamais conheceram, e ele era conhecido por sua disposição e boa vontade para consertar coisas para os vizinhos e amigos. Dezenas de pessoas têm histórias de como Jeff as ajudou a consertar o portão da garagem, as ensinou a pescar ou a reduzir a acidez da água. Desde a adolescência, ele parecia ter a necessidade de ajudar as pessoas pondo a mão na massa. Muitos em Fowler o descrevem da mesma forma: ele foi um garoto e um homem de coração enorme.

Jeff tinha uma constituição física de esportista, era alto e atraente, com olhos azul-claros e, conforme envelhecia, foi ficando parecido com o ator Christopher Reeve, ou uma versão mais austera de David Hasselhoff. Desde a primeira vez que realmente saíram em um encontro, quando Julie tinha 18 e Jeff 21 anos, ela sentiu uma atração imensa por ele. Há uma foto do casamento em que Julie está olhando para Jeff com uma expressão que parece genuinamente siderada. De sua parte, Jeff gostava de dizer para os outros que amava Julie desde muito antes de começarem a namorar — talvez por toda sua vida. No casamento, foi lido um verso da Bíblia: "O amor nunca falha... o amor tudo suporta..."

Julie era devotada a Jeff à moda antiga, comprometendo-se a lutar pelos sonhos da família. Seus modelos românticos sempre foram seus avós paternos — que morreram com 99 e 93 anos, depois de casados por 68 anos — e seus pais, casados há 58 anos. A mãe, principalmente, é a confidente mais próxima de Julie.

Desde quando Julie era uma garotinha, ela conta, sua mãe foi a presença mais sábia em sua vida.

Jeff trabalhava como ferramenteiro na General Motors em Lansing. Ele e Julie trabalhavam em turnos desencontrados — o turno dela no hospital geralmente ia das 7h às 17h30, enquanto ele trabalhava das 14h às 22h30 na linha da Cadillac na General Motors —, então os momentos que passavam juntos eram preciosos. Eles dedicavam seu tempo livre às atividades dos filhos. Os dois jogavam vôlei em um time misto e costumavam ir para um chalé no Lago Houghton, duas horas ao norte de Fowler.

Jeff gostava de usar camisas havaianas, beber cerveja, pescar, caçar e divertir quem aparecesse em seu caminho com um verdadeiro arsenal cômico. Ele fazia uma imitação perfeita de Mike Brady, o pai da série de televisão de 1969, *A Família Sol, Lá, Si, Dó* e era igualmente famoso por sua representação de um cão raivoso. Ele gostava de levar Julie para uma boate onde a iluminação da pista de dança fazia a roupa branca brilhar no escuro. Ele não tinha vergonha de baixar um pouco as calças para mostrar a cueca branca brilhando enquanto dançava. Por toda a pista de dança, as pessoas não conseguiam parar de rir, enquanto o DJ falava com ele pelos alto-falantes: "Você, com as calças baixas, puxe-as para cima!".

Jeff tinha orgulho da sua capacidade de inventar apelidos engraçados para os outros e se divertia ao observar como as crianças ficavam confusas quando ele, de propósito, pronunciava seus nomes errado. A princípio, as crianças tentavam entender por que um adulto cometeria aquele tipo de erro, mas depois percebiam que a pronúncia errada de Jeff era uma forma de mostrar carinho.

Julie amava praticamente tudo em Jeff, e essa era uma das razões pelas quais seu casamento dava certo. Os pesquisadores dizem que, hoje, casamentos felizes são frequentemente alimentados por "otimismo irracional" e "vontade de se enganar" — em que pelo menos um dos cônjuges idealiza o outro. Se a esposa acha que seu marido é mais inteligente, engraçado e bonito do que realmente é, suas percepções positivas fazem bem para o casamento, de acordo com um estudo em andamento da Universidade de Buffalo.

Casamentos de pessoas realistas podem ser mais problemáticos, principalmente depois que o tempo passa e os encantos do parceiro tornam-se monótonos ou desprezados, enquanto seus pontos fracos parecem maiores e incorrigíveis. Aqueles que continuam a idealizar o cônjuge, mesmo que irracionalmente, têm o que os pesquisadores descrevem como "um nível de imunidade aos efeitos corrosivos do tempo". Casamentos longos são mais satisfatórios quando pelo menos metade do casal resiste a tirar as lentes cor-de-rosa.

No caso de Julie, sempre que ela falava com alguém sobre Jeff, insistia que não estava exagerando seus pontos positivos. E suas filhas — Stefanie, Lauren, Camie e Macy — concordavam. Elas também o idolatravam. Quando estava no 4º ano, Camie ganhou um concurso regional de redações sobre o Dia dos Pais, vencendo outras quatrocentas crianças. "Qualquer criança adoraria ter meu pai em sua vida", escreveu Camie. Porque, entre outras razões, "Ele trabalhava em dois empregos para que minha mãe pudesse ir à escola de enfermagem e se formar"; e "Você precisa ver os bancos e armários de carvalho que ele faz, com todo o coração, para nós!". Graças ao ensaio de Camie, Jeff foi nomeado "Pai do Ano" e ganhou um terno novo e ingressos para toda a família assistir a um jogo dos Lansing Lugnuts na Liga menor de beisebol.

Uma vez, enquanto tomavam cerveja, Jeff disse para seu irmão: "Sabe, as mulheres às vezes são difíceis. Precisamos entender como elas funcionam. Esse é o segredo. No meu caso, tenho quatro filhas e cheguei à conclusão que duas delas são cachorros, e duas são gatos. Para as duas que são cachorros eu tenho de dar muita atenção. E fazer carinho. Já as duas que são gatos, ficam bem sozinhas. Elas gostam de ser deixadas em paz. Então, eu me ajustei, percebe? Quando estou com os cachorros, faço carinho e brinco. Quando estou com os gatos, dou espaço. Mas, em ambos os casos, é preciso lembrar de amá-las".

Alguns pais têm dificuldades de se comunicar com as filhas porque, os pesquisadores explicam, os homens procuram resolver problemas durante uma conversa, enquanto as mulheres geralmente querem discutir primeiro seus sentimentos. Jeff sabia como conversar com suas meninas quando elas tinham algum problema. "Você quer minha ajuda para encontrar uma solução", ele perguntava, "ou você quer que eu apenas ouça você?"

Jeff era, com certeza, homem com "H" maiúsculo, e criou suas filhas para serem duronas — de modo que soubessem caçar, pescar e cortar lenha —, mas também reconhecia suas feminilidades, suas necessidades e seus anseios.

Durante a maior parte do casamento, Jeff não foi um marido de expressar seus sentimentos — ele não dizia "te amo" o tempo todo —, mas era importante para ele que as filhas soubessem o quanto ele amava Julie.

Em novembro de 2008, quando Camie tinha quinze anos, ela foi caçar cervos com o pai e eles aproveitaram para conversar sobre escola, amizades e esportes. Ele a divertiu com suas imitações. Mas certa noite, no meio da floresta, do nada Jeff perguntou à filha: "Você tem noção do quanto eu amo sua mãe?".

Camie sorriu para ele: "Claro, pai, eu sei que você ama a mamãe".

Jeff fitou Camie por um instante, e ela sentiu que ele queria dizer algo importante. O comediante estava sério. "Acho que você e suas irmãs não têm a noção plena disso", falou ele. "Acho que vocês não sabem o quanto eu realmente amo a mãe de vocês. E é esse amor que eu quero que vocês tenham, o tipo de amor que sinto por sua mãe."

Julie e Jeff depois de algum tempo de casados.

Há muito tempo, Jeff e Julie participaram de um "encontro de casais" durante um fim de semana, e uma situação deixou Jeff constrangido. Cada casal tinha de contar a história de como se apaixonou. Na vez de Jeff, ele não conseguiu ir fundo nos seus sentimentos. "Sou amigo do irmão da Julie", disse ele. "Um dia ele me prometeu cinco dólares toda vez que eu saísse com a Julie. Depois ele me ofereceu uma bonificação de 25 dólares se eu me casasse com ela." Depois Jeff falou para Julie: "Ninguém precisa saber qual é nossa história. Você sabe o quanto eu te amo".

"Eu sei", disse Julie, "mas é sempre bom ouvir."

Depois que fez 45 anos, Jeff começou a sentir muita dor nas costas, mas ele só franzia o rosto e não falava muito a respeito. Seu problema nas costas fez que Jeff admirasse ainda mais Julie, que, como enfermeira, conseguia lhe orientar e dar uma atenção carinhosa e paciente. Jeff operou três vezes as costas, mas a dor continuou. Os médicos estavam tão concentrados nas costas que, ao examinar as ressonâncias magnéticas de Jeff, nunca perceberam que ele também tinha problemas cardíacos.

Em 6 de fevereiro de 2009, Jeff estava no porão da casa em Fowler, construindo partes de uma lareira que pretendia levar para o chalé da família no lago. Julie reclamava frequentemente do frio no chalé, e Jeff pensou que a lareira seria uma bela surpresa para a mulher. Ele já estava no porão havia algum tempo, em silêncio, quando seu filho Lee, de 20 anos, o chamou, mas não teve resposta. Lee desceu a escadaria e encontrou Jeff morto. Ele tinha 47 anos.

O patologista depois diagnosticou que Jeff — o sujeito que todos descreviam como tendo um coração enorme — morrera de complicações decorrentes de hipertrofia cardíaca. "Um coração grande demais", Julie disse quando recebeu a notícia, "isso não me surpreende."

Mais de duas mil pessoas compareceram ao velório de Jeff em Fowler, o que é algo incrível para uma cidade com 1 100 habitantes. As pessoas se lembravam de suas histórias com ele, e cada uma tinha algo para contar. Uma das sessões de histórias durou quase duas horas.

"Tio Jeff me ensinou a dirigir...", disse um sobrinho, fazendo uma pausa antes de concluir, "...quando eu tinha 11 anos."

Um professor de matemática de Fowler contou que Jeff sempre se oferecia para ser monitor nas excursões das filhas. "Era Jeff e um monte de mães."

Um admirador de Jeff falou do que tornava ele um amigo de verdade: "Um amigo de verdade é alguém que aparece na sua casa trazendo algo que você não sabia que precisava, e que depois você não consegue viver sem. Um amigo de verdade diz como você é bom em alguma coisa e usa a palavra 'cretino' na mesma frase. Jeff Wieber é meu amigo de verdade."

"Mesmo quem visse Jeff uma única vez nunca mais se esqueceria dele", disse um médico que trabalhava com Julie no hospital.

A sobrinha de Jeff talvez o tenha sintetizado melhor: "Jeff não era só uma grande figura", disse ela, "ele também tinha um grande caráter."

A melhor amiga de Julie falou sobre o que havia muito observava: "O que mais me impressionava em Jeff e Julie era o amor que tinham um pelo outro. Nunca precisaram me falar nada a respeito. Eu via em seus olhos quando se olhavam".

Para poder ir ao velório, Shelley deixou uma funcionária a cargo da Becker's. Sentada lá, ouvindo os discursos elogiosos, ela percebeu que não conhecia outro casal tão ligado quanto Julie e Jeff. "Como a Julie vai conseguir viver agora?", Shelley se perguntou. "Ela nunca mais vai ser feliz." Ela imaginou se, de alguma forma, Jeff estaria presente, ouvindo os discursos.

Lauren, filha de Jeff e Julie, levantou-se e falou sobre a maior nevasca que atingiu Fowler três semanas antes de Jeff morrer. Embora suas costas doessem, Jeff vestiu seu pesado casaco de inverno e foi lá fora operar o soprador de neve. Julie decidiu ajudá-lo com uma pá. Quando Jeff não estava olhando, Julie jogou uma bola de neve nele. Ele mostrou o dedo médio para ela — mas sorrindo. Depois ele também arremessou algumas bolas nela. Logo os dois pareciam duas crianças rolando na neve.

Nenhum dos dois percebeu, mas sua filha mais nova os observava da janela da sala de estar. "Nós víamos com tanta clareza", disse Lauren durante o velório. "Nosso pai e nossa mãe eram os melhores amigos um do outro."

Julie sabia disso. Sempre que as garotas tentavam jogar um pai contra o outro, Jeff as interrompia dizendo: "Nunca tentem se colocar entre mim e sua mãe. Ela já estava comigo muito antes de vocês aparecerem, e quando crescerem e forem viver a vida vocês, ela continuará comigo".

Nos dias que se seguiram à morte de Jeff, Julie não conseguia dormir. Ela se exauria com atividades antes de se jogar na cama, na esperança de que os olhos se fechassem e ela tivesse uma trégua em sua tristeza.

Certa noite, deitada na cama, ela se lembrou de um bilhete que Jeff lhe escrevera depois que os pais dele morreram. Era uma mensagem simples que ele deixara na mesa de cabeceira, para que ela visse ao voltar do trabalho. Jeff queria que Julie soubesse como se sentia grato pelo apoio que ela lhe dera enquanto ele lamentava a morte dos pais. "Julie, eu te amo tanto", ele escreveu, "e admiro tudo que você faz".

Então, pouco depois que ele morreu, Julie revirou a gaveta da mesinha na esperança de encontrar o bilhete. Quando o encontrou, ela o segurou por um tempo. Depois, vasculhou mais um pouco a gaveta e encontrou outro bilhete que Jeff lhe escrevera.

Era uma mensagem que ele deixara, certa manhã, antes de sair em uma viagem de caça. Julie queria sempre beijá-lo antes de ele sair — ela era supersticiosa assim mesmo — e ficou brava que ele saíra sem se despedir ou beijá-la. A mensagem era simples: "Julie, me desculpe se deixei você aborrecida pela forma com que eu parti. Você sabe que é minha garota favorita e que eu te amo."

"Eu tinha me esquecido desse bilhete", Julie disse depois para Shelley, "mas foi muito difícil ler essa mensagem. Parece que foi feita para ser lida depois da morte de Jeff. Para mim, é como se ele estivesse me pedindo desculpas por morrer e me deixar para trás."

Depois que Jeff morreu, Julie e cada um dos cinco filhos se consultaram, um de cada vez, com um terapeuta de luto. Havia sentimentos feridos e questões não resolvidas. Os filhos estavam muito nervosos e tristes, brigando com Julie e entre eles. A sensação era de que a família estava se despedaçando.

Helen, mãe de Julie, que ajudara a criar as crianças enquanto Julie fazia a escola de enfermagem, sempre fora próxima dos cinco netos. Após a morte de Jeff, eles se voltaram para ela em busca do consolo que a mãe não conseguia lhes dar. Helen estava triste em ver os netos brigando dia após dia. Todos estavam magoados e culpavam uns aos outros pela dor. "Às vezes me dá vontade de renegar todo mundo", uma das garotas admitiu para Helen.

Cada um dos filhos procurava meios de humilhar o outro. Se uma das meninas chegava sorridente porque conseguira uma nota boa na prova, outra dizia: "Quem se importa? Papai não está aqui para ver". Demorou um pouco para eles perceberem que, embora não tivessem mais seu pai, ainda tinham uns aos outros.

Devido às normas de confidencialidade, o terapeuta não pôde dizer muita coisa para Julie sobre o que cada um de seus filhos falava na terapia. Mas o terapeuta lhe disse o seguinte: "Seu marido era um homem incrível. Cada um dos seus filhos me disse, individualmente, a mesma coisa. Cada um acreditava ser o filho favorito do pai. Jeff devia ter um jeito de se relacionar com os filhos que os faziam se sentir muito especiais".

Em uma de suas sessões, Julie admitiu ao terapeuta que se debatia com sentimentos de culpa — por não ter, de alguma forma, salvado Jeff, e por continuar com a sua vida, deixando-o para trás. "Posso chamar sua atenção para uma coisa?", perguntou o terapeuta. "Você fez seus votos de casamento quando se uniu a Jeff, não? Quais foram esses votos?"

"Eu jurei estar com ele na saúde e na doença", disse Julie.

"E você se lembra da parte 'até que a morte os separe'?", perguntou o terapeuta.

O terapeuta lembrou Julie que nem ela nem Jeff podiam prever quem morreria primeiro, mas que em seus votos cada um permitiu ao cônjuge seguir em frente. "Tenho certeza de que Jeff não desejaria que sua vida acabasse", disse. "Ele diria que você cumpriu seu compromisso com ele, com seus votos, e que foi uma ótima esposa. E agora que a morte separou vocês, é uma escolha sua o que fazer daqui para frente. Você pode ficar prostrada, sentindo pena de si mesma para sempre e arruinar sua vida. Ou pode resistir a esse sentimento de culpa e seguir adiante."

O terapeuta falou da responsabilidade de Julie para com suas quatro filhas e seu filho. Ele lhe disse: "A melhor coisa que você pode fazer por seus filhos é ser feliz de novo."

Julie não tinha intenção de se envolver a sério com outro homem, principalmente tão pouco tempo depois da morte de Jeff. Mas seu irmão a apresentou a um amigo chamado Dean, divorciado e com quatro filhos. Dean era engenheiro de processos na mesma unidade da Cadillac em que Jeff trabalhara, embora os dois apenas se conhecessem de vista.

"Ele é parecido com Jeff em muitos aspectos", dizia Julie para os outros. "Ele é divertido e caloroso, com um grande coração. E ele é tranquilo. Estar com ele não requer esforço. Eu costumava descrever Jeff como 'um cara muito legal'. É assim que descrevo Dean."

Rapidamente — rápido demais para algumas pessoas na família de Julie —, ela e Dean anunciaram que iriam se casar. Na Becker's Bridal, sua amiga Shelley a entendeu. "Sempre achei que, se uma viúva vem de um casamento bom, logo vai se casar de novo", disse ela.

Antes de anunciarem seu casamento, diz Julie, ela e Dean foram ingênuos. "Sonhávamos que todos os nossos filhos aceitariam a ideia e que nos ajudariam a escolher a aliança. Foi apenas um sonho."

Eles ficaram noivos em uma noite de sexta-feira, em março de 2010, e ao acordarem, na manhã seguinte, quiseram contar a novidade aos filhos. Apenas as filhas mais velha e mais nova de Julie, Stefanie e Macy, estavam em casa. Quando Julie deu a notícia, foi como se tivesse detonado uma bomba. Macy ficou pálida. Ela disse que odiava Dean e Julie. "Como você pode fazer isso conosco?", e repetiu várias vezes: "Nós não queremos outro homem na nossa casa — na casa do papai!".

Julie respondeu, também várias vezes: "Vocês têm de confiar em mim. Alguma vez já as orientei mal?".

Julie e Dean foram para a casa da mãe de Julie contar sobre o noivado, mas Macy já tinha enviado mensagens de texto para a avó, as irmãs e o irmão contando a novidade. Era como se uma rede de informações, raivosa e de alta tecnologia, circulasse por Fowler na velocidade em que as pessoas conseguiam digitar.

Camie, a filha do meio, tentou ser compreensiva. "Mãe, fico feliz que você esteja feliz", disse ela, "mas vou precisar de tempo para digerir isso." Os outros foram mais duros. Durante semanas Macy falou, para quem quisesse ouvir, da raiva que sentia por Julie.

Finalmente, Helen, mãe de Julie, não aguentou mais. "Sabe, é da minha filha que você está falando, minha carne e meu sangue", disse ela. "Eu vi o inferno no qual ela viveu durante catorze meses. E agora, com Dean, ela está feliz. Como mãe, ver que minha filha enlutada está feliz de novo, me faz sentir que minhas preces foram atendidas. E Macy, preciso lhe dizer algo: você tem de ter cuidado com a forma como fala da minha filha."

Os filhos de Julie foram surpreendentemente afetados pelo recado da avó, pela forma agressiva com que ela defendeu Julie. Aquele foi um momento decisivo. "Meus filhos viram que eu não era só a mãe deles", diz Julie. "Eu também sou a filha da minha mãe."

Julie esforçou-se para entender como o luto de seus filhos era diferente do dela. "Nenhum de nós pode substituir Jeff", ela disse para Shelley. "Mas eu consegui me apaixonar de novo, começar um novo capítulo. Para minhas filhas e meu filho é diferente. Eles nunca vão ter outro pai."

Aos trancos e barrancos, a família começou a tentar se reconciliar. E assim Julie se viu, aos 45 anos, de volta à Sala Mágica da Becker's Bridal acompanhada de sua mãe e duas de suas filhas. As outras duas ficaram em casa; ainda não estão prontas para comemorar o novo relacionamento.

Ao contrário de 1986, o vestido de casamento não significou o amor jovem ou a entrada na vida adulta. Dessa vez, ele foi um lembrete tangível de que Julie estava recomeçando. Era como se colocar o vestido fosse um atestado de tudo aquilo pelo qual ela passara. Tratava-se de seguir adiante e encontrar sentido em um novo casamento.

Certa noite, Julie disse a Dean: "Eu sempre vou amar o Jeff. Isso nunca vai mudar. Mas eu sei que também posso amar você".

"Isso é o bastante para mim", disse-lhe Dean.

Capítulo 12

A visão que uma filha tem do casamento

Alguns meses depois que Alyssa, filha de Shelley, começou a trabalhar na Becker's em período integral, ela começou a ter o que chamou de "pesadelo da cegueira branca". Agora ele a ataca diversas noites por semana. O pesadelo geralmente começa da mesma forma. Ela está presa em um matagal de vestidos brancos que a sufocam enquanto, além da brancura (ou quase brancura), pessoas tagarelam ao mesmo tempo. Algumas estão lhe contando, com muitos detalhes, o tipo de vestido que desejam. Outras reclamam de vestidos que não caem bem. Em seus sonhos, a Becker's está promovendo um desfile de estilistas e a loja está lotada de mulheres. Há cercas, mas Alyssa não consegue segurar as clientes.

"Elas estão derrubando as barreiras!", ela grita para Shelley.

"Tente detê-las!", responde a mãe.

"Não consigo!", diz Alyssa. "Não consigo segurá-las!"

Shelley não se surpreende com os sonhos da filha. Ela tem sofrido com seus "pesadelos da cegueira branca" a vida toda. Seus sonhos tornaram-se especialmente desconcertantes depois que os três filhos nasceram.

Nos sonhos de Shelley, ela está na loja, atendendo as clientes, mas precisa se afastar. Ela tem de ir a um evento esportivo de seu filho, ou a uma reunião de pais e mestres a respeito de Alyssa, ou a algum lugar onde seus filhos precisam dela, mas a loja está entupida de noivas acompanhadas de suas mães.

Em seus sonhos, Shelley sempre se sente aprisionada, mas ela nunca diz a uma noiva que precisa sair. Nem mesmo consegue andar até a porta da frente da loja para tentar fugir. Ela sabe que não pode escapar, e então fica — perdendo momento após momento de sua vida de mãe.

"Em que tipo de véu você está pensando?", ela pergunta para uma noiva, e então, enquanto ouve a resposta, sorrindo, surge uma sensação de peso em seu estômago e ela pensa: "Tenho de sair daqui. Estou atrasada. Preciso ir!"

Talvez Shelley esteja se lembrando de sua própria infância, esperando a mãe voltar para casa. Talvez sejam seus próprios sentimentos de culpa por tudo que perdeu, como mãe, enquanto tocava a Becker's. Seja qual for a causa, o sonho continua se fazendo presente. E, de outra forma, é um sonho que arrumou um jeito de entrar também na cabeça de Alyssa.

"Esse vestido ficou ótimo em você", diz Shelley para uma noiva, sabendo que seu lugar fica a algumas centenas de metros, em casa com os filhos. Mas também poderia ser um milhão de quilômetros além.

O casamento de Shelley com Gary, em 1985, começou muito bem. Eles eram jovens e atraentes, e as pessoas comentavam que os dois formavam um lindo casal. Gary era alto e moreno, com um bigode de Tom Selleck, e alguns diziam que Shelley era a garota mais bonita de Fowler. Ambos sentiam a emoção do início da vida adulta. Só a ideia de morar juntos e fazer planos para o jantar ou para o fim de semana, como marido e mulher, era animadora, principalmente para Shelley, que havia muito se definia de duas formas: babá dos irmãos e vendedora na loja.

Por um tempo, depois que se casaram, Shelley e Gary moraram, de frente para a loja, em um pequeno apartamento no prédio onde trabalhavam as costureiras. A cada manhã, Shelley dava trinta passos até a Becker's Bridal, onde ela trabalhava semanas de 60 horas para seus pais. Gary trabalhava fora da cidade, em construções, e depois assumiu a manutenção de uma galeria de lojas.

Os pais de Gary eram muito mais velhos que os de Shelley. O pai, um veterano da Segunda Guerra Mundial, nascido em 1911, trabalhara em uma linha de montagem da General Motors durante a maior parte da vida. Quando Gary nasceu, em 1963, seu pai tinha 52 anos, e a mãe, dona de casa, 44 anos. Eram dois estoicos que se mantinham fiéis aos seus valores do tempo da Depressão. De criação frugal, Gary gostava muito da família Becker. É verdade que, assim como seus pais, os Becker não eram muito dados a demonstrações de sentimentos. Mas, ao contrário deles, eram ambiciosos e gostavam de assumir riscos, o que Gary admirava. Os Becker eram empreendedores que compreendiam o risco financeiro associado a encher uma loja com milhares de vestidos de casamento. E mesmo assim o faziam. Gary compreendia a motivação de seu pai em ter um salário garantido trabalhando na linha de montagem. Mas seu pai se satisfazia com uma vida modesta, enquanto os sogros de Gary estavam construindo uma pequena dinastia.

"Os Becker faturavam e gastavam", Gary se lembra. "O Natal era uma loucura. Eu saía cheio de presentes da casa dos meus sogros."

No começo, Shelley não deu muita importância a qualquer dúvida relativa a ela e Gary estarem prontos para começar uma família. Era essa a progressão natural para casais jovens em Fowler: casamento e, num piscar de olhos, filhos. Sim, Shelley via que Gary ainda gostava de sair para beber com seus amigos e às vezes exagerava na dose; ele ainda não havia se acomodado com a responsabilidade de adulto. Mas seu coração parecia estar no lugar certo, e ele tinha uma afeição óbvia por Shelley. Ela imaginava que ele superaria sua imaturidade.

Com apenas 20 anos de idade, Shelley já se sentia pronta para ser mãe, ainda mais depois de haver tomado conta dos irmãos por toda a vida. E apesar de praticamente não conhecer o mundo fora de Fowler, toda sua experiência na Becker's lhe permitia sentir certa confiança. A maternidade não a assustava. Embora nem ela nem Gary estivessem ganhando muito dinheiro, e Shelley não se sentisse muito segura quanto aos sentimentos pelo marido, ela ficou grávida.

A primeira filha, Alyssa, chegou em 1986, com um mês de atraso. "A bebê não quer nascer", os parentes diziam para Shelley, que terminou fazendo uma cesariana.

Como Alyssa chegou tão atrasada, ela não parecia uma recém-nascida. Ela parecia ter quatro ou cinco meses, e nasceu alerta e de olhos abertos.

Nos anos seguintes, Alyssa mostrou-se precoce em muitas coisas. Ela andou, falou e começou a ler muito cedo. Na pré-escola, enquanto outras crianças levavam bonecas e bichinhos para mostrar para a classe, Alyssa levava artigos de jornal que tinha lido. Sua professora ficou preocupada com o ar de maturidade de Alyssa e com seu progresso, bem maior que das outras crianças de Fowler. Ela perguntou a Shelley, então com 26 anos, se não estava forçando demais a filha nos estudos.

"Acho que isso não se deve a nada que eu esteja fazendo", Shelley disse para a professora. Na verdade, Shelley estava sempre tão ocupada na loja que não tinha tempo para forçar Alyssa em qualquer aspecto acadêmico. Além disso, ela nunca fora uma grande aluna. Parecia, apenas, que Alyssa era naturalmente inteligente e absorvia tudo por conta própria.

Alyssa frequentava o jardim de infância pela manhã e, como seus pais trabalhavam, passava as tardes na casa de uma babá — de quem ela não gostava muito e um dos motivos para isso era que a mulher lhe servia sanduíches de pasta de amendoim com geleia todos os dias. Era monótono. Mas o principal motivo era que Alyssa sentia falta da mãe. E assim ela convenceu Shelley a deixá-la ficar na Becker's à tarde.

A pequena Alyssa tentava ajudar na loja. Ela engatinhava pelo chão recolhendo contas extraviadas ou dizia para as clientes que logo uma vendedora as atenderia. Para passar o tempo, folheava os convites de casamento dispostos em uma escrivaninha perto do hall da loja. Ela decidiu que, quando ficasse adulta e fosse se casar, usaria convites com temas da Disney. Quando era bem nova, pelo menos, Alyssa era uma idealista. A noiva era uma princesa. O noivo, um príncipe. E assim a Disney cuidaria dos convites.

Alyssa não compreendia muito bem as noivas, seus planos de casamento e, principalmente, os sentimentos incertos que se agitavam dentro dela a respeito de como homens e mulheres interagiam. Cada dia trazia uma nova lição ou um novo roteiro para encenar em suas brincadeiras.

Um dia, um garoto entrou na loja — ele devia ser o irmão caçula de uma das noivas —, e Alyssa ficou andando para frente e para trás diante dele com um bloco de notas e uma caneta, tentando parecer uma vendedora oficial. O garoto mal reparou nela, que não sabia muito bem o que pretendia com aquela desajeitada tentativa de chamar a atenção do menino.

Assim como Shelley fazia quando garota, Alyssa se escondia atrás dos vestidos, ou no armário embaixo da escada principal onde a papelada era guardada. Ali era sua caverna. Ela podia dormir ou ouvir os sons abafados das noivas no andar de vendas. Ela se sentia segura naquele momento.

Clark e Sharon, avós de Alyssa, ainda eram os responsáveis pela loja e, uma vez por ano, em uma tarde de domingo, eles promoviam um desfile de noivas no auditório da cidade. Filhas, noras e vendedoras jovens recebiam 50 dólares para desfilar na passarela vestidas de noiva. As netas da família, incluindo Alyssa, participavam como floristas ou damas de honra. Os netos carregavam os anéis. A maioria das pessoas na plateia nunca imaginou quantos Becker trabalhavam naquela passarela. Clark e Sharon comemoravam o desfile levando todos para jantar em um restaurante em Lansing.

Shelley envolvia-se bastante no planejamento desses desfiles. Ela estava começando a se tornar fundamental para a operação da loja.

Ainda assim, ela continuava sendo uma empregada dos pais, o que não era fácil para ela, já que tinha ideias de como melhorar o gerenciamento e a promoção da Becker's. Shelley acreditava que o andar de vendas precisava de uma grande reforma. Afinal, os anos de 1990 tinham chegado e, para competir, a Becker's precisava parecer uma butique chique, não um armazém de cidadezinha do interior. Mas ela percebia a resistência de seus pais e guardava a maioria das ideias para si mesma.

Alyssa não compreendia totalmente as pressões que sua mãe tinha de enfrentar, mas ela percebia que muita coisa preocupava Shelley. Porque sua mãe estava sempre tão ocupada com o trabalho, Alyssa começou a querer chamar a atenção. Da mesma forma que outras crianças, ela queria ser notada, queria que a mãe olhasse em sua direção. Às vezes, ela conseguia isso de forma planejada.

Ela gostava de se esconder em lugares diferentes, sem contar para ninguém, e tinha prazer em saber que havia gente à sua procura. Ela gostava de ouvir o que os outros falavam dela enquanto a procuravam; era quase como Tom Sawyer em seu próprio funeral. Talvez ela precisasse ouvir as pessoas que amava demonstrando preocupação com ela.

No verão de 1991, por exemplo, durante uma reunião da família no chalé que os avós tinham perto do lago, Alyssa, então com cinco anos, escapuliu de pais, tios, e primos. Ela se enfiou em um armário pequeno onde toalhas de praia eram guardadas, e esperou para ver o que aconteceria.

Quando Shelley percebeu que sua filha não estava por perto, começou a chamá-la. "Alyssa? Alyssa?" Não demorou para que Alyssa pudesse ouvir quinze de seus parentes falando sobre ela enquanto vasculhavam a casa. "Quando você a viu pela última vez? Onde ela estava?"

"Alyssa? ALYSSA!"

"Alguém a viu ir para o lago?"

Alyssa podia sentir o temor de seus entes queridos, o pânico crescente. Teria fugido e se perdido? Teria se afogado? Mas ela estava em seu esconderijo, sem falar nada.

Mesmo aos 5 anos, era esperta o bastante para saber que tinha exagerado. Se simplesmente saísse do armário, seria repreendida por não responder aos chamados. Então, decidiu ficar ali e, se a porta fosse aberta, fingiria estar dormindo profundamente.

Após 15 minutos de busca, alguém abriu a porta do armário de toalhas e gritou: "Ela está aqui, dormindo!". Shelley chegou correndo e abraçou Alyssa. "Querida, estou tão feliz que encontramos você. Nós ficamos tão preocupados!"

Alyssa esfregou os olhos, uma pequena atriz interpretando o papel de uma criança que acaba de acordar, e retribuiu o abraço da mãe. Ela ficou aliviada por não ter se encrencado. Embora se sentisse um pouco culpada ao receber aquele abraço da mãe aliviada, também se sentiu feliz por estar nos braços de Shelley e no centro das preocupações da mãe naquele momento.

Na ocasião, e nos meses que se seguiram, Shelley não deu muita atenção à motivação de Alyssa para planejar desaparecimentos. Mas agora ela compreende. Talvez a pequena e inteligente Alyssa estivesse percebendo que as coisas nem sempre iam bem em casa, que seu pai bebia demais e que o casamento dos dois não era o que deveria ter sido.

"Quando uma criança se esconde, parte dela deseja ser encontrada", diz Shelley. "Ao se esconder, era como se parte dela dissesse 'me encontre, fale comigo, me dê atenção, repare em mim. Estou aqui.' Na época, não enxerguei nada disso. Simplesmente não enxerguei."

Alyssa cultiva calorosamente as lembranças mais queridas de seu pai e sua mãe da época em que ela e seus dois irmãos eram crianças. Nas noites de sábado, depois que a Becker's fechava, Gary e Shelley costumavam fazer a "Noite do Cinema" em casa. Eles compravam alguns pacotes de doces e alugavam um filme para a família em VHS na locadora de Fowler. Ao longo da semana, as crianças ganhavam cupons para trocar pelos doces e ingressos para o filme quando faziam suas tarefas: lavar os pratos após o jantar e manter seus quartos arrumados. "As noites de cinema eram um tipo de aventura", diz Alyssa hoje, "como se fôssemos para outro lugar, longe de Fowler."

Nas noites durante a semana, Shelley costumava ficar na loja, e Alyssa gostava do tempo que passava com o pai, os dois sentados no sofá, assistindo a seriados de censura livre na televisão, como *Anos Incríveis*. Gary se identificava com a série porque Kevin, personagem interpretado por Fred Savage, era de sua geração. Alyssa gostava porque era sobre uma família, mas essa família estava longe de ser perfeita. Ela também gostava dos comentários feitos, fora da tela, por um Kevin adulto. "Eu gosto de estar dentro da cabeça de alguém", contou ela para o pai.

Eles assistiam, também, a reprises de *Foi Sem Querer* e *Dias Felizes*[1], e um dia Gary ajudou Alyssa a fazer uma fantasia de Fonzie, personagem mais popular da série *Dias Felizes*, para o Halloween. Ainda que seu pai estivesse bebendo, pelo menos naqueles primeiros anos havia uma doçura nele, uma preocupação paterna e um amor que venciam o torpor do álcool.

Quando Alyssa estava no 1º ano, decidiu que queria fazer, com as amigas, uma apresentação da música *Great Balls of Fire*, de Jerry Lee Lewis, no show de talentos da escola, fingindo cantar por cima da gravação original. Uma noite, depois do trabalho, Gary a surpreendeu ao levar para casa uma fita cassete com a música. Não havia loja de discos em Fowler, e mesmo em Lansing ele teve dificuldade para encontrar essa música. Mas ele se esforçou e a procurou até encontrá-la, e Alyssa adorou a dedicação do pai.

Ela praticava a música com as amigas todos os dias, durante o recreio, mas antes da apresentação, as outras meninas, com medo, desistiram, e Alyssa continuou a ensaiar sozinha. No entanto ela também acabou se intimidando e não se apresentou.

Mesmo assim, Alyssa guarda a memória querida de seu pai entrando pela porta de casa com a fita cassete na mão e um sorriso largo no rosto, feliz por ajudar a filha a preparar seu show.

[1] Seriados de televisão produzidos entre 1957 e 1963 (N.E.).

É engraçado, ela pensa hoje, como pequenos momentos podem nos marcar como atos de amor.

Gary se preocupava que Shelley estivesse trabalhando demais. Ele via o estresse em seu rosto e também percebia como isso afetava o relacionamento entre os dois. "Você é escrava daquela loja", ele dizia. Ela dava de ombros. Essa era a vida dela.

Todas as noites, quando Shelley chegava do trabalho, Gary precisava sentir qual era o estado de espírito da esposa. Teria sido um dia bom ou ruim? Será que ela fora castigada pelas picuinhas de alguma mãe de noiva ou houve um momento no dia em que ela se animara ao ouvir uma história emocionante?

Gary sabia que Shelley considerava a possibilidade de, um dia, assumir a loja, e que trabalhar para os pais impunha certos desafios para sua mulher. Às vezes, ela lhe contava seus sonhos para a Becker's e também para sua vida, e mesmo para a vida dos dois. Às vezes, ela se fechava.

Alyssa, enquanto criança, observava e absorvia os estresses na vida da mãe. Ela sabia que não era fácil para Shelley trabalhar com os pais e que a mãe se sentia culpada quando não estava em casa. Ela nunca pensou "minha mãe ama seu trabalho". Ela pensava: "Uau, minha mãe está trabalhando tanto e não é fácil. Estou preocupada com ela".

Shelley sentia culpa por todas as horas que ficava na loja e às vezes exagerava ao tentar compensá-las assumindo ainda mais responsabilidades na jornada doméstica. A tropa de escotismo de Alyssa precisava de uma líder, e embora houvesse muitas garotas cujas mães não trabalhavam fora, foi Shelley quem se apresentou para a tarefa, que desempenhou durante dez anos. Quando a mulher a cargo de todo o território das escoteiras se aposentou, Shelley ocupou essa posição também. Isso se devia, em parte, à culpa da mãe trabalhadora, mas ela também aproveitava a oportunidade para fugir da loja.

A atividade favorita de Alyssa no grupo de escoteiras era o Dia da Troca. As meninas traziam itens de casa para trocar umas com as outras: doces, frutas, brinquedos. Alyssa era a principal negociadora por dois motivos. Primeiro, ela sentia ter uma clara aptidão para os negócios, por passar tanto tempo na loja. Depois, ela também tinha sempre as melhores coisas para negociar, pois sua mãe a deixava levar para casa bijuterias da Becker's que ninguém comprava.

Às vezes, Shelley levava a tropa até a Becker's para uma visita, e então ela podia deixar as meninas experimentarem véus e se olharem no velho espelho. "Com quem será que eu vou me casar?", ela ouvia as garotas falando enquanto se observavam no espelho. Alyssa, uma veterana da loja, mostrava tudo para as colegas, incluindo seu esconderijo secreto sob a escada.

Durante anos, Shelley também recebeu classes de 3º e 4º anos na loja. Fowler era uma cidade tão pequena que os alunos podiam caminhar, em fila indiana, desde a escola fundamental. Shelley lhes contava como a empresa era administrada, como as noivas faziam para escolher seus vestidos. Algumas noivas se divertiam com o bando de crianças olhando para elas enquanto procuravam seus vestidos. Outras ficavam um pouco zangadas porque sentiam que seu momento especial estava sendo estragado por um bando de pirralhos.

Shelley esperava inspirar todas as garotas que visitavam a loja. Queria que percebessem que mulheres também podiam estar no comando de empresas. Mas, além disso, ela esperava estar lhes ensinando sobre crescer e se apaixonar, sobre encontrar um marido e sobre o que o vestido de casamento representa — o começo de uma vida. Oferecer uma visão cor-de-rosa de romance para garotinhas do 3º ano parecia um tanto simplista. Mas as garotas precisam enxergar a possibilidade de um final feliz, não é?

É irônico, na verdade, que Shelley estivesse vendendo na loja o conceito de amor enquanto havia tanta incerteza em sua casa. E a verdade é que aqueles anos foram difíceis para Shelley em todas as frentes. Ela trabalhava duro na Becker's. Tinha um marido alcoólatra cada vez mais distante dela. E quando não estava no trabalho, estava comprometida com as crianças. Ela sentia como se estivesse em um carrossel que não parava.

Alyssa percebia isso, dia após dia. Ela sentia o que estava acontecendo e se compadecia da mãe. E conforme foi conhecendo a alma de cuidadora da mãe, sua dedicação altruísta, passou a querer imitá-la e celebrá-la. Finalmente, Alyssa encontrou uma forma de divulgar os atributos desconhecidos de Shelley. Quando estava no 6º ano, ela mostrou seu crescente talento de escritora ao vencer um concurso nacional de redações com o tema "Eu amo minha mãe porque...".

"Eu amo minha mãe porque ela parece uma caixa de achados e perdidos", escreveu Alyssa. "Quando você perde suas luvas, ela as traz de volta. Se você não consegue encontrar seu ursinho, ela consegue convencê-lo a voltar para casa com um sorriso no rosto, igual ao que minha mãe sempre tem. Se você perder o equilíbrio, ela levanta você e lhe dá um abraço. Quando você perde a confiança em si mesma, uma conversa com ela faz você sentir que pode tocar no céu. Se você perder uma amiga, ela lhe dá força para trazê-la de volta.

Ao contrário de outras caixas de achados e perdidos, minha mãe tem amor de monte. Ela nunca deixa ninguém no escuro sem uma lanterna. Ela nunca se esquece de lhe dar o coração cheio de amor."

O tempo todo, não era só Shelley que reparava no problema de Gary com o álcool. Alyssa também estava de olho. Ela via a tensão entre os pais. Ela percebia que quanto mais o pai bebia, mais a mãe se afastava. Não era raro que, ao voltar da loja, Shelley encontrasse Gary dormindo no sofá ou desmaiado de tanto beber. Ela o acordava e o repreendia. Ela resmungava. Ficava ressentida. Ou ele prometia que iria se endireitar, mas não conseguia. Shelley, às vezes, se perguntava se ele se sentia insuficiente tendo uma mulher forte e trabalhadora como esposa.

Acima de tudo, Shelley ficava preocupada com a segurança das crianças. E se Alyssa ou seus irmãos se machucassem enquanto

Gary cuidava deles? Ele estaria sóbrio o suficiente para acudi-los? E se tivesse de levá-los de carro para a escola ou para a casa de algum amigo? Ele estaria bêbado demais para levá-los em segurança?

Shelley nunca ficava sabendo quando acontecia algum incidente em casa enquanto estava na loja. Houve vezes em que Gary vomitou de tanto beber e Alyssa limpou a sujeira para ele. Ela era minuciosa e cuidava para que sua mãe não percebesse nada de errado. Assim como sua mãe, Alyssa era uma cuidadora, só que ela não cuidava apenas dos dois irmãos mais novos; de vez em quando, tinha de cuidar do pai.

Alyssa se compadecia do pai. Embora fosse nova, sabia reconhecer que um alcoólatra não é ele mesmo quando bebe. Ela ansiava que ele ficasse sóbrio, mas o amava e tentava perdoá-lo quando não estava.

Certa noite, quando Alyssa estava na reunião das escoteiras, foi a uma dança "pai e filha" com seu pai e entrou na "dança do bolo". Números eram colocados no chão e, quando a música parava, a garota que estivesse sobre o número certo ganhava um bolo. Alyssa acabou ganhando um lindo bolo e estava sentindo muito orgulho de si mesma. Ela estava radiante.

Contudo, Gary bebera naquela noite, e quando caminhavam de volta para casa, ele derrubou o bolo. Gary olhou para o bolo espatifado no chão e começou a rir. Devido à bebedeira, alguma coisa relativa à forma como o bolo caiu lhe pareceu muito divertida. Mas ele não estava tão bêbado que não tivesse visto a expressão nos olhos de Alyssa. "Ela ficou arrasada", diz ele hoje.

Ele se desculpou com ela várias vezes desde então. E comprou muitos bolos para a filha. "Eu fiz algumas idiotices", diz Gary, "e quando penso nelas, me arrepio. Sei que alcoolismo é considerado uma doença, mas isso não diminui minha responsabilidade. O olhar da Alyssa, naquele dia em que derrubei o bolo, é algo de que nunca vou me esquecer."

O relacionamento desgastado de seus pais tornava as coisas confusas quando Alyssa ia até a Becker's para ficar com a mãe e a avó. Era difícil, para ela, reconciliar as imagens das noivas sorridentes, a caminho do casamento, com a compreensão que ela tinha de casamento pelo que observava em casa. "Para mim, casamento era uma mãe, um pai e filhos", ela diz hoje. "Casamento era uma família. Eu não o via como um amor especial entre duas pessoas. Não tenho lembrança dos meus pais apaixonados, então não sabia como era o amor."

Uma vez, quando Alyssa tinha 8 anos, Shelley e Gary brigaram e, depois, Alyssa seguiu a mãe até o quarto e perguntou: "Você já amou o papai?".

Shelley não respondeu direito. Ela reconheceu que as brigas eram causadas pela bebedeira de Gary e disse esperar que ele se endireitasse. Ela lembrou Alyssa que ele era um bom homem sob muitos aspectos. Mas não conseguiu dizer que um dia o amara. "Meus pais podem ter tentando me ensinar algo sobre amor quando eu era jovem", diz Alyssa, "mas não foi me mostrando amor entre eles."

Quando Alyssa completou 11 anos, Shelley dormia muitas noites com ela. Shelley não conseguia mais dividir a cama com Gary. Mesmo assim, todas as manhãs ela se arrumava e ia para a Becker's vender a ideia de amor para noivas e seus pais.

De sua parte, Gary sabia que a bebida criava uma distância tão grande entre ele e Shelley que logo seria intransponível. "Você vai ter de maneirar ou ela vai deixar você", disse-lhe, um dia, o irmão de Shelley.

"Eu sei disso", respondeu Gary. "Eu sei que a estou perdendo."

Diversas vezes Gary encontrou força para permanecer sóbrio por vários meses. Mas ele sempre recaía. Atualmente ele percebe que o "alcoolismo é uma doença que lhe diz que você não tem uma doença".

Ele vinha bebendo uma grande quantidade de cerveja, cujas garrafas escondia. Conforme foi ficando mais velho, começou a beber destilados. Foi parar na reabilitação cinco vezes, e várias delas foram ordenadas pelo tribunal, porque fora condenado por dirigir alcoolizado. Uma vez ele passou sessenta dias na prisão.

Houve vezes em que Shelley se pegou tentando convencer Gary a desistir do suicídio. Ela não acreditava que ele realmente fosse tentar, mas acabou por parar de mimá-lo e começou a jogar duro. "Quem você pensa que é?", perguntou, afinal. "Se você quer acabar com sua raça, é uma coisa. Mas você está abandonando três filhos que o amam, e isso é muito egoísta."

Em 1999, quando Alyssa tinha 13 anos, Shelley disse a Gary que queria se divorciar e eles se separaram.

Àquela altura, ela sentia que não tinha escolha. O alcoolismo de Gary era uma ameaça à segurança das crianças. Ela precisava fazer algo. Ela tentou argumentar com Gary: "Se o amor não é expresso abertamente nesta casa, isso não é ruim para as crianças?", perguntou ela.

Gary não teve o que dizer. Ele ficou aborrecido, mas sabia que não podia culpá-la. "Por muito tempo ela cuidou e eu fui *cuidado*. No princípio, ela estava muito disposta a ajudar. Mas no final, estava revoltada. Ela estava preocupada com o bem-estar das crianças. Como poderia beber e cuidar das crianças?" Os dois sabiam a resposta para essa pergunta.

Durante os quatro anos seguintes, uma boa parte de Alyssa culpava Shelley por separar a família. Ela tinha um diário, entretanto nem sempre conseguia escrever sobre os pais. Mas escrevia observações sobre a Becker's Bridal, sobre o que aquele lugar exigia de suas avó e mãe. Quando tinha 15 anos, ela escreveu: "Imagino que um dia estarei à frente da loja. Vou ser a chefe. E quando isso acontecer vou ter de ser uma nojenta".

Shelley compreendia a sensação de perda pela qual as crianças passaram depois que Gary saiu de casa. Assim, ela sempre o convidava para os feriados e fazia questão de mantê-lo informado sobre as atividades escolares das crianças. Ele estava lá na manhã de Natal, quando os presentes eram abertos, e era uma presença constante na vida deles. Isso não era o bastante para Alyssa, que sentia que sua mãe afastara o pai dela.

Porém Gary, hoje, encara o divórcio com admiração. O divórcio provavelmente salvou-o de morrer em um acidente de carro ou de uma cirrose hepática. "Shelley me tratou com rigor, e era disso de que eu precisava", diz ele. "Ela me ajudou a chegar no fundo do poço, o que começou todo o processo de recuperação. Ela fez o que precisava ser feito."

"Era bem provável que eu não parasse de beber se ela não tivesse me deixado; eu teria bebido até morrer. Ela ajudou a salvar minha vida."

Pouco depois de Shelley dizer a Gary que iam se separar, ele foi mandado pela justiça para uma clínica de reabilitação e, como parte de sua terapia, escreveu cartas para Shelley e os filhos. "Eu nunca falei dos meus sentimentos para ninguém", ele escreveu para Alyssa. "Fui criado assim. Estou aprendendo a expressar meus sentimentos e, para lhe dizer a verdade, é muito difícil." Ele escreveu da tristeza que sentiu por perder um desfile escolar do qual Alyssa tomou parte. "Todo mundo me disse que você estava linda, e eu pensei comigo mesmo: 'Ela está sempre linda assim'."

Ele escreveu que orava para que ela compreendesse como ele tinha ido parar naquela clínica de reabilitação. "O melhor que eu posso fazer é mudar para melhor. Tenho procurado um lugar como este desde que admiti para mim mesmo que sou alcoólatra... Este lugar me ensinou que sou humano e que posso cometer erros. Agradeço a Deus por me dar mais uma chance para que eu possa corrigir meus erros e o mal que fiz a todo mundo. Alyssa, não consigo explicar como me sinto orgulhoso de ter você como filha. Só espero que você saiba disso. Sinto saudades de você e a amo incondicionalmente para sempre."

Ele sabia que Alyssa estava com raiva da mãe por causa do divórcio, e também sabia que Shelley fizera o que teve de fazer. Ele terminou a carta assim: "Abrace sua mãe por mim. No Natal, diga-lhe que você a ama. Faça isso, Alyssa. Obrigado!".

Enquanto Gary trabalhava para encontrar seu caminho até a sobriedade, meses e anos se passaram até que ele descobriu algo sobre o amor. "Se você realmente ama alguém, se for amor verdadeiro", ele disse para Alyssa, "então às vezes você tem de deixar o outro livre. Eu sabia que sua mãe não podia ser feliz comigo, não do jeito que eu era. Eu sabia disso. Então, tive de amá-la o suficiente para querer que ela fosse feliz sem mim. Digo isso sem ressentimento, sem qualquer rancor. Ainda a amo, e quero que ela seja feliz sem mim. É isso que eu desejo para ela."

Depois de uma infância em que ela não via ou compreendia os laços entre sua mãe e seu pai, Alyssa finalmente entendeu algumas coisas. Seu pai descrevera um tipo de amor que a maioria das noivas na Becker's não consegue ainda conceber.

Alyssa e seu pai, Gary.

Capítulo 13

Ashley

Em sua primeira visita à Becker's, Ashley Brandenburg sente-se ao mesmo tempo em casa e deslocada. Ela cresceu na zona rural de Laingsburg, Michigan, meia hora ao sudeste de Fowler, e sua mãe e a maioria de suas tias foram noivas Becker's. Quando criança, ela entrou no pequeno vestido de renda com mangas longas, da mãe, imaginando quando chegaria sua vez. Assim, estar na Becker's escolhendo seu próprio vestido é a continuação de uma tradição familiar.

Ainda assim, Ashley parece diferente de todo mundo que está na loja, quase como se estivesse visitando uma cultura da qual já não faz parte. Preparando-se para defender sua tese de doutorado em Literatura Francesa na Cornell University, ela é provavelmente a única noiva, na Becker's, que fala quatro idiomas (Inglês, Francês, Italiano e Espanhol), e a única mulher presente que está se casando com um colega da Ivy League[2], que

[2] Ivy League é uma liga esportiva que reúne oito universidades tradicionais do nordeste dos Estados Unidos. O termo também ganhou conotação de excelência acadêmica e elitismo social, e é usado para se referir às oito escolas como um grupo. Elas são: Brown, Columbia, Cornell, Dartmouth, Harvard, Princeton, Pennsylvania e Yale (N.T.).

também está cursando o doutorado. Aos 27 anos, ela parece ser a noiva mais velha da loja nesse dia.

Algumas das outras noivas ainda estão no fim da adolescência. “Elas parecem bebês!”, pensa Ashley. “Que experiência de vida elas tiveram? Por que essa pressa em se casar? Elas não deveriam esperar para explorar o mundo pelo menos um pouquinho?”

Mas ela guarda esses pensamentos para si mesma, enquanto a mãe e a tia ajudam-na a estreitar suas opções. Ela não quer parecer arrogante — uma intelectual que despreza as ingênuas garotas do interior. E quem sabe? Talvez a vida dessas outras noivas — mesmo que nunca saiam do Michigan — seja tão satisfatória quanto a vida que Ashley e seu noivo planejam para si.

Ashley não sabe que a vendedora — Alyssa, filha da dona —, que atende uma noiva do outro lado da loja, tem os mesmos sentimentos conflitantes. Quando Alyssa vê clientes como Ashley — garotas da região que foram para longe conquistar diplomas e grandes empregos —, ela começa a pensar na época em que estudou moda em Paris e Nova York. “Sinto falta dessa parte da minha vida”, ela explica depois. “E isso me deixa dividida”. Após descobrir o básico da história de Ashley, ela sente uma certa inveja. “Um grande questionamento da minha vida é saber se é isto que devo fazer com o meu futuro, trabalhar na Becker’s, aqui em Fowler, pensando em um dia me casar e ter filhos. Ou será que devo procurar outra coisa, maior, em uma cidade grande?”

Ashley está ciente, é claro, de suas próprias observações e sensações enquanto busca seu vestido como as outras noivas na Becker’s. Mas ela não sabe como essas noivas e as vendedoras a estão avaliando enquanto observam como ele se porta e as palavras que troca com sua mãe. Será que parece uma forasteira acadêmica ou consegue se passar por uma garota da cidadezinha?

“Esse aqui parece com o vestido que você usou no seu casamento”, diz Ashley para a mãe, Sue, mostrando o vestido que depois usará na Sala Mágica. “Tem o mesmo tipo de renda sobreposta.”

Sue conta à vendedora que comprou seu vestido em 1971, na Becker’s, quando os provadores eram separados por cortinas. “Eu ainda o tenho”, diz ela. “Era um vestido de mostruário e ficou bem apertado em mim. Percebi que teria de fazer uma boa dieta, antes do casamento, para conseguir entrar nele."

Ashely conhece bem a história de como sua mãe conseguiu entrar naquele vestido. Mas nem ela nem a mãe contam os detalhes na loja. Em vez disso, passam por todas as jovens noivas e sobem as escadas em direção à Sala Mágica para ver como Ashley ficará com o vestido que lembra o traje muito apertado de 1971.

A mãe de Ashley tinha 22 anos quando foi à Becker's. E Sue acabou sendo uma daquelas noivas que viu em primeira mão como podem ser frágeis os momentos de felicidade devido aos acasos da vida.

No começo de junho de 1971, algumas semanas após Sue comprar seu vestido de noiva, sua irmã a estava levando até o correio para postar os convites de casamento quando o carro se aproximou de uma lombada na pista. Em outro carro, vindo em sentido contrário, um cachorro acabara de vomitar no banco de trás, o que fez o motorista se virar para acalmar o animal doente. Naquele momento, o motorista deixou o carro escapar para a faixa contrária de tráfego e bateu no veículo dirigido pela irmã de Sue.

Sue não estava usando o cinto de segurança e sua cabeça chocou-se contra o para-brisa. Ela apagou e acordou enxergando tudo em uma tonalidade amarelada, pois seus olhos estavam cheios de sangue. Seu rosto precisou de mil pontos e extensa cirurgia plástica. Embora não tivesse quebrado a mandíbula, os pontos apertaram tanto seu rosto que ela mal conseguia abrir a boca. Durante três semanas, incapaz de ingerir comidas sólidas, ela se alimentou de leite, milkshakes e sopas — tudo passado por um liquidificador e consumido através de canudos.

"Eu não quero me ver", disse ela para a família no início da recuperação. "Não consigo." Quando finalmente teve coragem para segurar um espelho, quinze dias após o acidente, ela chorou. "Dois olhos pretos e o rosto costurado como uma bola de beisebol" foi como ela se descreveu. Seu casamento era dali a duas semanas.

Houve momentos daquela experiência que se tornariam memórias significativas para Sue, e que serviriam de inspiração para a criação de Ashley.

À época do acidente, o futuro marido de Sue, Rick, ainda não havia lhe dado um anel de noivado. Ele o levou para o hospital, onde o presenteou para a futura esposa, dizendo-lhe que a amava antes dos mil pontos e a amava do mesmo jeito depois deles.

"Se eu conseguir ficar com a aparência minimamente normal, vai ter casamento", disse ela. Dez dias antes do grande dia, os pontos foram removidos. Como ela tinha comido muito pouco, emagrecera sete quilos. E, assim, ela coube perfeitamente naquele vestido da Becker's, que antes era apertado demais. "Eu sabia que você entraria naquele vestido de algum jeito", brincou a mãe de Sue.

Usando muita maquiagem, Sue desfilou pelo corredor da igreja, sorrindo. "Eu sempre achei que ela estava linda nas fotos do casamento, apesar da maquiagem", diz Ashley. "Ela estava simplesmente linda, à moda dos anos 1970, com o cabelo comprido de um loiro platinado."

Sue se recuperou bem do acidente, mas este tranformou-a em uma mulher que iria querer, um dia, que seus dois filhos experimentassem de tudo — literatura, arte, música, viagens — porque nunca se sabe o que pode estar esperando por nós além da próxima lombada.

Os pais de Ashley, Sue e Rick, no casamento deles em 1971.

A princípio, Sue e Rick não tinham certeza se queriam ter filhos e esperaram sete anos para decidir. Ela era assistente social e ele um professor em ascensão na School of Packaging na Michigan State University. Com o tempo, ele se tornou um especialista em questões de "choque e vibração" relativas a pacotes enviados por vias aérea, férrea ou rodoviária.

O primeiro filho do casal, J.P., nasceu em 1979, e Ashley, em 1983. Da mesma forma que os filhos de outros professores, eles cresceram em um lar que valorizava o intelecto. Ashley, principalmente, aproveitava cada oportunidade de aprender. "Você vai se dar bem em uma carreira acadêmica", seu pai lhe disse. "Você tem essa facilidade."

Ashley o descrevia para os outros como "um cientista generalista", cujas erudição e formação abrangiam diversas disciplinas. Ele até lecionava Astrofísica e Astronomia. Ela se gabava do trabalho do pai sobre propulsão de foguetes e gostava quando ele falava, entusiasmado, sobre os assuntos que pesquisava, como a física básica da embalagem. Ele escrevera um livro didático sobre vibração que era extensamente usado por quem atuava nessa área. Quando um pacote é derrubado, seu conteúdo passa por uma rápida desaceleração. A embalagem adequada pode controlar essa desaceleração e proteger o que está dentro.

Seu pai dava explicações fascinantes sobre como a vibração, principalmente de trens, pode destruir produtos. As placas de circuitos integrados dos primeiros computadores frequentemente estavam avariadas quando chegavam ao destino. Foram desenvolvidas, então, embalagens para limitar as vibrações que chegam ao interior dos computadores. Poucas pessoas têm noção de que avanços na fabricação de caixas ajudaram a alimentar a revolução dos computadores.

Rick ainda deu a Ashley outros exemplos da vida real para ela refletir. "Deixe-me lhe falar do ketchup", ele começava e engatava a explicação. Ao longo dos anos, muito ketchup foi despachado de trem em grandes recipientes. Mas quando os recipientes de ketchup chegavam ao destino, a vibração dos vagões transformara o produto em um líquido repulsivo, com uma gosma amarela por cima e um molho de tomate no fundo. Ao limitar as vibrações, os engenheiros de embalagens tornaram-se heróis da revolução do fast-food. "Pense nisso", dizia seu pai, "quando você puser ketchup nas suas batatas fritas."

Ashley admirava a vida acadêmica do pai e desde cedo pensou que poderia fazer o mesmo. Ela é um exemplo de como as filhas de hoje, comparadas às mulheres das gerações anteriores, têm uma probabilidade maior de trabalhar no mesmo ramo do pai, de acordo com um estudo da North Carolina State University. Isso se deve em parte à maior presença de mulheres no mercado de trabalho e, em parte, à maior proximidade entre pais e filhas nos dias atuais do que no passado.

Ashley foi uma aluna concentrada e esforçada, o que fez com que se destacasse em uma cidadezinha como Laingsburg, onde muitos alunos são filhos de fazendeiros ou operários. Como sua mãe queria que seus filhos aproveitassem todas as oportunidades para aprender, Ashley teve aulas de piano, violino, trompete e trombone. Ela estudou dança por doze anos. Sua mãe a inscrevia, todos os verões, em programas acadêmicos e aulas de arte. E Ashley estava constantemente lendo livros.

Outras crianças a chamavam de "nerd" e sua vida social na escola foi difícil. "Eu era alta, excêntrica, usei aparelho — duas vezes — e assumi minha 'nerd interior' com muita força", assim ela se descreve. Ela e sua melhor amiga na época usavam óculos e roupas estranhas. Elas não resistiam a corrigir os colegas quando erravam alguma resposta. Ashley corrigia até os professores.

Um dia, quando Ashley estava no Fundamental II, o diretor telefonou para Sue. "Ashley está na minha sala, chorando. Você precisa vir buscá-la."

"O que aconteceu?", perguntou Sue, mas o diretor não deu muitos detalhes.

"Ela está bem", disse ele. "Venha pegá-la que eu lhe explico."

O que aconteceu, Sue afinal soube, foi o colapso da União Soviética.

Era 1997 e o professor de Ashley disse para a classe que a "Rússia é um país comunista". Àquela altura, contudo, com a dissolução soviética, não era mais o caso. Ashley contestou. O professor insistiu. Ashley irrompeu em lágrimas. O professor persistiu. Sue chegou e continuou a discussão, ajudando o professor a melhorar sua compreensão daquele assunto.

Ao longo dos anos escolares, Ashley não conseguia evitar de se afirmar. Ela era uma acadêmica imperturbável e exibida, considerada a melhor aluna do 6º ano e apresentava os mais surpreendentes trabalhos de Ciências e Estudos Sociais. Ela entrou em um programa para alunos superdotados e passou um ano desenvolvendo uma apresentação sobre médicos. "Você deveria ser pediatra", disse a mãe. Depois, devido à habilidade da filha em defender um ponto de vista, sua mãe pensou que ela poderia ser uma ótima advogada. Mas Ashley não quis saber. Ela era boa em muitas coisas. E nunca teve receio de articular sua autoconfiança. "No Ensino Médio", diz ela, "eu era a única pessoa que levantava a mão e dizia algo que valesse a pena. Na faculdade, havia muita gente com muita coisa para dizer, e eu adorei. Parte de mim precisava sair de Laingsburg."

Depois que construiu sua reputação em dinâmica de embalagem, o pai de Ashley recebeu ainda mais prestígio quando se tornou diretor associado da Michigan State's School of Agriculture and Natural Resources. Mas, ainda que ficasse muito ocupado com a faculdade, continuou bastante envolvido na vida de seus filhos, assim como Sue. Eles estavam dispostos a fazer o que fosse necessário para ajudar Ashley a ter sucesso e se destacar. Um ano eles a ajudaram a montar uma maquete incrível da Ilha Ellis para um trabalho de escola. "As maquetes das outras crianças eram só um amontoado de palitos", disse-lhes Ashley quando voltou para casa. Em outro ano, para um projeto sobre o Egito antigo, seu pai usou seus melhores conhecimentos de engenharia para ajudá-la a construir um modelo absolutamente preciso, em escala exata, de uma pirâmide.

Ashley sabia que era diferente de seus colegas e que sua mãe e seu pai eram, provavelmente, os pais mais preocupados com educação naquela cidadezinha conservadora. Mas ela nem sempre pensou nas questões socioeconômicas envolvidas. Sua família tinha condições de viajar todos os verões pelos Estados Unidos. Eles andaram por Maine, Alabama, Alasca e Colorado, geralmente visitando universidades onde seu pai se encontrava com outros diretores acadêmicos. Uma vez eles foram para a França, para que o pai de Ashley pudesse colaborar com professores de uma universidade francesa. Muitos dos seus colegas, enquanto isso, passavam os verões trabalhando na fazenda da família e nunca saíram do estado de Michigan. Seus pais não tinham tempo ou inclinação para construir maquetes extravagantes que excediam em muito a expectativa dos professores.

Contudo, os pais de Ashley não eram os mais habilidosos da cidade na hora de demonstrar afeto. Eles eram discretos com relação às emoções e não eram de falar "eu te amo". Mas, segundo Ashley, eles mostravam seu amor na forma como encorajavam seus objetivos acadêmicos e ao lhe oferecerem todas as oportunidades que podiam.

No Ensino Médio, Ashley estudou Francês por dois anos — não com um professor presencial, mas a distância, por videoconferência, que era o que a escola podia oferecer. Mas cursos avançados de francês não estavam disponíveis, então ela entrou em um programa da Michigan State para estudantes com bom desempenho no Ensino Médio. Lá, Ashley estudou Francês em nível universitário, e, para isso, dirigia 45 quilômetros todos os dias, ida e volta, partindo de Laingsburg.

Ao final do Ensino Médio, ela se formou em primeiro lugar de uma classe com 84 alunos. Ela não considerou isso um grande feito. Ashley disse que não era difícil tirar só A na sua escola. "Fazer menos que isso seria fazer nada", diz ela.

Ela fez seu curso universitário básico na *honors college*[3] da Michigan State — como filha de professor ela obteve bolsa de estudos de 50% — e formou-se cedo, em dezembro de 2004. Depois ela passou um ano na França, ensinando inglês, antes de começar um curso de cinco anos de Literatura Francesa na Cornell University. Seu sonho era ensinar Literatura Francesa em nível universitário.

Por volta dessa época, sua mãe, Sue, foi diagnosticada com Parkinson, uma doença degenerativa que pode ser causada por um golpe na cabeça. Os médicos não puderam assegurar que a origem

[3] A participação na *honors college* da Michigan State é reservada aos alunos que se formam entre os 5% melhores de suas escolas, desde que tenham ótimas notas nos processos seletivos dos Estados Unidos (ACT, SAT). Esses alunos desfrutam de maior liberdade acadêmica para estruturar seus estudos, mas precisam manter uma média elevada (N.T.).

da doença estivesse relacionada com seu choque contra o para-brisa no acidente automobilístico de 1971, antes do casamento.

Para Ashley, isso foi outro lembrete da noção de ciência de seu pai: ele frequentemente falava das repercussões de um ato imprevisto.

Nos primeiros anos, sua mãe teve poucos sintomas físicos, mas a notícia da doença a deixou emocionalmente muito abalada. Ela foi diagnosticada com depressão e ansiedade, o que a levou a ser hospitalizada após uma crise nervosa. Sue colaborou em sua própria recuperação, lembrando-se da lição que tirara do acidente de 1971: a vida é frágil e precisamos valorizar cada momento dela. Sue não sabia quando e nem como o Parkinson começaria a lhe roubar pedaços de sua vida. Enquanto fosse capaz, ela prometeu a Ashley, aproveitaria tudo o que pudesse.

Durante a faculdade, Ashley conheceu um francês dois anos mais velho que cursava marketing na Michigan State. Manu era atraente e charmoso, com um sotaque que o fazia soar como o típico francês romântico. Ashley, sempre uma jovem tão séria, e nada sentimental, viu-se muito atraída por ele — ou talvez pelo que ele representava. Ele era, certamente, mais exótico do que qualquer garoto ou homem que ela poderia encontrar em Laingsburg.

Quando se formou na faculdade, o Departamento de Francês premiou Ashley com uma bolsa de quatro mil dólares para ela gastar como bem entendesse. Ashley decidiu ir para a França e ficar lá por dois meses. Manu já tinha voltado para o país natal e, dessa forma, o relacionamento dos dois ficou mais sério. No ano seguinte, 2005, ela conseguiu o emprego de professora de Inglês em uma escola fundamental em Challans, França, uma comunidade rural perto de Nantes.

De certa forma, essa era a aventura com a qual Ashley sempre sonhara durante sua infância em Laingsburg. Contudo, foi mais complicado do que ela esperava, pois Ashley teve dificuldade para ficar longe de casa, principalmente devido à doença da mãe.

Manu morava em Paris, a quatro horas de viagem, e ela o via todos os fins de semana. Ela se sentia muito só em Challans — a cidade era isolada, sua mãe estava longe e ela era a única americana trabalhando na escola —, então, o tempo que passava com Manu era sua tábua de salvação. Pelo menos no começo.

À sua própria maneira, ele lhe dava apoio e ânimo, mas Ashley começou a ficar incomodada com uma coisa. "Eu percebi que continuava me sentindo só quando estava com ele", diz ela.

Manu não era tão maduro quanto Ashley e era praticamente um filhinho da mamãe. Isso não é incomum nos países europeus. Os jovens dependem dos pais por mais tempo, vivem na casa deles por um período muito maior que os americanos. Na Itália, por exemplo, a porcentagem de homens com idades entre 30 e 34 anos vivendo com os pais chega a 36% atualmente, um salto notável em comparação aos 14% de 1990. (Das mulheres nessa faixa etária, 18% vivem com os pais.) O alto desemprego e o aumento no custo de vida são parte da explicação. Mas a queda na taxa de casamentos talvez seja a maior causa. Os filhos adultos, na Europa, normalmente não saem de casa a não ser para casar, e cada vez menos gente sente urgência em se casar. O número de casamentos na Itália caiu de 500 mil por ano, no começo da década de 1970, para cerca de 260 mil atualmente. Enquanto isso, o francês médio, hoje, não se casa antes dos 31 anos, um salto a partir da média de 23 anos em 1980.

Na Europa, não há vergonha em um homem já bem avançado na vida adulta morar com a mãe. Na verdade, quando entrevistados, mais de metade dos europeus aprova a ideia. Um sujeito pode morar com a mãe e o pai, e sair para namorar. Muitos veem isso como a vida ideal.

Para comparar, a porcentagem de americanos com idades entre 30 e 34 anos vivendo com os pais é, atualmente, 5% para mulheres e 9% para os homens. Os jovens nos Estados Unidos são mais aptos do que seus contemporâneos europeus a sair de casa para cursar faculdade, morar com amigos antes do casamento, morar com a(o) namorada(o) — e se perguntar por que um homem adulto iria querer continuar morando com sua mãe.

Dadas todas essas diferenças, Ashley se debatia com o choque cultural. Ela se orgulhava de ser do Centro-Oeste, onde as pessoas tendem a ser mais independentes e autoconfiantes. E lá estava Manu dizendo para ela que, se algum dia se casassem, ele nunca passaria o Natal com ela no Michigan, pois precisava passar todos os Natais com a mãe. Ela precisou extrair o apêndice enquanto estava na França e Manu não foi tão atencioso quanto ela gostaria, o que foi um sinal para ela de quanto ele seria atencioso quando fosse seu marido. Em duas palavras, para Ashley, "não muito".

Além disso, monogamia não é tão importante na França quanto nos Estados Unidos. "Se você não está acostumada com isso", diz Ashley, "pode ser chocante". A mãe de Manu nunca se divorciou do marido e tinha uma relação bastante aberta com outro homem, que também era casado. Ashley tinha dificuldade para aceitar isso. "Talvez ela se considerasse uma feminista, mas para mim ela era uma adúltera".

Manu não via problema nas escolhas da mãe, o que, naturalmente, fazia Ashley pensar. Se ela se casasse com ele, como será que Manu encararia os votos de matrimônio no futuro? Ela conhecia a cultura dele, sabia o que ele pensava da mãe. No fundo ela sabia o tipo de marido que ele seria.

Ashley e Manu continuaram juntos depois que ela se matriculou no doutorado na Cornell University. Eles se visitavam e falavam de casamento, mas Ashley percebeu que um dos motivos para ele se casar com ela era a conveniência; ele poderia morar nos Estados Unidos sem restrições. "Eu não quero me casar só porque isso vai simplificar tudo", ela disse para a mãe.

O relacionamento começou a parecer forçado para ela. "A verdade é que nós não éramos muito compatíveis. Eu queria que ele fosse alguém que não era — alguém que me pusesse em primeiro lugar. E ele queria que eu fosse alguém diferente. Talvez ele precisasse de alguém mais independente. Eu estava mais apaixonada pelo fato de ele ser francês do que por ele. Demorei um pouco para perceber isso."

Quando ela disse para Manu que queria terminar, ele pensou que Ashley estava desistindo muito facilmente. Ele falou da química que os dois tinham, do futuro que poderiam ter nos dois países. Mas ela estava decidida. O relacionamento consumia energia demais. Então, ela chegou a uma conclusão. “Eu percebi que não o queria na minha vida. Nós precisávamos nos separar completamente.”

Ela se viu sozinha de novo, e se sentiu bem com isso. Mas Ashley acabou tomando uma decisão. Na Cornell, os alunos tendem a se socializar dentro de seus campos de estudo, de modo que não se misturam muito com os outros cursos. Seus colegas de doutorado no departamento de língua estrangeira estavam todos comprometidos ou eram gays. Nessa situação, ela não conheceria ninguém.

Ela pensou nos pais, que tinham se conhecido em um encontro às cegas. Seu irmão, que se formara em geofísica, conhecera a esposa em um serviço de namoro pela Internet. Ela imaginou que o namoro online é o encontro às cegas do século 21. E, assim, ela fez uma assinatura de um mês no eHarmony.com.

Foi então que ela conheceu Drew, de barba e cabelo cacheado, estudante de engenharia de materiais na Cornell, criado na comunidade acadêmica de Princeton, Nova Jersey. Ele possuía uma mente científica e prática, como seu pai, o que a atraiu. Ele levava os estudos a sério, assim como Ashley, e vinha de uma família que dava valor à educação; seu pai era dentista e sua mãe tinha uma carreira acadêmica. “Eu sempre me senti atraído por mulheres inteligentes”, ele disse logo para Ashley, o que, obviamente, também a agradou.

Para Ashley, Drew era perigosamente fofo. “Você tem o rosto e o sorriso lindos”, ela lhe disse. Um tempo depois, a mãe de Ashley disse para Drew que ele parecia um querubim. Ashley ficou constrangida com o comentário, mas Drew decidiu aceitá-lo como um elogio.

Ashley foi batizada na igreja católica, mas cresceu sem muita religião — seu pai, cientista, é ateu. Assim, o fato de Drew ser judeu não era um grande problema para ela. Ele disse que deseja que seus filhos sejam criados na cultura judaica; Ashley pensou na possibilidade e não vê problema nisso.

Drew foi mais romântico que Ashley, enviando-lhe flores nos aniversários mensais do primeiro encontro. Sem conseguir se livrar de sua nerd interior, Ashley começou a se irritar com as flores depois de

Ashley e Drew.

um tempo. "Só existe um aniversário", ela lhe disse, "e é o aniversário de casamento."

Ela foi se apaixonando por ele aos poucos. "Eu não acredito em amor à primeira vista. Sou pragmática demais." Até que um dia ela simplesmente percebeu que se apaixonara.

Quando Drew decidiu pedi-la em casamento, em outubro de 2009, ele planejou fazer algo especial. "Quero levá-la para jantar e depois para algum lugar que signifique algo", falou Drew para seus amigos. Ele decidiu, então, que iriam para o local de seu primeiro beijo, no Desfiladeiro Cascadilla, perto do *campus* da Cornell. É um lugar lindo, com cachoeiras de tirar o fôlego.

Mas quando o casal chegou lá, já tinha anoitecido, havia traficantes vendendo drogas e a parte do parque onde eles se beijaram estava fechada. Ele e Ashley pararam longe do local especial, mas ela entendeu o que estava para acontecer.

Drew começou a se ajoelhar, mas Ashley o impediu. "Ah, não, não faça isso, não aqui", disse ela. Havia algumas pessoas por perto, e ela sempre fora avessa a demonstrações públicas de afeto. Ela admirou seu cavalheirismo, mas achou que aquilo era bobagem e um tanto constrangedor. "Vamos, Drew, levante!"

Para Drew, isso foi problemático. Depois ele contou sua história: "Eu estava meio ajoelhado — parado nessa posição ridícula, com uma perna para frente e dobrada, mas o joelho ainda não estava no chão. E como ela me falou para parar, eu estava desse jeito quando lhe entreguei o anel e a pedi em casamento — nem ajoelhado, nem em pé. Foi esquisito".

"É claro que quero me casar com você", respondeu Ashley. "Agora levante, está bem?"

Eles se abraçaram e se beijaram, mas sem lágrimas.

Algumas semanas depois, a mãe de Ashley lhe disse que queria ir até a Becker's com ela. "É uma loja que ocupa um lugar especial no coração de muita gente", disse Sue.

Desde garotinha, Ashley estava determinada a ser mais cosmopolita, mas quando sua mãe falou da Becker's, ela não pensou em dizer que preferia comprar seu vestido em Paris ou mesmo em Nova York. Ela percebeu que ficaria muito satisfeita em honrar as raízes da mãe.

Seu caminho até o casamento tinha ido de uma cidadezinha no Michigan até a França, passado por um desfiladeiro em Ítaca, Nova York, e voltado para o Michigan, onde a Sala Mágica a esperava.

Capítulo 14

Danielle

Danielle DeVoe voltara à Becker's para a segunda prova e Shelley logo se lembrou dela — uma assistente social de 25 anos — porque era bonita e cheia de vida, mas também porque estava sem a mãe. Quando uma noiva não faz pelo menos uma visita com sua mãe, isso significa que aí tem história — seja uma discussão na manhã daquele dia ou um estranhamento de longa data... ou outra coisa. Algumas mães moram longe, mas fazem questão de ir olhar o vestido pelo menos uma vez. Ou então as noivas tiram muitas fotos para enviá-las para a mãe, que está em outra cidade, opinar.

No caso de Danielle, esta levara novamente a avó, Cynda.

O relacionamento entre Danielle e sua avó lembra um relacionamento entre mãe e filha, com os sentimentos mais amorosos misturados com todas as exigências e os aborrecimentos de costume.

Embora Cynda e Danielle estejam de acordo quanto ao vestido de casamento — que Cynda vai pagar —, há outras questões irritantes, e "irritante" é exatamente a palavra.

Danielle gostaria que suas quatro madrinhas usassem vestidos longos de cetim e pérolas. "Sou a maior fã da Jackie Kennedy", diz ela. "Se fosse por mim, usaria pérolas e óculos escuros todo dia." Cynda quer que as madrinhas usem diamantes.

Danielle e sua avó também estão se estranhando devido ao bolo. Cynda argumenta que um casamento especial precisa de um bolo especial, e está disposta a pagar 700 dólares por um de três andares. Danielle admira a generosidade da avó — só o vestido vai custar mil dólares —, mas também acha que é uma frivolidade gastar tanto dinheiro no bolo. Ela ficaria perfeitamente satisfeita com um bolo menos extravagante, e como ela é a noiva, suas opiniões não deveriam prevalecer?

Por que Cynda está tentando forçar o bolo mais caro? Danielle discutiu essa questão com seu noivo, Brian, nos dias que antecederam sua visita à Becker's. "Minha avó está com picuinha", disse Danielle. "Ela queria que minha mãe estivesse aqui para ajudar com o casamento, e assim fica se pegando nos detalhes. É sempre assim entre mim e ela. Sempre. Nós discutimos pelas bobagens em vez de cuidarmos do que realmente importa."

Na Sala Mágica, contudo, as diferenças desaparecem, pelo menos por um momento. É assim mesmo que acontece entre as noivas e seus entes queridos. Faz parte da mágica desse espaço. Ele faz um pouco de eco, então as pessoas baixam a voz. Porém, mais do que isso, quando a noiva sobe no pedestal, ela perde a disposição de brigar ou se desapega de diferenças passadas. E aqueles que a amam, bem, apenas a amam mais.

Shelley chega à Sala Mágica com o sorriso de sempre e se ajoelha para marcar a bainha de Danielle. O vestido marfim é um tomara-que--caia com corpete de cristais, e Danielle ficou maravilhosa nele. Cynda recosta-se nos espelhos do canto, segurando um amontoado de emoções misturadas, que incluem, outra vez, suas lembranças do vestido que Danielle usou, vinte e cinco anos atrás, para ir da maternidade para casa.

"Eu amei de verdade esse vestido", diz Danielle. "Obrigada, mais uma vez, vó, por comprá-lo para mim."

"Eu amo você", diz-lhe Cynda.

Cynda acredita muito em Danielle. Sua neta se tornou uma mulher equilibrada, que superou circunstâncias difíceis. Cynda frequentemente pensa em como Danielle era próxima da mãe, Kris, e como as duas se apoiavam e se divertiam juntas. Cynda também admira a filha: ela e o marido se conheceram na adolescência, e seu relacionamento foi marcado tanto por intensa paixão quanto por uma volatilidade problemática. Kris estava grávida em seu pequeno e discreto casamento, em 1985, e tinha apenas 19 anos quando Danielle nasceu. Como o pai de Danielle, um metalúrgico, revelou-se irresponsável e ausente, além de ter problemas com drogas, Kris não teve escolha a não ser encontrar coragem para se divorciar dele, após dois anos de casamento, e criar Danielle sozinha.

Depois que Kris se formou em Pedagogia, foi Cynda quem lhe emprestou o dinheiro necessário para abrir sua pré-escola, e Kris transformou o investimento financeiro em um investimento na vida de crianças. Era lindo de se ver.

Essa atividade era perfeita para Kris. Desde pequena, ela era maluca por bonecas e as manteve por muito mais tempo que suas amigas. Quando já tinha 10 anos, Kris ainda mantinha um berço em seu quarto e fazia um rodízio entre suas diversas bonecas para que todas pudessem dormir nele. "Eu vou ter onze ou doze filhos quando crescer", falou Kris para sua prima Holly.

"Eu acreditei nela", diz Holly. "Ela era fanática por aquelas bonecas. Cada uma delas tinha um nome e uma história. Quando ela começou com a escolinha, e eu via como ela era boa com as crianças, me lembrei das bonecas e de todos os filhos que ela queria ter. Tudo fazia sentido."

Após passar dias inteiros com 25 crianças pré-escolares sob seus cuidados, Kris voltava para casa, à noite, e se esforçava para fazer com que a vida de Danielle fosse o mais especial possível. Isso se devia, por um lado, à ligação instintiva que Kris tinha com crianças, e, por outro, à tristeza que Kris sentia ao ver quanto Danielle ansiava pela atenção do pai. Ela se sentia responsável por compensá-la da ausência do pai.

Kris também parecia ter consciência de que nunca teria outro filho. O sonho de infância de criar uma dúzia de filhos acabou ao mesmo tempo em que o casamento. "Eu tive uma garota linda e maravilhosa", dizia ela. "Estou feliz e só quero que Danielle seja feliz."

Ela encontrou inúmeras formas de fazer isso. Depois do banho noturno de Danielle, Kris não lhe dava simplesmente um lanche. Ela lhe dava quatro tipos diferentes de frutas em espetos. Queria que Danielle sempre soubesse que ela era a prioridade, e isso significava que se a casa não estivesse sempre arrumada, ou se a louça do jantar não fosse lavada imediatamente, estava tudo bem. Coisas assim vinham em segundo lugar. Ela compreendia que a infância é essencialmente bagunçada e aproveitava isso. Ela dizia para Cynda: "Se a Danielle cozinhar e fizer uma bagunça, grande coisa, é assim que se aprende. Se ela estiver pintando e espalhar tinta, dá na mesma. Isso acontece. Depois nós limpamos."

Kris tinha boas lembranças de ir com seu pai toda manhã de sábado a uma confeitaria comprar sonhos. Era um ritual dos dois. "Danielle não tem um pai que a leve para comprar sonhos", Kris disse para Cynda. "Mas eu sempre vou estar pronta para levá-la a qualquer lugar."

Quando Danielle tinha 5 anos, Kris, Cynda e a mãe desta alugaram um trailer e fizeram uma viagem de quatro gerações até a Disney World. Elas ficaram hospedadas em hotéis de estrada ao longo do caminho e todas as três mulheres — mãe, avó e bisavó — se ocuparam de mimar a pequena Danielle. Filha única, Danielle passava boa parte da sua vida na companhia de adultos, o que lhe deu certa maturidade e a capacidade de acompanhar conversas de adultos. Ela se encaixou bem com suas companheiras de viagem mais velhas.

Kris e Danielle iam, com frequência, de carro passar o fim de semana no norte do Michigan, e Kris planejava atividades para o dia todo, desde o momento em que a filha abria os olhos. Kris adorava pescar. Essa era sua forma de relaxar, e ela ficava mais contente quando Danielle ia junto, mesmo que as duas apenas ficassem sentadas em silêncio, esperando e esperando, até a linha ser puxada.

Em 1993, quando Danielle tinha 8 anos, Kris conheceu Ted, um homem divorciado, e se apaixonou. Ted era instalador de portas de garagem, tinha dois filhos e tornou-se a primeira figura paterna positiva na vida de Danielle; ele era confiável, amoroso, brincalhão e de fácil convivência.

Na primeira vez que Danielle visitou a casa de Ted, ela reparou que o piso da cozinha dele era feito de grandes ladrilhos brancos e pretos, parecendo um tabuleiro gigante de damas. "Eu tenho umas peças gigantes de damas", disse ela. "Nós poderíamos jogar no seu piso." Ela foi para casa buscá-las — suas peças eram do tamanho de pratos. Daquele momento em diante, ela e Ted se divertiam sentados no chão da cozinha, jogando damas.

Embora Danielle estivesse animada por ter Ted em sua vida, ele percebia como ela gostaria de ter um relacionamento com seu pai biológico, e como este a decepcionava. Era difícil para Ted — e para qualquer pessoa que amasse Danielle — não ficar de coração partido ao se lembrar dela como a garotinha triste, com seu casaco de inverno e mala feita, esperando em vão o pai que não iria buscá-la para passar o fim de semana, como prometido.

Ted procurava ser o pai substituto da melhor forma que podia. Depois que ele e Kris começaram a namorar, eles passavam a maioria dos fins de semana em um chalé no Norte. Ted ia dirigindo sua caminhonete, levando dois cachorros como companhia, enquanto Kris o acompanhava em seu próprio carro, com Danielle no banco do passageiro. Kris e Danielle sempre levavam suas fitas cassete favoritas — Dwight Yoakam, Prince, Alanis Morissette — e toda vez que Ted olhava para elas, as duas estavam pulando ao ritmo da música, rindo o caminho todo, quase batendo a cabeça no teto do carro enquanto cantavam. Ted sabia que estava testemunhando algo especial: nem toda mãe e filha apreciam tanto a companhia uma da outra.

Ted se apaixonara por Kris e logo também começou a amar Danielle. "Ela é tão madura", ele dizia para os outros. "É quase como se não fosse uma criança." Kris e Ted conversavam sobre casamento, mas não o viam como uma necessidade imediata, e deixavam a ideia de lado.

Kris sabia como disciplinar seus alunos e sua filha, mas também possuía uma boa intuição sobre quando ser firme ou branda. Ela exigia boas notas porque não fora sempre uma aluna conscienciosa quando jovem. Kris tinha sido o tipo de adolescente que não pensava em estudar muito ou em ir para uma faculdade de ponta; ela estava mais interessada em planejar saídas com as amigas para shows do Journey ou do Foreigner.

Depois que se tornara mãe, contudo, suas prioridades mudaram. "Ela não queria que Danielle passasse o Ensino Médio em festas, como nós passamos", diz Holly, sua prima. "Ela sabia que a formação é importante." Danielle iria crescer e tinha de ser capaz de cuidar de si mesma. Kris insistia nisso, pois aprendera com sua própria experiência de vida. A mulher não pode se colocar em uma posição em que seja totalmente dependente de um homem.

Kris também se tornou uma defensora do comprometimento e da responsabilidade. Ela dizia para Danielle: "Se você começa alguma coisa, tem de terminar. Quer montar uma banda? Ótimo. Mas depois que nós comprarmos um instrumento, você terá de tocá-lo. Na banda".

Kris também insistia na questão do respeito. Às vezes, Danielle entrava marchando em seu quarto, brava com alguma coisa, e batia a porta. Isso não funcionava com Kris, e Danielle sabia. Assim, minutos depois, Danielle abria uma fresta na porta e dizia: "Desculpe!", para então fechar a porta com mais delicadeza. Ela se lembra de ver a mãe no sofá, tentando segurar um sorriso, enquanto a filha se desculpava. Era como se Kris estivesse pensando: "Eu sei que Danielle é uma boa menina. Eu a amo".

Depois que Danielle entrou na adolescência, ela e Kris nem sempre se entendiam. Às vezes, o clima pesava, mas, olhando para trás, aquilo era normal. (A cada dois dias e meio, em média, uma mãe e sua filha adolescente têm uma discussão de quinze minutos, de acordo com pesquisadores da Cambridge University. Garotos adolescentes discutem menos. Eles têm desavenças com suas mães em rompantes de seis minutos a cada quatro dias.) De qualquer modo, Kris acreditava que nunca se deve ir dormir com raiva, e ela não gostava de se distanciar de Danielle sem que um desentendimento fosse resolvido.

Certa manhã, quando Danielle estava no 9º ano, ela perdeu o ônibus escolar pelo terceiro dia na mesma semana. Kris ficou contrariada com aquilo; ela teria de levar Danielle para a escola novamente, o que a faria chegar tarde no trabalho. Ela e Danielle brigaram por causa disso, e Kris dava um sermão no caminho da escola: "Você já tem 14 anos", disse ela "e precisa ser mais responsável. Eu não posso me atrasar para o trabalho todo dia porque você não se levanta a tempo de pegar o ônibus. Não é justo comigo. E é irresponsável da sua parte."

Danielle ouviu em silêncio, esperando que chegassem logo à escola, mas, como de hábito, quando o carro parou no estacionamento da escola, Kris amoleceu. "Sinto muito ter pegado pesado com você", disse ela, "mas você tem de levantar mais cedo. A verdade é essa. De qualquer modo, eu amo você."

Danielle saiu do carro e, antes que fechasse a porta, sua mãe a chamou: "Eu pego você depois da aula de natação". E mais uma vez: "Eu te amo."

Danielle fechou a porta do carro, acenou de leve para a mãe e agradeceu timidamente pela carona. "Eu também te amo", murmurou e se virou para entrar na escola.

Essa foi a última vez que ela viu a mãe.

Kris foi trabalhar em sua escola naquele dia — 9 de dezembro de 1999 — e assim que saiu, na hora do almoço, desfaleceu. Ela foi declarada morta no local. Kris tinha 33 anos e era uma mulher saudável, ativa, que praticava exercícios e cuidava de sua dieta. Cynda acredita que sua filha morreu de algum problema cardíaco — Kris mencionara, na semana anterior, estar sentindo azia —, mas a autópsia não conseguiu determinar a causa da morte.

Quando Cynda recebeu o telefonema informando que sua filha estava morta, ela correu para a escola, onde os funcionários e professores estavam emotivos e em pânico. Alguns disseram até ter ouvido tiros. (O que não era verdade.) Os funcionários rapidamente tentaram evitar que as crianças vissem o que estava acontecendo na frente da escola. As crianças foram mantidas dentro do prédio e as janelas foram cobertas com papel. Eles telefonaram para os pais buscarem seus filhos, orientando-os a retirá-los pela porta dos fundos.

Cynda ficou na escola por cerca de meia hora, em um torpor horrível, até perceber que tinha de tomar uma decisão angustiante: ela deveria ficar com o corpo de Kris ou ir tirar Danielle da escola e lhe contar o que acontecera? "Decidi que minha filha iria querer que eu ficasse com Danielle", diz ela.

Danielle ficou inconsolável quando Cynda lhe contou o ocorrido. Não há outra forma de descrever a tristeza de uma garota de 14 anos que acabou de ficar sabendo da morte inesperada da mãe. Mas, mesmo naquelas primeiras terríveis horas, Danielle foi capaz de perceber que sua vida se dividiria em "antes" e "depois". Para lidar com aquela realidade transformada, para lidar com tudo o que a aguardava, Danielle sabia que precisaria encontrar muita maturidade dentro de si.

Houve três dias de velório na casa funerária antes do enterro, e Danielle observou, de um assento na primeira fila, o ritual adulto de luto. A maior parte daquilo em nada a confortava.

Cynda costumava comprar um vaso de poinsétia (bico-de-papagaio) para Kris todo Natal. Ela resolvera fazer isso logo depois que a filha se divorciara. "Ela não tem um marido para lhe comprar poinsétia, então, eu compro." Várias pessoas que conheciam Kris sabiam disso, e o velório ficou cheio de poinsétias que essas pessoas enviaram.

Esse era o tipo de coisa que fazia sentido para os adultos. Mas era mais doloroso para Danielle.

Ela ficou sentada na casa funerária oito horas por dia, durante três dias, vendo a mesma cena se desenrolar uma vez após a outra, enquanto centenas de visitantes chegavam: todos assinavam seus nomes no livro de presença. Então, caminhavam até Cynda para lhe oferecer suas condolências. Em seguida, paravam junto ao caixão para orar por Kris. Depois disso, eles viam Danielle e perdiam a compostura. As pessoas se aproximavam dela, muitas chorando, e diziam: "Querida, eu sinto tanto". É claro que elas sentiam. Danielle sabia disso. Mas era difícil para ela aguentar horas e mais horas de rostos tristes, a necessidade dessas pessoas pegarem suas mãos, a forma como ficavam à sua volta e os sussurros de: "Ah, Deus, o que vai acontecer com Danielle?".

"Isso está me deixando nervosa", disse Danielle, a certa altura, para o filho de Ted.

"Vamos sair daqui", disse ele. "Vou levar você para o McDonald's."

Quando estavam no McDonald's, o filho de Ted, para divertir Danielle, molhou suas batatas fritas no milk-shake e agitou-as no ar. Depois de dias de choro, Danielle encontrou uma razão para rir. Todos esses anos depois, ela continua grata a ele pela performance no McDonald's, que a ajudou a sorrir em um momento terrível.

O funeral foi em um domingo, e quando Danielle acordou naquela manhã, seu primeiro pensamento foi: "Não posso ir ao enterro da mamãe sem cortar o cabelo". São estranhas as coisas que surgem na sua cabeça nos piores momentos da vida.

"Você tem certeza de que precisa do corte?", perguntou Cynda, um pouco incrédula. "Quero dizer, há tanto o que fazer hoje..."

Mas Danielle insistiu. Kris implicava com o cabelo de Danielle, queria que ela sempre estivesse apresentável. Talvez fosse isso que motivara Danielle a exigir um corte de cabelo.

Cynda tinha uma amiga cabeleireira e Danielle foi vê-la naquela manhã. Os adultos, aparentemente, compreenderam. Danielle se concentrava em coisas sem importância para se distrair.

Ela tinha pedido para falar no funeral de Kris, e as pessoas ficaram espantadas, naquele dia frio de dezembro, com o equilíbrio daquela menina de 14 anos. Ela se pôs de pé diante do público, na capela, e se dirigiu diretamente à mãe, falando no presente.

"Mãe, você ainda é tão jovem", começou Danielle, lendo uma folha de papel. "Eu queria poder abraçar você por um instante, tocar seu cabelo, sentir seu perfume e seu coração batendo no meu ouvido. Vou sentir tanta falta de você. Não vai passar um dia sem que eu pense em você..." Ninguém se mexia. Embora fosse dilacerante vê-la e ouvir aquelas palavras, as pessoas sabiam que testemunhavam um ato de coragem.

"Vai ser difícil, mãe", continuou Danielle. "Eu sinto, aqui dentro, que você vai me dar forças. Você vai estar comigo para me levantar e me empurrar para frente. Eu vou ficar bem. Muitas pessoas se preocupam comigo, mãe. Elas vão cuidar bem de mim, assim como você fazia."

Ela respirou fundo, resistiu às lágrimas e olhou para todos os adultos na cerimônia. Tinha gente ali que a amava, e gente que se esforçaria muito para ajudá-la, mas todos juntos não equivaliam à sua mãe.

Danielle voltou os olhos para seu texto. "Vou chorar muito quando pensar em você, mãe. Todos os bons momentos que vivemos; os segredos que compartilhamos. Os poucos trinta e três anos em que você esteve conosco; o tanto que você era generosa. Essa era você, sempre ajudando os outros." Sua voz falhou enquanto falava. "Eu vou cuidar de tudo, mãe. Vou deixar você orgulhosa de mim. Vou sentir saudades e amá-la com todo o meu coração."

Após a morte de Kris, tudo parecia surreal. Kris havia acabado de enviar quarenta cartões de Natal, e a maioria de seus amigos e parentes os receberam no dia em que ela morreu. Ela também encomendara um presente de Natal para Danielle, um casaco de 50 dólares em que a menina estava de olho; era azul-claro e tinha um detalhe em pele, e chegara pelo correio alguns dias antes.

"Estou tão contente. O casaco chegou", Kris contou para a mãe pelo telefone. "Será que eu dou para a Danielle agora ou espero o Natal?"

"É melhor dar agora", disse Cynda. "Está frio e ela pode usá-lo."

Assim, algumas noites antes de morrer, Kris deu o casaco para Danielle, acompanhado de um grande abraço, como presente de Natal adiantado. A filha tinha amado o casaco, mas não conseguiu usá-lo no funeral. (O casaco está na casa de Cynda até hoje, envolto em plástico e pendurado em um cabide.)

As semanas que se seguiram ao funeral foram devastadoras sob muitos aspectos.

Danielle foi morar com Cynda, mas seu pai logo entrou na justiça para pedir sua custódia, e isso exacerbou a tristeza da garota. Ela não queria morar com ele. Danielle disse isso com todas as palavras. Era o que sentia realmente. Mas ele não recuou e, como ela era jovem demais para contestar o pedido do pai, a decisão teria de ser do juiz.

Danielle estava magoada com o pai, não só porque ele a decepcionara com tanta frequência. Ela também não conseguia se livrar das lembranças de como ele maltratara sua mãe. Ele ofendera Kris verbalmente durante e após o casamento, e, quando bebia, as coisas ficavam ainda piores. Danielle sabia que o pai a amava, ainda que de seu jeito torto, mas ela não conseguiria se obrigar a morar com ele só porque a mãe morrera.

Cynda temia que o pai de Danielle aparecesse de surpresa e quisesse levá-la embora, então elas fizeram planos para essa possibilidade. Danielle dormia com seu telefone celular e prometeu à avó que, se o pai aparecesse e a levasse, ela fugiria da casa dele por uma janela dos fundos, e então telefonaria para Cynda ir buscá-la.

Diante do juiz, o pai de Danielle fez acusações caluniosas contra Cynda: que ela era alcoólatra e que estava dando anticoncepcionais para Danielle. As acusações eram terríveis mentiras, e era difícil proteger Danielle do que estava acontecendo. Mas então, após oito meses de batalha judicial — incluindo o depoimento desesperado de Danielle em que ela afirmou querer viver com a avó —, seu pai repentinamente concordou em abrir mão de seu direito à custódia da filha. A advogada de Cynda disse que sua estratégia era cansar o pai de Danielle, e, no final, funcionou. Depois que Cynda superou sua raiva, passou a respeitá-lo por desistir e aceitar o que, obviamente, era o melhor para Danielle.

"Eu perdoei meu pai pelo que fez para minha mãe", Danielle dizia para os outros, "e o perdoei por não estar presente durante todos aqueles anos." Mas ela não queria mais que ele fizesse parte de sua vida — uma decisão que ela manteria na vida adulta.

Danielle e Cynda — que perderam uma mãe e uma filha — ficaram emocionalmente abaladas por muito tempo, mas evitavam demonstrar sua tristeza para que uma não deprimisse a outra. Hoje, elas sabem que essa atitude não foi saudável, mas foi assim que lidaram com a situação. "Ela chorava sozinha", diz Cynda, "e eu chorava sozinha."

Danielle tem a mesma impressão, mas com palavras ligeiramente diferentes: "Eu e ela estávamos tristes. Eu ia para o meu quarto e vovó ia para o quarto dela. Foi assim sempre".

Da mesma forma que outras adolescentes cujas mães morreram repentinamente, Danielle se viu relembrando o último dia com Kris — a perda do ônibus escolar, a bronca da mãe e o último "eu te amo". A pré-adolescência e a adolescência são as fases em que a garota começa a se afastar da mãe, que se esforça para lidar com a necessidade de autonomia da menina, seus chiliques e até as declarações mais ferinas: "Me deixe em paz!", "Eu odeio você".

Danielle e Kris não tiveram maiores problemas, mas passaram por seus momentos. É natural que garotas adolescentes que perderam a mãe sintam que não foram tão amorosas quanto deveriam, ou que tenham decepcionado a mãe. Fica uma camada de culpa que agrava a tristeza. Danielle também teve de lidar com isso.

Todos os dias Cynda descobria razões para se orgulhar de Danielle. Ela sempre fora uma aluna nota dez, mas depois da morte de Kris, sua capacidade de concentração ficou comprometida e suas notas caíram. Ela ficou na média seis durante algum tempo, mas depois se recuperou e encontrou distrações oportunas em atividades extracurriculares.

Na parede da sala de estar da casa de Cynda, havia um quadro emoldurando estas palavras: "Lar é onde reside o amor, onde lembranças são criadas, os amigos se sentem à vontade e o riso nunca acaba". A frase era simpática, claro, mas também lembrava Cynda e Danielle de um amor ausente, de memórias muito tristes, amigos que olhavam para as duas com pena e dias em que era impossível rir.

Cynda vendeu a pré-escola assim que possível e concentrou-se em criar Danielle. Ela sentiu a necessidade de registrar cada momento da vida da neta, pois pensou que essa seria a vontade de Kris. Assim, Cynda manteve álbuns de recortes com tudo que ela achava que pudesse aumentar a autoestima de Danielle: boletins, prêmios, notícias de jornal sobre as conquistas de Danielle na natação, sua seleção para o concurso de Miss Júnior e o destaque no baile de outono.

Cynda reuniu todas as fotos que Kris tirou de Danielle ao longo de catorze anos e também as organizou em álbuns, adicionando, depois, as fotos que ela mesma tirou, com Danielle aos 15 anos e mais velha. Os álbuns eram um belo registro da vida de Danielle, mas também se tornaram uma lembrança óbvia do desaparecimento de Kris. Nos primeiros álbuns, Kris está em cada foto com Danielle. Então, abruptamente, ela sumiu das fotografias.

Alguns parentes achavam que Cynda era muito complacente com Danielle. A avó não obrigava a menina a ajudar nas tarefas de casa ou a arrumar seu quarto. Seu impulso era deixar as coisas passarem, evitar fazer exigências. Afinal, olhe o que essa garota sofreu. "Cynda mimou Danielle", diz Holly, prima de Danielle. "Era difícil para ela dizer 'Você tem de fazer isso porque eu mandei'. Fiquei preocupada que Danielle virasse uma bebezona — ou uma garota amalucada. Mas não aconteceu nada disso. Danielle se manteve na linha."

Houve vezes em que algumas pessoas — com boas intenções — disseram para Cynda: "Toda garota precisa do amor materno. Em algum momento, Danielle vai começar a chamá-la de mãe". Cynda não gostou da ideia. "Ela teve uma mãe maravilhosa, que a amou", respondia ela. "Danielle não precisa de outra mãe."

Quando Danielle se formou no Ensino Médio, em 2003, Cynda escolheu fotografias dela em várias idades e as ampliou, fazendo pôsteres em tamanho real. Ela os prendeu em suportes, que dispôs ao longo da entrada de carro da casa no dia da formatura.

Cynda viu Danielle chorando no dia em que se formou, mas nenhuma das duas falou a respeito da razão óbvia para as lágrimas: Kris não estava lá para testemunhar aquele momento. Kris havia tirado várias daquelas fotos, e Cynda sabia que os pôsteres evocavam memórias boas e más. Mas ela tinha de fazer algo, e então resolveu celebrar com Danielle uma exposição de "esta é sua vida", na esperança de que aquilo animasse a neta em um dia de emoções confusas.

Danielle entrou na Eastern Michigan University, formou-se em Psicologia e tornou-se assistente social. O trabalho lhe era adequado. Ela tinha empatia com famílias em crise, e se comovia com crianças órfãs ou que tivessem sofrido abuso sexual ou agressões. Ela pensou em como sempre tivera afinidade com crianças, desde pequena, quando sua mãe administrava a pré-escola.

Às vezes, ela passava pela escolinha e via a geração mais recente de crianças brincando. Quando passava por lá no começo da tarde e as cortinas estavam fechadas, Danielle pensava: "Ah, deve ser hora da soneca". E, é claro, ela se lembrava da hora da soneca quando sua mãe estava a cargo de tudo. Ela nunca pensou em bater na porta e se apresentar. "Seria esquisito entrar lá como uma estranha", ela dizia para quem lhe perguntava por que nunca mais voltara lá.

De vez em quando, ela encontrava algum ex-aluno de sua mãe, já adolescente. Ela até mesmo foi babá de alguns deles. Os garotos lembravam-se do dia em que Kris morreu, em 1999, mas não tocavam no assunto, e Danielle, também não.

Dedicada à sua carreira de assistente social, Danielle não pensava muito em sua vida amorosa. Mas então, no Dia de São Patrício de 2007, suas amigas a arrastaram para beber e, em um bar, ela conheceu um policial de 34 anos chamado Brian Wenzel. Ela já conhecia os tio de Brian, que estavam lá, naquela noite, e os apresentaram

Brian achou que Danielle era bonita demais para se interessar por ele, mas depois que conversaram um pouco, ele a convidou para dançar. Ela aceitou, eles dançaram e, quando a música acabou, Brian sorriu e lhe perguntou: "Quer dançar de novo?".

"Não", respondeu ela.

E ele achou que tinha acabado. "Obrigado pela dança, então", disse ele.

Embora achasse que Danielle não tivesse se interessado por ele, Brian pegou o número de telefone dela com sua tia e, nervoso, ligou para ela alguns dias depois.

"Oi, aqui é o Brian. Nós nos encontramos no Dia de São Patrício", disse ele.

"Eu me lembro."

"Bem, eu acho que, talvez, nós pudéssemos sair um dia desses", disse Brian.

"Tudo bem", respondeu Danielle.

Assim que ela concordou em sair com ele, Brian quis desesperadamente desligar o telefone. "Quando estou nervoso, começo a gaguejar", explicou depois. "Eu sabia que se ficasse ao telefone com ela mais dez segundos, começaria a gaguejar descontroladamente."

Então, ele disse para Danielle: "Tenho de ir. Depois eu ligo dando os detalhes. Tchau!". A ligação durou menos de 45 segundos.

Nesse primeiro encontro, Brian superou seu nervosismo e rapidamente descobriu que tinham muitas coisas em comum. Eles falaram da família, de seus sonhos e das semelhanças entre seus empregos. Danielle ficou especialmente encantada com o fato de que Brian, pertencente a uma família de policiais, fazia uma ronda que abrangia um distrito escolar com quatro mil estudantes. Ele era o "policial de referência" daquele distrito escolar, e Danielle se emocionava sempre que ele falava dos problemas que afetavam as crianças e suas famílias. Ela percebia a compaixão dele e, ao mesmo tempo, sentia que Brian se emocionava com as perdas que ela tivera na infância: o pai ausente, a mãe que morreu jovem.

Brian conversou com Danielle sobre os desafios que as garotas enfrentam hoje. Ele percebe que muitas não são orientadas pelos pais, não recebem amor suficiente e dão muita importância ao sexo. Ele ajudou garotas do Ensino Médio a romper com namorados abusivos e testemunhou a luta das adolescentes grávidas.

"É uma época difícil para os adolescentes", ele disse para Danielle certa noite. Ele tinha acabado de assistir a quatro programas de televisão em sequência: *How I Met Your Mother, Two and a Half Men, Rules of Engagement* e *Mike & Molly*. "Todos os programas estão cheios de piadas sobre sexo", disse ele. "Sexo é o assunto de todos os programas. E isso me deixa meio triste. Quando eu era mais novo, as comédias não eram só sobre sexo. Nós tínhamos a oportunidade de sermos crianças. Nós assistíamos a *Full House* e *Family Matters.*"

Depois que Brian e Danielle ficaram noivos — ele a pediu em casamento no restaurante favorito dos dois, o Melting Pot —, ela quis refletir sobre o que os dois tinham em comum. Ela anotou suas reflexões:

Brian e Danielle.

"Todos os dias Brian e eu lidamos com famílias em crise. Nós vemos tantas coisas difíceis — tanto sofrimento — que somos levados a admirar as pequenas coisas da vida, e nunca menosprezamos um ao outro. Todos os dias, tento ajudar crianças que têm fome ou que não têm casa. Por sua vez, Brian vê muita coisa ruim — e muita gente ruim —, e ele também acha que isso o faz dar valor à sua vida e ao amor entre nós.

Eu digo para Brian que, todos os dias, meu momento favorito é quando volto para ele, em casa. Saio de um mundo caótico e encontro alguém que é tão sensato e carinhoso, generoso e estável. Tenho muita sorte."

Pouco depois que Danielle ficou noiva, a New York Life Foundation financiou um estudo com adultos que eram jovens quando perderam seus pais. Um em cada nove americanos perdeu um dos pais antes de completar 20 anos. E espantosos 57% deles afirmaram que trocariam um ano de sua vida por um dia a mais com esse pai falecido. Quando Danielle soube dessa pesquisa, aquilo lhe pareceu muito familiar. Ela se incluiu nesses 57%.

A escritora Clare Booth Luce disse certa vez que "a perda da mãe é o fim da infância". Um estudo de 2010 mostrou como isso é verdadeiro. Foi descoberto que a perda da mãe na infância geralmente deixa cicatrizes emocionais por décadas, e que nossa sociedade não entende muito bem as ramificações disso nem oferece o apoio adequado. Educadores, médicos e religiosos não recebem treinamento suficiente para que possam identificar os sinais de solidão, isolamento e depressão em crianças enlutadas — ou em adultos que perderam um dos genitores na infância. A pesquisa mostra que a perda precoce de um dos pais pode tornar as pessoas mais resilientes, responsáveis e independentes. Mas há riscos. Crianças que superam essa fase sendo estoicas ou comportando-se como adultas podem pagar um preço alto: elas perdem a infância.

Em uma enquete, a maioria dos médicos afirmou preferir morrer de câncer a ataque do coração. A razão? Com câncer, a pessoa consegue se despedir. Danielle entende esse sentimento. Ela conheceu pessoas cujos pais morreram após doenças longas. Ela não as inveja, mas reconhece que tiveram o que ela não teve: a oportunidade de dizer adeus.

Para muita gente que perdeu os pais cedo, dois aniversários são muito esperados — e amargos. Quando Danielle fizer 29 anos, ela terá passado mais tempo sem a mãe do que com ela. Quando fizer 34 anos, ela terá vivido mais do que a mãe. (Danielle consultou um cardiologista que lhe garantiu que ela não tem a condição cardíaca que provavelmente matou Kris.)

Danielle disse para Cynda que é estranho e melancólico saber que sua mãe vai continuar jovem para sempre em sua lembrança. Ela acompanhou as rugas se espalharem pelo rosto de Cynda. Ao se olhar em espelhos pelo resto de sua vida, Danielle também se verá envelhecendo. Mas Kris nunca vai ter mais que 33 anos.

Todas essas percepções parecem ter se exacerbado desde o noivado. Danielle admitiu sentir dificuldade por não ter a mãe ao lado para planejar o casamento. Esse é, geralmente, o evento mãe e filha mais emocionante da vida de uma jovem. Costuma-se dizer que ninguém consegue amar uma moça da mesma forma que sua mãe. Assim, para aquelas que perderam a mãe, cada atividade — principalmente encontrar um vestido — serve de lembrança de que a mãe morreu.

Quem trabalha na indústria do casamento está acostumado a ver as mães como responsáveis pela palavra final, por assinar o cheque e segurar a mão da filha. Vendedoras costumam perguntar para Danielle: "E a sua mãe, já bateu o martelo sobre isso?". Ela respira fundo e explica a situação.

Quando entrou na Sala Mágica para a segunda prova, Danielle estava acompanhada de uma comitiva de quatro pessoas — sua melhor amiga, sua prima Holly, sua "irmã" Meghan (filha de Ted) e, é claro, sua avó Cynda. Elas soltaram suspiros e risinhos com toda força, mostrando-lhe seu amor. Mas todas sabiam que, mesmo que Danielle estivesse acompanhada de cem pessoas, todas não equivaleriam à única pessoa que ela desejava ter ao seu lado.

Danielle tenta racionalizar. "Sim, eu gostaria que minha mãe pudesse estar comigo e me visse nesse vestido", explicou ela mais tarde. "Mas sinto isso todos os dias. Só parece que, desde que fiquei noiva, essas situações são mais frequentes. Tenho vontade de ligar para ela e dizer 'Mãe, quer dar uma olhada nos convites? Pode ir comigo até o bufê?'"

É perfeitamente compreensível que ela sinta com mais força a ausência da mãe ao provar o vestido de casamento. Shelley e suas vendedoras parecem boa gente, mas ganham a vida dizendo às noivas que estão lindas. Às vezes, uma garota precisa da mãe para fazer uma avaliação honesta. Ou ela precisa que a mãe diga: "Você está de tirar o fôlego... mais linda do que nunca!". Kris teria dito isso para Danielle.

Ela se consola lembrando que Kris preencheu com muito amor e muitas memórias boas os catorze anos que teve com a filha. Poucas mães, com o triplo do tempo de convivência, conseguiriam dar-lhes tantas experiências significativas.

Danielle também admira o amor paterno demonstrado por Ted, namorado de sua mãe. Mesmo depois de conhecer outra mulher e se casar com ela, ele continuou uma presença real na vida de Danielle. Ele a convidava regularmente para fazer uma programação de pai e filha, até depois de ela se tornar adulta; eles saíam para pescar, colher mirtilos ou simplesmente conversar. Danielle pediu-lhe que entrasse na igreja com ela e o avô. Às lágrimas, Ted aceitou.

"Vai ser uma honra", disse ele, e enquanto a abraçava, Danielle pensou que sua mãe ficaria feliz ao saber que, na hora do casamento, ela teria o braço de Ted para se apoiar.

Durante as semanas de planejamento, Cynda tinha consciência de que estava irritando Danielle ao defender um bolo mais extravagante e dar palpites em outras questões relativas ao casamento. "Eu adoraria me envolver mais", Cynda explicou depois. "Não estou participando tanto quanto gostaria. Talvez esse seja meu jeito de continuar apegada a ela. Mas preciso superar isso, certo?"

Também ocorreu à Cynda que Danielle estivesse se distanciando dela porque, quando estão juntas, a neta tem lembranças viscerais de sua mãe. No dia da segunda prova na Becker's, Danielle reconheceu que não eram apenas suas emoções que estavam no limite. Ela sabia que aquele também não era um dia fácil para sua avó.

Houve um momento em que uma simples questão de semântica lembrou Danielle das questões que assombram sua avó. Depois de sair da Sala Mágica, Danielle disse para Cynda que ela precisaria comprar um vestido "mãe da noiva" para usar na cerimônia.

"Por favor, não o chame assim", disse Cynda.

Danielle sorriu. "Vó", disse ela, "é assim que elas se referem ao vestido. É o nome dele."

Cynda parou para pensar. "Tudo bem, então", disse. "É o que eu vou usar. Um vestido 'mãe da noiva'."

Mais tarde, naquele dia, Cynda perguntou para Danielle se ela passaria uma última noite em sua casa antes de se casar. "Claro, vó", respondeu Danielle.

As emoções de Cynda transbordaram e ela precisou dizer: "Sabe, querida, eu costumava pegar você no colo para abraçá-la e amá-la. Sinto falta disso".

"Vovó, vou adorar passar uma noite com você antes do casamento", disse Danielle.

Tanto Cynda quanto Danielle sabiam: nessa noite nenhuma delas discutiria seus sentimentos mútuos de perda. Elas não falariam da saudade que sentem de Kris. E manteriam distância de suas opiniões relativas ao bolo de casamento. Elas apenas ficariam juntas, em silêncio, abraçadas às suas memórias. E uma à outra.

Capítulo 15

Erika

Erika Hansen voltou à Sala Mágica para o primeiro ajuste e Shelley está feliz por revê-la.

Após Erika sair da loja, no dia em que comprou o vestido, as vendedoras da Becker's não conseguiram deixar de conversar sobre seu voto de pureza. Da mesma forma que suas irmãs mais velhas, Erika prometera reservar seu primeiro beijo para o homem que se tornaria seu marido. Poucas noivas entram na Becker's, atualmente, com esse tipo de história.

Algumas vendedoras da Becker's acharam que isso era absolutamente romântico e inspirador. As meninas Hansen adotaram uma atitude incomum frente à sociedade do sexo casual, que há muito abandonou o conceito de recato ou de um namoro lento e respeitoso. Outras argumentaram que as Hansen estão exagerando. Não fazer sexo antes do casamento é uma coisa. Mas não beijar? Isso é demais.

Shelley, por sua vez, é mais tolerante. Ela gosta da forma como Erika se comporta. Ela tem um tipo de serenidade inabalável. Até ali, de pé sobre o pedestal, na Sala Mágica, falando suave e respeitosamente, Erika projeta um ar de certeza. De onde vem isso?

Ela também é linda, e naquela manhã está com os cabelos cacheados, do jeito que deseja usá-los no casamento.

Primeiro, Shelley conversa com Erika apenas sobre o vestido. "Como é a sensação dele em você?", pergunta, enquanto Lynn, mãe de Erika, tira fotos com o celular.

"A sensação é ótima, mas está folgado aqui em cima", responde Erika, apontando para o corpete. Ela perdeu sete quilos desde que esteve na Becker's, e consultou um médico a respeito de problemas intestinais.

Shelley segura o tecido na altura do busto. "Vou tirar 2 centímetros daqui", decide. A maioria das noivas aparece para a primeira prova pesando menos, e então perde mais peso antes da segunda. Elas estão correndo com as providências, fazendo dieta e ficam nervosas demais para comer. Shelley tem de levar tudo isso em conta para calcular as alterações. Não basta medir a noiva e o vestido, ela precisa ter uma noção do nível de estresse da noiva e de seus hábitos alimentares. Se a noiva está perdendo peso, quanto vai emagrecer? Se está ganhando, quantos centímetros vai aumentar? Se estiver grávida, qual vai ser seu tamanho no dia do casamento?

Às vezes, a solução é simples. Quando noivas que estão emagrecendo reclamam que sentem como se o vestido estivesse caindo, as vendedoras da Becker's fazem uma recomendação simples: "Häagen-Dazs".

Após rodear Erika algumas vezes, Shelley percebe que o forro de cetim está uns 2 centímetros mais comprido. Ela se ajoelha junto ao pedestal e, tesoura na mão, começa a fazer a barra do vestido de Erika. "Fique bem parada", diz ela, "porque este é o primeiro vestido que eu corto".

Essa é uma das piadas favoritas de Shelley, e geralmente faz a mãe da noiva prender a respiração — se estiver prestando atenção. "Não é melhor deixar outra pessoa cortar?", dizem algumas mães, e Shelley responde que está brincando. "Às vezes, parece que estou há séculos aqui, ajoelhada e fazendo bainhas", diz ela.

Erika e sua mãe sabem que Shelley está brincando. Enquanto Shelley trabalha, é a vez de Lynn brincar: "E se Erika crescer 2 centímetros até o casamento?".

"Apenas noivas muito jovens crescem assim", diz Shelley, e todas riem.

Enquanto Shelley está ajoelhada, Erika não consegue parar de sorrir para si mesma no espelho.

Seu vestido, como quase todos da Becker's, foi feito na China. Geralmente demora de quatro a seis meses para o vestido finalizado chegar, pois o fabricante chinês espera até receber quinhentos pedidos, do mundo todo, de um determinado vestido. Só então seus empregados começam a produzir aquele modelo. O vestido de Erika passou pelas mãos de seis trabalhadores chineses. "Um vestido é feito da mesma forma que uma casa", Shelley explica, "e cada pessoa tem uma função na construção. Tem a pessoa do tecido, a pessoa da renda, das contas, do cristal, a pessoa da costura e, depois, o inspetor."

Para os chineses que fazem vestidos de noiva, enviá-los para os Estados Unidos é um lembrete de que há uma crise em seu país no que tange a noivas e noivos. Como meninas são menos desejadas na cultura asiática, muitos pais fazem ultrassom para descobrir o sexo do bebê e depois abortam seletivamente os fetos femininos. Alguns praticam infanticídio. O resultado é que hoje existem aproximadamente cem milhões de homens a mais que mulheres na Ásia. Demógrafos de organizações como o American Enterprise Institute afirmam que dezenas de milhões de noivas foram perdidas para o "generocídio", e assim dezenas de milhões de homens nunca se casarão. A política chinesa de um filho por casal ajuda a agravar o problema, mas existem outros fatores: a continuidade da preferência cultural por herdeiros masculinos, a tendência de famílias menores trazida pela modernização e o fácil acesso à tecnologia do ultrassom, que custa cerca de 12 dólares por sessão. Trabalhadores chineses não têm muito tempo para pensar na crise de casamento que sua cultura enfrenta, mas enquanto passam seus dias enviando luxuosos vestidos de casamento para os Estados Unidos, é fácil concluírem que as filhas americanas são mais abundantes, celebradas e valorizadas.

Shelley, é claro, não discute com Erika as implicações geopolíticas relativas à origem de seu vestido. Ela prefere manter o assunto leve e pergunta para Erika que tipo de véu ela pensa em usar. Ela está propensa a usar um "véu cascata", que escorre pelo lado do rosto. Até poucas décadas atrás, 90% das noivas Becker's usavam véus que lhes cobriam o rosto. Mas hoje quase todas as noivas usam véus abertos, que permitem aos convidados (e às equipes de vídeo) verem suas expressões enquanto caminham pela igreja.

Shelley pergunta que tipo de anquinhas ela vai querer, e a moça escolhe o modelo francês, que requer várias fitas que são amarradas. "É complicado?", pergunta Erika.

"Não muito", responde Shelley. "Depois que eu terminar aqui, vou dar um curso de cinco minutos para sua mãe e ela poderá ajudar as madrinhas com isso no casamento."

Erika continua pacientemente de pé sobre o pedestal — já faz meia hora — enquanto Shelley mexe no vestido. Depois de um tempo, Shelley decide que ela terá de usar anquinhas tradicionais porque não há o número necessário de pontos resistentes no tecido para pendurar as anquinhas francesas. "As saias ficam diferentes em cada vestido, e o corpo das noivas também é diferente", explica ela. "Então, é preciso calcular direitinho. Obrigada pela paciência."

"Não estou com pressa", diz Erika. "Adorei ficar aqui. Quanto mais você demorar, mais tempo eu tenho com o vestido."

Paciência é uma virtude que nem todas as noivas demonstram, mas Erika tem praticado. Afinal, ela tem esperado por toda a vida pelo primeiro beijo.

Quando Erika estava no 2° ano, em 1994, ela admirava a irmã mais velha, Leanne, que estava no 5° ano. Foi nesse ano que Leanne leu um romance juvenil cristão da *Série Selena* intitulado *Com Esta Aliança*. No livro, escrito por Robin Jones Gunn, a personagem principal, a adolescente Selena, conta para o pai que escreveu seu credo pessoal.

"Ele diz que meu corpo é um presente e que será Deus, não eu, quem vai decidir para quem dar esse presente," explica Selena. "E os melhores presentes são aqueles bem embrulhados, não os que já foram abertos e embrulhados novamente, cujo papel está rasgado e o laço amassado. Acredito que o plano de Deus para mim é ser como um presente embrulhado. Então, quando eu me casar, meu marido saberá que sou um presente especial só para ele."

No livro, um casal jovem prometeu não se beijar até o dia do casamento. Quando eles estão na capela, ensaiando, na tarde anterior à cerimônia, o pastor chega ao ponto do "você pode beijar a noiva" e o noivo olha nos olhos da sua futura esposa. Um dos personagens descreveu o momento: "Ele estava a 2 centímetros do rosto dela. Era a cena mais romântica do mundo, do tipo que faz você derreter. Então, eu o ouvi sussurrar para ela 'Amanhã, meu amor. Amanhã'". (No dia do casamento, quando o beijo finalmente aconteceu, os amigos do casal levantaram cartazes com o número dez, dando nota ao beijo como se estivessem em uma prova olímpica.)

Para uma jovem leitora cristã como Leanne, essa história foi emocionante. "Eu imagino como seria se eu guardasse meus beijos", disse ela para as irmãs. "Quanto mais eu penso nisso, mais quero fazer." Leanne começou a contar seu voto para todo mundo — professoras, amigos da família, outras crianças. Ela pensou que isso a tornaria mais responsável, pois ficaria constrangida de quebrar a promessa.

Logo Erika decidiu fazer a mesma promessa, assim como as outras duas irmãs. Não seria fácil para elas.

Quando Erika chegou à adolescência, suas colegas não facilitaram. Amigas debatiam o assunto com ela: como saber se um homem seria o ideal para ela se não o conhecesse fisicamente? Sua resposta: é muito egoísmo se concentrar em como um futuro marido pode satisfazê-la fisicamente. Os laços do casamento têm de abranger muito mais que isso. Se o amor e a noção de dever de um para com o outro estiverem lá, a relação física acompanhará — e será até mais forte. Ela tinha certeza disso.

Quando os adultos a questionavam, ela se explicava, com muita maturidade: "Algumas pessoas dizem que não vale mais a pena preservar nossa pureza, que toda a mensagem é diferente hoje. Mas eu a vejo como uma bênção para o marido e a esposa. Você tem um aspecto físico para compartilhar que nunca compartilhou com outra pessoa."

Erika admite que a adolescência foi um período solitário para ela e suas irmãs. A mãe, às vezes, ficava de coração partido por causa delas. "Muitos garotos mantinham distância das meninas Hansen", diz Lynn. "Algumas pessoas debochavam delas."

O pai das meninas, Vic, disse-lhes que admirava sua decisão "embora eu e sua mãe tenhamos nos beijado antes do casamento". A opção das garotas por pureza combinava com as coisas que ele tentava lhes ensinar, sobre fé em Deus e ter um plano para a vida.

Na verdade, as garotas Hansen não são tão raras como pode parecer. Robin Gunn vendeu três milhões de cópias de seus quarenta livros juvenis. Ela estima que mais de meio milhão de moças tenham sido influenciadas por sua igreja, seus pais e autores cristãos como ela "a direcionar seu futuro na direção da pureza, em vez de imitar o que veem na televisão". É claro que elas são minoria. Apenas 16% dos casais jovens deixam efetivamente o sexo para depois do casamento, e mais de um terço dos jovens que estão no Ensino Médio já tiveram relações sexuais, segundo pesquisas. Mesmo assim, novos dados do National Center for Health Statistics sugerem um aumento no número de jovens dispostos a admitir a vontade de seguir valores mais tradicionais. O relatório de 2011 do governo dos Estados Unidos mostra que, em pessoas com idades entre 15 e 24 anos, 29% das mulheres e 27% dos homens afirmam nunca terem mantido relações sexuais. É um aumento em relação aos 22%, para ambos os sexos, de uma pesquisa de 2005. A porcentagem de mulheres com idades entre 20 e 24 anos que dizem nunca terem tido contato sexual com outra pessoa aumentou de 8% para 12%. (Os meios de comunicação chamaram esses resultados de "uma tendência no sentido do adiamento", com manchetes anunciando que "A virgindade está de volta".)

Robin Gunn sabe que a maioria dos jovens não adotou a filosofia cristã defendida em seus livros, mas ela sente-se gratificada quando obtém retorno daqueles que o fizeram. "Diariamente, ouço comentários de garotas que dizem 'eu quero me guardar para um herói'.

É quase como se a pureza fosse um estilo de vida alternativo para nossos dias. As garotas dizem 'já vimos esse filme. Vimos nossos pais. Como podemos ser diferentes?'".

Gunn não aceita a noção de que nossas filhas precisam ter certeza de que são sexualmente compatíveis com um homem antes de se casarem. "É lindo quando se entra em um casamento com um nível de inexperiência e inocência que dá ao casal o espaço para crescer junto", diz ela. Um estudo de 2010 abrangendo 2.035 casais, relatado no *Journal of Family Psychology*, descobriu que aqueles que deixam o sexo para depois de se casarem frequentemente têm casamentos mais sólidos e vida sexual melhor, em parte porque no início do relacionamento investiram em comunicação e não em sexo.

Críticos dizem que o movimento do pudor e suas "festas da pureza" com pais e filhas passam a mensagem, para as garotas, de que elas são uma propriedade que passa dos pais para os maridos, e que seus corpos e sua sexualidade precisam ser guardados e monitorados por homens. Eles também argumentam que a educação baseada em abstinência não funciona. Segundo pesquisadores, a queda nas taxas de gravidez adolescente é devida, principalmente, à educação para o sexo seguro e ao uso consciente de preservativos. Alguns argumentam que garotas que fazem votos de pureza e depois os quebram estão mais propensas a ter comportamentos de risco, pois não foram orientadas sobre métodos contraceptivos.

Vic e Lynn Hansen estão cientes de todos esses argumentos. E em seu esforço para dar para as quatro filhas uma criação com mais limites do que eles mesmos tiveram, enfrentaram algumas reações ao longo dos anos.

Quando Erika e suas irmãs eram mais novas, os pais não permitiam que assistissem a certos programas populares de televisão, como *Friends*, que Vic não apreciava, pois, em suas palavras: "Esse programa aprova o sexo antes do casamento. A mensagem é 'não tem problema dormir com diversos parceiros; é tudo muito divertido'".

Lynn disse às meninas: "Sim, o programa é divertido. Mas não me sinto à vontade para expor vocês a algo que não acredito ser apropriado".

As garotas reagiram. Elas podiam aguentar um voto de pureza. Mas ir para a escola, onde todas as amigas estavam falando de *Friends*, e ter de admitir que não tinham permissão para assistir ao programa, isso era inaceitável para elas. Elas acusaram os pais de serem superprotetores. "Nós somos inteligentes o bastante para julgarmos as coisas por nós mesmas e tirarmos nossas conclusões sobre o que é certo e o que é errado", argumentou Leanne.

Então, as garotas foram autorizadas a assistir a *Friends* e a alguns outros programas de televisão que seus pais aprovavam. De forma geral, contudo, a cultura dominante foi mantida afastada.

Pais como Vic Hansen, que só têm filhas, geralmente se sentem abençoados, mas também entram em conflito. Pesquisas do Gallup mostraram que cerca de 45% dos homens prefeririam ter um menino, se pudessem ter apenas um filho — são 19% os que prefeririam uma menina, uma proporção que mudou pouco desde 1941.

Quando chega uma filha na família, seus pais têm uma probabilidade 6% maior de se divorciar do que se fosse um menino, de acordo com um estudo de pesquisadores da University of California, em Los Angeles, e University of Rochester. É cerca de 10% mais provável que pais de três meninas se separem do que pais de três garotos. Por outro lado, mães divorciadas de meninas casam-se novamente em taxas maiores que mães divorciadas de meninos. Os pesquisadores descobriram, também, que quando casais solteiros fazem ultrassom para saber o sexo da criança, a probabilidade de o homem casar com sua namorada é maior quando o bebê for do sexo masculino.

É mais provável que pais de meninos permaneçam com suas companheiras, pois sentem maior necessidade de servir como exemplo masculino, e normalmente sentem-se mais à vontade perto de garotos, dizem as pesquisas. No íntimo, muitos homens conhecem seus motivos pessoais: eles querem um filho à sua imagem, um amigo com quem compartilhar seu gosto por esportes, ou um parceiro cheio de testosterona que um dia irá trabalhar com eles. Eles querem alguém que carregue o nome da família. Eles querem filhos.

Por sua vez, Vic Hansen nunca sentiu isso. Desde o início, ele assumiu seu papel de pai de garotas, e suas filhas sentem-se à vontade com ele. De fato, Erika vê o pai todos os dias porque trabalha no atendimento ao consumidor da Display Pack, a empresa de embalagens de Vic em Grand Rapids, um empreendimento familiar de segunda geração com quatrocentos empregados. (A Display Pack faz as caixinhas de plástico e cartão que embalam cartuchos de tinta e telefones celulares. O pai de Vic começou essa empresa em uma garagem. "Se você já precisou de um machado para abrir uma embalagem de plástico, a culpa é nossa", brinca ele. "Mas as empresas a que atendemos preocupam-se com roubos de mercadorias nas lojas, e querem que tornemos seus produtos difíceis de abrir.")

O trabalho, às vezes, consome Vic, mas, como pai, ele sempre acreditou ser vital arrumar tempo para suas filhas — individualmente. Assim, quando cada uma delas completava 16 anos, ele a levava para uma viagem de pai e filha. A viagem de Erika foi para o Havaí, e enquanto estavam lá, Vic reservou tempo para conversas muito francas. Ele perguntou para Erika sobre seus objetivos e sonhos. Ele falou com ela do fundo de seu coração, abordando temas como os riscos de se vestir de maneira provocativa e o impulso sexual de garotos adolescentes.

Erika e o pai conversaram sobre as mudanças na nossa sociedade e como muitos homens, atualmente, não precisam mais tomar a iniciativa nos relacionamentos. Muitas jovens estão se atirando nos homens; seus modelos de comportamento são personagens desprezíveis de programas de televisão, como *Jersey Shore*. "Essa não é a forma como deve ser", disse Vic para Erika. "Eu gostaria que você e suas irmãs fossem um pouco misteriosas. Façam que os garotos queiram conhecer melhor vocês."

Ele alertou Erika sobre as limitações do namoro por computador. Os jovens de hoje passam muito tempo sozinhos em seus quartos, enviando mensagens de texto pelo celular e batendo papo no Facebook. Para Vic, o verdadeiro amor é descoberto cara a cara. Assim, ele pediu a Erika para passar tempo conversando pessoalmente com um garoto. "Quando se está sentado atrás de um computador, há um véu de segurança", disse ele. "Cara a cara há mais vulnerabilidade. Se um sujeito está atrás de você eletronicamente, e não quer vê-la pessoalmente, pergunte-se se essa é uma relação completa."

Na viagem do 16º aniversário de Erika, Victor citou uma passagem do Salmo 45, que aborda questões de amor e casamento. "Quando chegar a hora de você escolher um companheiro", disse Vic a Erika, "de quais qualidades você não vai abrir mão?"

Ele a encorajou a anotar dez características que gostaria de encontrar em um marido, pedindo-lhe que fosse além de "alto, moreno e atraente". (Entre as qualidades que suas irmãs sugeriram em suas próprias viagens, estão: "alegre", "adora o que é correto, odeia o errado", "pensa antes de falar" e "especial".) Erika refletiu muito sobre a sugestão do pai e incluiu em sua lista: "personalidade virtuosa", "abençoado por Deus", "confiável", "humilde" e "executa ações impressionantes". Ela terminou com "excelentíssimo", o que fez seu pai sorrir. "É uma lista ótima", disse ele. "Quando você namorar, pode usá-la como filtro."

Victor tinha uma regra. Se um garoto quisesse namorar uma de suas filhas, primeiro ele tinha de ir à casa da família se apresentar. Vários garotos acharam que essa regra era um obstáculo intransponível. Não era apenas a falta de beijos que afastava os rapazes. Ter de conhecer o sr. Hansen era parte do problema.

Mas esse se mostrou um ótimo filtro, também. "Os rapazes que não queriam esperar pelos beijos e os que não queriam vir conversar comigo não se interessavam por nossas filhas", diz Vic. "Mas aqueles que aceitavam o risco, que vinham e se apresentavam, eram homens muito mais fortes e autoconfiantes. E acho que isso nos propiciou genros fantásticos."

Lynn Hansen tem muito orgulho de suas filhas, de suas decisões ao longo dos anos e da forma como escolheram os homens com quem se

As mulheres Hansen: Kayla, Lynn (a mãe), Leanne, Erika e Aleece.

casariam. Mas a verdade é que a jornada teve grandes preocupações. Será que as garotas cresceriam protegidas demais, tornando-se ingênuas e vulneráveis? Ela perguntava para Vic: "Será que fomos superprotetores a ponto de prestar-lhes um desserviço?". (As garotas Hansen são, certamente, um caso à parte. Em uma pesquisa de 2011 da OneHope, um grupo cristão de apoio aos jovens, 96% de 5.100 adolescentes entrevistados disseram que beijar antes do casamento é aceitável.)

E Lynn se perguntou se as garotas poderiam ter sido afetadas pelas cicatrizes que ela carregou por toda sua vida.

Nascida em 1960, Lynn cresceu em Muskegon, Michigan, em uma família que ela descreve como "a *Família Sol, Lá, Si, Dó* sem os rostinhos felizes". Eram nove crianças no total. Antes que seus pais se casassem, seu pai já tinha quatro filhos, enquanto sua mãe tinha duas filhas e um filho. Juntos, tiveram mais dois: Lynn e seu irmão.

É difícil até começar a falar do grau de disfunções sem solução naquela casa. Para começar, o acesso à pornografia pesada era fácil. "Estava em praticamente todos os aposentos", lembra Lynn.

Quando menina, ela topava com essas imagens em revistas guardadas despreocupadamente em prateleiras e gavetas. "Minha mãe sabia que encontrávamos essas coisas. Se fôssemos pegos olhando para elas, seríamos repreendidos."

"Mas você olha para elas", disse Lynn para a mãe uma vez.

A resposta de sua mãe foi uma variante de "faça o que eu digo, não faça o que eu faço".

Às vezes, a mãe de Lynn batia nas crianças. Seu pai fazia ainda mais estrago. Quando Lynn tinha 3 anos, em 1963, seu pai foi acusado de abusar sexualmente das enteadas mais velhas. Os tempos eram outros e depois que a mãe de Lynn pediu que as acusações fossem retiradas, as autoridades mal lhe deram um puxão de orelha. Disseram-lhe para ir a três sessões de aconselhamento. Os abusos continuaram até que Lynn também foi vítima. Os abusos do pai duraram desde a infância de Lynn até a pré-adolescência.

"Ele fazia parecer que essa era sua forma de demonstrar amor", diz Lynn. "Ele nunca nos tocava em outra ocasião. Assim, isso prejudicou nossa capacidade de compreender o afeto paterno."

Na infância, Lynn assistia à *Família Sol, Lá, Si, Dó* e pensava: "É assim que deve ser. Uma mãe tem de ser assim. Um pai tem de ser desse jeito". Ela ficou obcecada pelo programa e pela sra. Brady — a mãe da família.

A atriz Florence Henderson, que interpretava Carol Brady, frequentemente ouvia de garotas, cujos lares eram problemáticos, que elas ansiavam por fazer parte de uma família como a Brady. No fim dos anos 1960, ela recebia cartas de meninas pedindo que fosse resgatá-las. Uma garota de Iowa até incluiu instruções de como chegar à esquina em que ela a estaria esperando com sua mala.

Sim, o programa era idealizado e sentimental, mas, para garotas como Lynn, ele parecia um bálsamo, a visão de como uma família poderia ser. Lynn nunca escreveu para Henderson pedindo para ser resgatada, mas ela entende o que motivou quem o fez. "Devido ao caos na minha família, eu ansiava por bons pais", diz ela. Ela ficava em seu quarto escrevendo histórias sobre garotas em famílias acolhedoras e funcionais — sua versão da família Brady.

Embora não se falasse de religião em casa, havia uma igreja batista na sua rua. Desde os 5 anos de idade, Lynn ia até lá sozinha. Era o lugar onde encontrava conforto.

Algumas vezes, Lynn chegou a falar "eu não me sinto amada nesta família". Seu pai respondia: "Eu ponho um teto sobre sua cabeça, roupas em você e comida na sua barriga. Se isso não é amor, não sei o que é". Uma vez, quando era mais velha, Lynn perguntou à mãe por que o pai abusava das filhas. "Ele fez essas coisas porque não foi amado quando era criança", foi a resposta de sua mãe.

Com a criação que teve e as escolhas infelizes feitas por seus pais, seria quase impossível Lynn não ter problemas.

No início do casamento, ela tinha pesadelos e acordava afastada de Vic, "como se estivesse tentando fugir de algo", ele recorda. Com 30 anos, ela passou seis semanas no hospital em tratamento para depressão. Vic compreendeu que os traumas de infância da esposa lançavam uma sombra em seu casamento, mas ele não sabia como entrar naquela parte da vida de Lynn, que, às vezes, ficava ressentida com o marido e pensava em largá-lo. Ela gritava muito e quanto mais o fazia, mais passivo ele se tornava. Em certas manhãs, ela acordava, olhava para Vic, e pensava: "O que foi que eu fiz? Por que me casei com ele?".

Mas, apesar de tudo, Vic resistiu. "Nós nunca vamos nos divorciar", dizia ele. Vic vem de uma família cristã e sugeriu que os dois participassem de um encontro de casais chamado Aliados Íntimos. Aquele foi um fim de semana revelador para Lynn.

A certa altura, o facilitador da discussão disse aos casais participantes: "Olhe para a pessoa ao seu lado. Essa é a pessoa que Deus lhe deu para que acompanhe você por toda a vida. Ela não é sua inimiga. Essa pessoa é sua aliada".

"Eu tive uma grande epifania quando ele disse isso", afirma Lynn. Ela e Vic começaram a reconstruir seu relacionamento, vendo um ao outro como parceiros.

A criação de Lynn também a moldou como mãe, claro. Quando teve suas filhas, percebeu que ficara mais brava com sua mãe do que com o pai. Como sua mãe fora capaz de deixar as filhas tão desprotegidas?

Lynn jurou proteger vigorosamente as filhas. Quando eram menores, ela não as deixava com os avós nem permitia que se sentassem no colo do avô. Às vezes, quando saía para fazer alguma coisa, ela telefonava para casa para ver se estava tudo bem. Quando uma das meninas dizia que os avós tinham aparecido sem avisar, Lynn corria para casa, em pânico, como se estivesse indo salvar as meninas de um incêndio. "Fique no telefone comigo", ela dizia para Erika, na esperança de monitorar o que estava acontecendo na casa até que ela conseguisse voltar.

A necessidade de proteger suas meninas abrangia todos os aspectos da vida delas. Lynn ficava nervosa se elas fossem brincar na casa de uma amiga, e assim encorajava as filhas a brincarem com as irmãs dentro de casa, em vez de se exporem aos perigos que podem estar ocultos na casa de outras famílias. As irmãs Hansen ficaram muito unidas, mas suas amizades com colegas de classe e outras garotas ficaram limitadas. "Eu tinha tanto medo do mundo", diz Lynn, "mas podia controlar o que acontecia na minha casa."

Certa vez, ela não queria deixar a filha Leanne participar de uma festa do pijama com outras garotas. "Nossa família não é normal!", Leanne vociferou para Lynn. Mas a mãe tinha uma resposta: "Como somos cristãos, Deus quer que não sejamos normais, que vivamos no mundo, não para o mundo". Essa resposta, contudo, não satisfazia uma menina que queria estar com as amigas em uma festa do pijama.

Finalmente, quando as garotas chegaram à adolescência, Lynn contou-lhes dos abusos que sofrera na infância. Embora ela não tenha entrado nos detalhes horríveis, elas a escutaram atentamente, tentando ler nas entrelinhas. Todas choraram. A certa altura, Erika ficou brava com Lynn e exclamou: "Não pode ser verdade!". Mas logo as meninas compreenderam a jornada da mãe e reagiram com compaixão.

Elas mantiveram contato com os avós, mas com cautela. "O passado pode nos deixar ressentidos ou sábios", disse-lhes Lynn. "Estou tentando usar meu passado para melhorar a minha e a sua vida." (Quando estava com mais de 70 anos de idade, o pai de Lynn soube que estava com câncer. Então, ele tentou, à sua própria e limitada maneira, se desculpar com a filha. A essa altura, por causa de sua fé, ela já o tinha perdoado. Seu pai e sua mãe já morreram.)

Analisando o passado, Erika fica maravilhada com o poder do perdão. Será que ela amava os avós? "Muito", ela responde hoje. Apesar de tudo. Ela reconhece que os problemas que os dois tiveram na infância os levaram a grandes deficiências como pais. E ela se sente agradecida pelas boas lembranças que tem deles, pelo fato de terem conseguido, apesar de tudo, ser avós amorosos.

Por sua vez, Lynn sabe que as experiências vividas na infância desempenharam papel importante na vida e nas decisões de suas filhas — incluindo suas escolhas relativas à pureza. Ela cresceu em uma casa onde imperava o caos e terminou criando suas filhas em um lar com muitas regras, com lembranças constantes de que cada ação tem consequências, boas e más.

Ela sabe que, devido à vida protegida que tiveram, suas meninas podem se deparar com situações para as quais não estejam preparadas ou que as farão se sentirem impotentes. Isso preocupa Lynn.

Suas filhas dizem para ela não se preocupar.

Agora que se tornaram adultas, começam a perceber como a vida de sua mãe afetou a vida delas. Lynn faz boas observações sobre as influências do mundo secular, dizem elas. Erika costumava gostar da música *This Love*, do grupo Maroon 5. Então ela parou para prestar atenção na letra. "Fiquei com vergonha", diz ela, que fica triste por a música ser tocada em todas as rádios. Enquanto o refrão da música fala do amor que controla o vocalista, outros versos tratam desavergonhadamente de prazer sexual e de como os dedos de um homem podem entrar no corpo de uma mulher.

Letras como essa fizeram Erika pensar em como ela criará suas filhas, e de quais expressões artísticas ela terá de protegê-las. "Minha mãe me proporcionou uma infância linda", diz ela. "Acredito que as lições de sua infância a ajudaram nisso."

Erika reconheceu que a ideia de se casar a deixou nervosa. Quando era mais nova, sua família a chamava de "namorada em fuga", porque ela tinha medo de compromisso. "Ela está bem agora", Victor disse para os outros quando ficou noiva. "Eu sei que ela tem medo e está nervosa, mas não vai ser uma noiva em fuga, pois Reuben é o cara certo."

Erika diz que "eu posso esquecer meus temores, pois sei que Reuben é o homem que estive esperando".

Reuben, que tem 23 anos e é doze dias mais velho que Erika, conheceu-a em 2005, em uma festa de Halloween. Ele voltara ao Michigan após iniciar seu treinamento no Corpo de Fuzileiros Navais. "Um amigo me chamou para a festa na casa de uma garota", conta ele. "E essa garota era a Erika." A festa foi um evento discreto. Eles assistiram ao filme *A princesa prometida* e jogaram cartas.

Reuben tinha uma namorada nessa época, mas ficou amigo de Erika e manteve contato enquanto esteve fora do país. Devido à sua criação cristã, ele também prometera reservar o sexo para depois do casamento. "No Corpo de Fuzileiros, todos falavam de sexo, o tempo todo", diz ele. "Eu disse que estava praticando abstinência e que ia esperar até me casar. A maioria dos caras queria me ver desistindo desse ideal. Quando estávamos em treinamento, nos Estados Unidos, eles queriam me embebedar e me apresentar para garotas. Para eles, era um desafio me fazer ter relações sexuais."

Alguns de seus colegas fuzileiros o admiravam, mas ainda assim o provocavam. Poucos disseram que também gostariam de ter esperado, falando de ter partido o coração de alguma garota ou de seu próprio arrependimento quanto à promiscuidade.

A namorada de Reuben terminou o relacionamento enquanto ele estava no Iraque, e ele começou a se corresponder com Erika. A ligação entre os dois cresceu através de e-mails e do Facebook.

Reuben não queria que Erika soubesse o nível de perigo que ele enfrentava durante suas missões no Iraque e no Afeganistão, mas a verdade é que sua unidade de batedores passou por muitas experiências assustadoras. Seu melhor amigo na unidade perdeu a perna devido a uma bomba durante uma patrulha. Diversos outros amigos perderam as duas pernas. Outro homem de sua unidade perdeu um pé.

Enquanto Erika aprofundava seu relacionamento com Reuben, sua irmã Kayla já planejava seu casamento. Gavin, noivo de Kayla, também estava alocado no Iraque. Em 19 de junho de 2007, Kayla estava em uma reunião de trabalho no serviço de atendimento ao consumidor da firma de seu pai, mas não conseguia se concentrar. Ela tivera a sensação de que Gavin estava em perigo. Então, ela começou a orar, sussurrando para si mesma o nome de cada homem na unidade de Gavin.

Duas horas depois, ela recebeu a notícia: um terrorista suicida tinha conduzido um caminhão cheio de explosivos para as barricadas de proteção onde a unidade de Gavin dormia. O motorista explodiu o caminhão, deixando uma cratera de 10 metros de diâmetro e estilhaçando janelas de casas a mais de um quilômetro de distância. A explosão quebrou o maxilar de Gavin, causou-lhe danos cerebrais, danos permanentes na musculatura da perna e deixou estilhaços por todo o seu corpo. Ele ficou hospitalizado durante três meses, mas ainda assim conseguiu estar no altar em outubro, usando seu uniforme de gala, para dar a Kayla o muito aguardado beijo. Devido ao maxilar quebrado, sua mordida permanecerá decentralizada, o que significa que ele poderá ter de suportar dores de cabeça pelo resto da vida. Ainda assim, Gavin diz que se sente abençoado. "Tenho colegas que estão muito piores que eu. No hospital, eu estava contente por ter todos os meus dedos. A maioria dos outros caras tinha perdido pelo menos um membro. Assim, fica difícil sentir pena de mim mesmo."

Poucos dias depois que Gavin foi ferido, Erika também teve uma premonição de que Reuben corria perigo. Foi apenas uma onda de preocupação, e ela orou por sua segurança. Nesse dia, outro terrorista suicida, dirigindo um caminhão de lixo cheio de explosivos, se lançou na direção da casa em que estavam Reuben e sua unidade. Um fuzileiro, de guarda no teto da casa, viu o caminhão se aproximando e atirou no motorista. Por sorte o caminhão explodiu a 10 metros da casa, o que salvou a vida dos que estavam lá dentro. Reuben não foi ferido, mas 21 homens da sua unidade foram condecorados por diversos ferimentos com estilhaços e concussões.

Mais tarde, Erika e Reuben calcularam a diferença de tempo e chegaram à conclusão de que, no momento exato em que ela orava, o motorista suicida estava dirigindo na direção da unidade de Reuben. "Deus estava cuidando de nós", diz Reuben. "E as orações de Erika ajudaram."

Agora que seu período de serviço acabou e ele foi dispensado com honras dos Fuzileiros, com a patente de sargento, Reuben está na faculdade, estudando Engenharia Mecânica e Biomédica. Tendo visto tantos colegas fuzileiros perderem suas pernas, suas aspirações profissionais são pessoais e ambiciosas. "Eu quero projetar uma prótese melhor", diz ele. Reuben já está em atividade, colaborando em um projeto que pode resultar em uma nova perna artificial para um amigo.

Por tudo o que passou, não foi difícil esperar até ficar noivo para conseguir seu primeiro beijo com Erika. "Não foi ruim, de jeito nenhum", diz ele para os outros. "Na verdade, foi uma boa oportunidade para nos conhecermos. Em vez de ficarmos nos beijando por horas no sofá, conversamos sobre coisas pessoais."

Mas ele admite que sua mente viaja. "Se você é um cara que sente atração por uma mulher, vai existir tensão sexual", diz ele. "Mas tentei manter o foco no que era correto, e minha fé ajuda a reduzir a tensão. Saber que Erika possui valores semelhantes também ajuda."

Reuben espera que sua noite de núpcias seja especial. "A Bíblia diz que quando um homem deixa seus pais para se juntar à esposa, eles se tornam uma carne. Não ter feito isso com nenhuma outra mulher vai tornar meus laços com Erika muito mais fortes. Eu acredito de verdade nisso."

Reuben será o segundo ex-fuzileiro que Vic terá como genro. "Eu vi acontecerem mudanças nesses dois jovens", diz Vic. "Alguma coisa muda em um homem quando ele vai para a guerra. Ele volta para casa e seus amigos querem jogar *video game* e se divertir. Mas minhas filhas escolheram homens que voltaram e disseram 'Preciso crescer. Preciso amadurecer'. Eles se tornaram muito mais sérios em relação à família, ao casamento e ao compromisso."

Assim como Erika e suas irmãs são diferentes da maioria das jovens noivas que vão à Becker's, Vic acredita que os homens que elas escolheram também são incomuns. Essa convicção vem da religião, mas está enraizada em Vic. Para aqueles que entram no casamento abraçando fé, paciência e respeito, diz ele, a chance de um final feliz tem de ser maior.

Erika e Reuben.

Durante sua segunda prova na Becker's, enquanto admirava seu vestido, Erika não mencionou nenhuma das questões mais profundas que a conduziram até aquele momento. Mas depois, refletindo, ela conseguiu articular seus sentimentos.

Ela percebe que muitas das pessoas que amou em sua vida foram feridas de alguma forma. Sua mãe foi ferida por abusos na infância. Seus avós foram feridos por sua criação. Seu noivo e seu cunhado foram feridos por tudo que viram e passaram na guerra.

"Todos temos feridas", diz ela. "E eu sei que as feridas de algumas pessoas podem levá-las a uma espiral descendente, de onde nunca conseguem sair. Ainda assim, é espantoso ver todos aqueles que conseguem. Acredito que nossas feridas possam nos aproximar de Deus."

Ela acredita que sua mãe é hoje uma pessoa mais forte e generosa devido ao sofrimento na infância. "Saber que ela passou por tanto sofrimento e ainda assim é capaz de lidar com tanta coisa me faz sentir que ela poderá me ajudar a enfrentar meus próprios problemas", diz Erika. "Suas dificuldades a tornaram mais sábia. Minhas irmãs até a chamam de Senhora Sabedoria. Eu a vejo rindo e curtindo a vida. Penso na infância linda que ela proporcionou a mim e às minhas irmãs. Se ela consegue ser a mulher que é, apesar de tudo, então eu sei que também posso fazer da minha vida algo especial."

Capítulo 16

Quando Shelley se afastou

A cidade de Fowler nunca decidiu, realmente, pendurar bandeiras com vestidos de noiva em seus postes de iluminação. Mesmo assim, quando uma futura noiva entra nessa pequena comunidade e olha ao redor, é lembrada de seu casamento — e de seu futuro como mulher casada.

Na escola Fowler High, o mascote é uma águia, não uma noiva. Mas há um grande cartaz ao lado do campo de futebol: VOCÊ TEM UMA CHANCE! Seu objetivo é inspirar atletas e alunos, mas as noivas não conseguem evitar aplicar essas palavras às suas próprias decisões relativas ao homem com quem vão se casar. Será que elas só têm uma chance para acertar? Ou, como seus pais divorciados podem lhes dizer, a vida é feita de segundas chances?

Muito de Fowler é monótono e velho, mas a cidade também possui locais especiais. Há um parquinho com uma carruagem em tamanho infantil puxada por cavalinhos de brinquedo. Parece algo que uma pequena Cinderela poderia usar para ir ao baile, ou que uma garotinha poderia pensar em usar no dia de seu casamento. Esse parque faz as noivas sorrirem ao passar por ali.

Na década pré-internet de 1980, cerca de 10 mil clientes da Becker's por ano atravessavam Fowler de carro. As visitas à loja diminuíram desde então para cerca de sete mil, mas os outros negócios da cidade apreciam o tráfego. As noivas pedem sanduíches no Subway. Elas abastecem o carro no posto de combustível da esquina. E Shelley, às vezes, indica para as suas clientes o chaveiro do outro lado do quarteirão. Por quê? Porque noivas e mães ficam tão concentradas na busca pelo vestido que trancam seus carros com a chave dentro. "Se você fizer com que elas entrem de novo no carro", Shelley diz para o chaveiro, "eu faço que entrem na igreja."

Além do prédio do antigo banco que hoje abriga a Becker's, outro edifício imponente da cidade é a Igreja Católica da Santíssima Trindade, datado de 1881. Quando os clientes da Becker's passam pela grande igreja de pedra no sábado, podem ver noivas chegando para se casar. É agradável topar com essa cena a caminho da loja.

O edifício da Becker's, por sua vez, não está lotado apenas de vestidos, mas também de história. O porão, lugar em que as noivas nunca vão, é dominado por colunas de concreto projetadas para sustentar o cofre do banco, que hoje é a Sala Mágica. Espalhados pelo porão estão manequins nus do passado. Eles jazem ali, olhos abertos, parecendo mortos. Por perto ficam curiosidades deixadas por vovó Eva, incluindo seu grande conjunto de agulhas e linhas, que data de 1929.

Diversas prateleiras contêm registros meticulosos de várias décadas, incluindo pilhas de agendas nas quais as vendas diárias eram registradas. Ao se folhear essas agendas e contar suas marcas é possível descobrir tendências óbvias. O "Dia de São Valentim", é sempre devagar, pois as noivas estão preocupadas com eventos românticos com o noivo, não com a compra do vestido. O feriado de Martin Luther King, por outro lado, é movimentado, e não apenas porque os clientes têm o dia livre. As mulheres ficam noivas no Natal, e quando chega a terceira semana de janeiro, já fizeram muita pesquisa. No dia de Martin Luther King, elas estão prontas para comprar.

Pegue o calendário de 2001 e vá até o dia 11 de setembro. As marcas contam uma história. Shelley se lembra que estava assinando o protocolo da UPS, que lhe entregava caixas de vestidos, quando caiu a segunda torre do World Trade Center. Foi um dia sombrio para se vender vestidos de noiva. Mesmo assim, as marcas indicam que quatro noivas compraram seus vestidos naquele dia. Shelley teve de agradecer com entusiasmo cada uma delas. Apenas três vestidos foram vendidos no dia 12 de setembro. Foi nesse dia que pessoas desesperadas colaram em Manhattan cartazes de seus entes queridos desaparecidos, e as imagens foram mostradas pela televisão. Um cartaz trazia as palavras "PROCURANDO MELHOR AMIGA" escritas abaixo da foto de uma linda jovem em seu vestido de noiva. Foi difícil para as noivas Becker's colocarem de lado a tristeza desta imagem. Mas no sábado, dia 15 de setembro, a vida continuou e as vendas retomaram o fôlego: dezesseis vestidos foram vendidos nesse dia.

Algumas vendedoras da Beckers dizem que, à noite, a loja é vigiada pelo fantasma de vovó Eva.

O vestido do casamento de Shelley, em 1985, também está no porão, em uma arara; ela não sabe o que fazer com ele. Em outra arara estão vinte vestidos que nunca foram pegos devido a noivados desfeitos. Shelley nunca os levará de volta à loja para serem vendidos. "Seria um mau carma para as noivas que os comprassem", diz ela. "Acho injusto vender para alguém um vestido com passado triste. É melhor deixá-los apodrecer aqui."

Algumas das vendedoras da Becker's dizem que o fantasma de vovó Eva fica no porão (quando ela não está assombrando o sótão). Elas suspeitam que também possam existir outros fantasmas: noivas do passado, ou antigas vendedoras, ou, ainda, aquele fazendeiro que se enforcou durante a Depressão, após perder todo o seu dinheiro, quando o prédio ainda era um banco. Às vezes, dizem as vendedoras, com todos os rangidos e batidas, a Becker's parece abrigar uma convenção de fantasmas.

Shelley não pensa em fantasmas quando está lá embaixo. Para ela, as pilhas de notas fiscais, as agendas, os vestidos abandonados de outrora e os manequins silenciosos tornam aquele lugar um memorial. Quando está no porão, Shelley se lembra de como a loja era antes de ela assumi-la. Ela contempla a garota calada e complacente que era quando começou, e a mulher assertiva que, aos poucos, se tornou. Ela se lembra de que é neta e filha das mulheres que dirigiram a loja, e o que foi necessário para sair da sombra delas.

Em junho de 1999, Shelley já tinha dito a Gary que queria se divorciar. O alcoolismo dele prejudicara o casamento de uma forma que não havia mais volta e, como ele tinha dificuldade para se manter nos empregos, a responsabilidade de sustentar a família caía sobre Shelley. Não era fácil.

Shelley ia para a loja e sorria para as noivas, mas por dentro estava pegando fogo. Ela começara na loja aos 14 anos, ganhando 5 dólares por hora. E lá estava ela, uma mulher de 34 anos, responsável por boa parte da empresa — contabilidade, supervisão da equipe de vendas, ajustes nos vestidos, compras de atacadistas. No entanto, ela continuava a ser uma empregada horista dos pais, recebendo 8 dólares por hora. Ela não tinha plano de saúde para os filhos nem para si mesma.

Fazia muito tempo que Shelley vinha pedindo uma compensação aos pais, sem muita sorte. Se Sharon e Clark tivessem um bom ano na loja, davam-lhe no Natal um bônus que variava entre 1 mil e 4 mil dólares. Mas em alguns anos, não havia bônus. Shelley lutava para se manter à frente de suas dívidas.

Quando Alyssa nasceu, de cesariana, não havia seguro para cobrir os 11 mil dólares da conta do hospital. Os pais de Shelley ajudaram pagando a taxa do anestesista, mas o resto ficou por conta de Shelley e Gary. Eles precisaram de cinco anos só para pagar essa conta.

"Preciso ganhar mais", dizia Shelley para sua mãe.

"Nós não temos condição de pagar mais", respondia Sharon. "Já estou lhe pagando um dólar por hora a mais do que para as outras."

"E seguro de saúde?", insistia Shelley.

"Sinto muito", era a resposta da mãe. "Nós não podemos. As coisas estão difíceis agora. O orçamento não permite."

Shelley sempre voltava para a área de vendas com um sorriso — as noivas nunca percebiam que ela estava aborrecida —, mas ela ficava cada vez mais insatisfeita com sua situação. E não era só pelo dinheiro. Shelley tinha ideias para modernizar a loja, para trazer vestidos mais sofisticados, para aperfeiçoar as operações e criar um sistema de comissões para os empregados. A resposta de seus pais era sempre a mesma: "Não é assim que nós fazemos".

Então, já tendo mudado sua vida pessoal ao se separar do marido, Shelley pensou que talvez fosse hora de reavaliar sua vida profissional. "Você é tão linda", disse-lhe a mulher que cuidava da lanchonete algumas lojas depois da Becker's. "Seu lugar não é nesta vila. Seu lugar é numa cidade!"

Uma cidade? Essa seria uma atitude ambiciosa demais. Mas Shelley sentiu que precisava fazer algo.

Ela se abriu com seus amigos Jeff e Julie (o ataque cardíaco fatal de Jeff ocorreria dali a uma década) e eles a ajudaram a se orientar. É comum, entre consultores de empresas familiares, a opinião de que os membros mais jovens da família devam passar algum tempo trabalhando em outro lugar. Isso lhes dá autoconfiança, experiência e conhecimento de como outras empresas trabalham. Shelley nunca fizera isso quando mais nova. "Talvez seja melhor você sair da loja e encontrar seu próprio caminho", aconselhou-a Julie. "Algum dia você pode voltar, mas, por ora, por que não vai ver como é a vida no mundo lá fora?"

Àquela época, Julie, uma enfermeira, trabalhava para um cirurgião cardiovascular que queria contratar uma assistente para cuidar de recepção e contas. Shelley foi entrevistada pelo médico, o impressionou e logo conseguiu uma oferta de emprego. O pagamento era 10 dólares por hora e havia benefícios. Ela decidiu aceitar.

Ela não contara da entrevista aos seus pais. Ela foi trabalhar numa quinta-feira e, depois que a loja ficou vazia, perguntou se a mãe tinha um minuto para conversar. "Eu aceitei um emprego", disse Shelley. "Vou trabalhar para um médico. Começo na segunda-feira."

Sua mãe ficou aturdida. "Você vai fazer o quê?"

Ela explicou novamente sobre seu emprego. "Consultório médico?", disse Sharon. "O que isso tem a ver com vestidos de noiva? O que isso tem a ver com o que você sabe fazer?"

"Eu quero tentar algo diferente", respondeu Shelley. "Sinto muito, mãe. Mas está na hora de eu seguir em frente." Shelley sabia que não tinha lhe dado aviso-prévio. E sabia que a mãe via aquilo como abandono. Mas ela sempre fizera o que os outros esperavam que fizesse. Se aquilo era sua rebelião tardia, que fosse.

Sua mãe ficou preocupada e brava. Ela também ficou um pouco em pânico com a ideia de que Shelley a estava abandonando. Sharon perguntou: "O que eu posso fazer para você mudar de ideia?".

"Tarde demais, mãe", disse Shelley. "Eu já aceitei o emprego."

Shelley trabalhou mais dois dias na loja — sexta e sábado —, mas ela e a mãe mal se falavam, a menos que dissesse respeito a uma noiva. Sábado foi um dia especialmente movimentado, e quando Shelley saiu da loja naquela noite, exausta, não houve abraços calorosos de sua mãe ou das outras funcionárias. Apenas alguns "tchaus" rápidos. Ninguém sabia o que pensar da sua saída.

Por um lado, Shelley ficou bem triste naquela noite. Ela pensou: "Por que tivemos de chegar a este ponto?". Mas em seu coração ela sabia que um dia voltaria. E mesmo que não voltasse, ela precisava sair. Shelley amava os pais, mas a hora tinha chegado.

Após todos aqueles anos no negócio de noivas, Shelley gostou do novo emprego e do desafio de aprender tecnologia médica. Ela gostou do patrão. Mas também se sentiu meio deslocada. Telefonar para empresas de seguro de saúde perguntando sobre pagamentos, falar com vozes sem rosto, bem, aquilo não era tão recompensador quanto falar com uma noiva animada. Seu novo emprego era responsabilidade sem emoção, serviço sem ligações pessoais. Boa parte do tempo ela ficava sozinha no escritório enquanto o médico realizava alguma cirurgia.

O médico ficou satisfeito com sua forma de trabalhar, o que provou para Shelley que ela podia ser boa em outra coisa além vender vestidos de noiva. Mas, conforme as semanas passavam, ela começou a ficar angustiada. Ela se lembrou das noivas a quem atendeu antes de se demitir e pensou que não estaria lá para ver a reação delas quando recebessem o vestido. Quem faria os ajustes?

Um atacadista de vestidos a localizou no consultório médico. "Que diabo você está fazendo?", perguntou ele. "Você não sabe que seu lugar é na Becker's? A loja vai acabar sem você." Shelley garantiu-lhe que a Becker's sobreviveria, mas a advertência dele ficou martelando em sua cabeça.

Enquanto isso, a quase briga com a mãe durou alguns meses, e então Sharon começou a ligar para ela no consultório. "Estou sentindo dores no peito", dizia ela. "Você pode pedir uma orientação ao médico?"

Shelley entendeu a ligação como uma forma de a mãe quebrar o gelo. Mas sua mãe também falava sério. "A loja vai acabar me matando", disse ela a certa altura. Desde a saída de Shelley, as tensões da loja estavam corroendo a saúde de Sharon.

Até que, em uma tarde de novembro de 1999, cinco meses depois que Shelley saiu da Becker's, seus pais foram até sua casa. Eles não estavam lá para falar da necessidade de Shelley expandir seus horizontes ou de seu novo emprego. Eles foram fazer uma pergunta: "O que é necessário para fazer você voltar?", perguntou Sharon. "A loja não está funcionando sem você."

Aquilo era um grande reconhecimento, um apelo genuíno, mas também uma espécie de elogio materno.

Shelley ficou estarrecida. "O que você quer dizer? O que, exatamente, vocês estão me pedindo?"

"Nós precisamos de você", respondeu sua mãe.

Shelley, que passara a vida sendo complacente, sentiu-se arrojada. Ela era uma mulher de 34 anos à beira do divórcio e sentiu que a época de pisar em ovos, em qualquer área da sua vida, tinha passado. Isso incluía o relacionamento com seus pais. Ela iria dizer as coisas como achava que deviam ser.

Shelley inspirou profundamente e, então, falou. "A loja está no meu sangue, não dá para negar", disse. "Mas eu não posso criar três filhos ganhando 8 dólares por hora. E preciso de benefícios."

"Nós compreendemos", disse seu pai. "Vamos fazer o que for necessário. Diga seu preço."

"Não tem a ver só com dinheiro", disse Shelley. "Eu sei que esse negócio não pode ir para a frente e prosperar se não mudarmos sua dinâmica. E não acredito que vocês dois podem fazer parte das mudanças que precisam acontecer. Se for para eu sair desse meu emprego, se vocês estão falando sério sobre confiar tudo a mim, a longo prazo, eu quero começar do zero." Ela fez uma pausa. "Mãe, eu não posso tocar a loja com você lá."

A mãe arregalou os olhos. "O que você quer dizer?", perguntou Sharon. Ela tinha apenas 57 anos. Parecia cedo demais para se aposentar. Foi assim que vovó Eva se sentiu no fim de seu reinado... chutada?

"Olhe, eu tenho uma visão para a loja", disse Shelley, "mas se você estiver na loja, mãe, vou ficar pisando em ovos, imaginando o que você está pensando. Ou então eu vou saber, pela sua expressão, quando você não gostou de algo. Eu preciso ficar sozinha lá."

O pai de Shelley entendeu. "Nós confiamos em você", disse ele. E, é preciso lhe dar crédito por isso, Sharon também viria a concordar. Se isso era necessário para salvar a Becker's, ela daria passagem para Shelley. "É difícil para uma filha falar assim com a mãe", diz Shelley hoje. "Mas tive de fazê-lo."

Os pais de Shelley concordaram em lhe pagar 13 dólares por hora e lhe dar seguro de saúde, além de aumentar os bônus para até 10 mil dólares por ano — e deixá-la administrar a loja sem interferirem.

Naturalmente, Shelley sentiu-se mal por sair de seu emprego no consultório apenas cinco meses depois de começar, e o médico não gostou disso. Shelley tinha passado por treinamento, estava começando a pegar o jeito e agora ia sair? "Estou decepcionado com você", ralhou o médico. Alguns dias mais tarde, contudo, ele se acalmou e chamou Shelley em seu escritório para lhe aconselhar. "Empresas familiares são complicadas", disse ele. "Você pode acabar servindo de bode expiatório para muita coisa. Problemas antigos podem voltar e devorar você." Shelley lhe disse quanto ganhava antes de sair. Ele ficou surpreso.

"Se vai voltar à Becker's", disse ele, "você precisa fazer isso da forma certa. Você tem de comprar a loja de vez. Esse é meu conselho."

Shelley guardou aquelas palavras e, sete anos mais tarde, em 2006, apresentou aos pais uma oferta pela loja. Ela estava com 41 anos e tinha mais de um quarto de século de atuação na área de vendas da Becker's. Estava na hora e seus pais concordaram.

Ajudados por um advogado e um contador, eles chegaram a um preço que consideraram justo. Shelley assumiria a responsabilidade pela folha de pagamentos e Sharon e Clark lhe dariam crédito a juros baixos.

O dia de assinar o contrato foi compreensivelmente agridoce para eles. Para Sharon e Clark, foi ao mesmo tempo um alívio e uma perda. Eles se sentiam gratos pela Becker's continuar na família e tinham fé em Shelley. De fato, Sharon veio a admirar muitas das coisas que Shelley instituiu depois que voltou à loja — a reforma da área de vendas, a introdução de vestidos mais sofisticados e a comissão para as vendedoras. Mas Sharon também compreendeu que, dali em diante, ficaria sempre em segundo plano.

Os clientes que entravam na loja não tinham noção do drama da família Becker, ou de que o bastão fora passado adiante. No dia seguinte à assinatura do contrato, Shelley foi trabalhar como sempre fez desde sua adolescência. Ela cumprimentou as noivas e parabenizou as mães, da mesma forma que fizera no dia anterior. Só que os riscos tinham sido elevados. Os vestidos, os véus, as araras, as paredes — tudo pertencia a ela agora. E todos os desafios eram sua responsabilidade.

Quanto a Sharon, ela concordou em continuar fazendo trabalhos de costura para a Becker's, em casa e no seu ritmo, o que a manteria ligada à empresa. Shelley gostou de poder continuar contando com sua ajuda e seus conselhos.

De certa forma, o relacionamento mãe e filha tinha completado um ciclo. Era Shelley, então, que pagava à mãe por horas trabalhadas.

Aos poucos, Shelley pegou 250 mil dólares das vendas da loja para remodelar a Becker's. Foi uma empreitada arriscada e ambiciosa, mas que lhe pareceu necessária. O lugar precisava ser renovado. A reforma crucial, claro, foi a da Sala Mágica.

O projeto foi criado em conjunto com Seth Kruger, um representante de vendas do atacadista Allure Bridal, baseado em Minnesota. Depois que Shelley se divorciou, ela namorou Seth, que ia até Fowler para as exposições de vestidos. Seth — alto, confiante e elegantemente vestido — é um veterano do negócio nupcial, que, ao se sentir atraído por Shelley, ajudou-a a pensar em uma forma de dar ao velho cofre do banco uma dimensão de magia.

Com 50 e poucos anos, Seth é ao mesmo tempo franco e romântico. Ele diz para os outros: "Eu acredito no amor e acho que o casamento deve durar para sempre. E digo isso embora já tenha me casado três vezes". Ele explica que conduziu sua vida concentrando-se em três palavras: amor, bondade e perdão.

Shelley foi atraída pelo carisma e pela petulância de Seth, mas ela também já se pegou bufando perto dele. A tagarelice de Seth, às vezes, é demais. Ainda assim, ela viu como noivas e suas mães são atraídas por ele.

Seth tem tato com as noivas. Literalmente. Durante as exposições, ele pergunta para elas: "Posso tocar em você?". Essa é uma pergunta que soa, ao mesmo tempo, respeitosa e invasiva, e poucas noivas dizem não. Então, ele as toca bem de leve, enquanto ajeita os vestidos no corpo delas ou alisa os enfeites.

Como viajava pela Allure para lojas de vestidos em todo o país, Seth desenvolveu uma compreensão bem clara das diferenças regionais. Ele disse que as noivas do Sul são, em geral, mais respeitosas. Elas estão sempre dizendo "sim, senhora". Suas mães também são mais fáceis. Elas ajudam a pendurar os vestidos que suas filhas rejeitaram, em vez de simplesmente empilhá-los nos braços das vendedoras. Noivas do Centro-Oeste são menos simpáticas; talvez o clima frio as torne mais fechadas.

Contudo, as diferenças não importam; Seth sempre adorou noivas. E ele aprendeu a também adorar a Becker's. Ele achava notável como a família mantivera o negócio ao longo de sete décadas.

Quando Shelley lhe pediu sua opinião para a Sala Mágica, ele disse que espelhos eram cruciais. "É bom colocar espelhos por todo lado, multiplicando cada noiva ao infinito", disse ele. "Você quer que elas reflitam sobre quantas pessoas são, quantas personalidades têm, enquanto se veem em toda parte."

Shelley e Seth concordaram que o passado da sala como cofre de banco lhe conferia uma energia especial. Se uma noiva se apaixonar por um vestido com o qual entrou na Sala Mágica, vai ser lá que ela tomará a decisão de comprá-lo. "Lembre-se", disse Seth, "essa continuará sendo a 'sala do dinheiro'."

Eles gastaram muito tempo escolhendo a cor do carpete, que acabou ficando entre o esmeralda e o ciano. Para os painéis das paredes, a eleita foi a cor "mannered gold" da Sherwin-Williams, referência 6130. Tudo o mais, na Becker's, é uma variação do branco — os vestidos, véus, balaústres —, assim eles pensaram que seria arrebatador, para as noivas, se elas entrassem na Sala Mágica e se deparassem com todos aqueles espelhos emoldurados por painéis dourados.

Durante anos, houve araras de vestidos no cofre. Mas Seth e Shelley tiraram tudo de lá, só deixando o pedestal adornado por duas letras grandes: BB — Becker's Bridal. O pedestal é circular, "como uma aliança de casamento, como a vida", decidiu Shelley. "O início é o fim, e o fim é o início."

A princípio, quando a iluminação difusa foi instalada na sala, o ambiente pareceu ficar escuro. Então, Shelley planejou colocar mais luz. Mas cada noiva que entrava na sala e subia no pedestal se desmanchava. "Você está impecável!", exclamou mais de uma mãe para sua filha. Aquela iluminação difusa revelou-se perfeita. Ela não se sobrepõe aos vestidos, mas consegue destacar os brilhos de seus enfeites. Ela é favorável ao rosto das noivas sem destacar imperfeições. E cria um clima de serenidade absoluta. Famílias que estavam discutindo na área de vendas passavam a falar suave e carinhosamente naquela sala. Parecia mágica.

Shelley telefonou para o eletricista e lhe disse que não precisava mais ir.

Quando a Sala Mágica ficou pronta e o relacionamento entre Shelley e Seth se fortaleceu, ele pensou em tornar Fowler sua base de operações. Ele pensou em se casar com Shelley, mas, com sua vida de viajante, resistia a se comprometer. ("Nós estávamos tão ligados, que deixei passar muita coisa", diz Shelley. "Eu sou uma cuidadora, e cuidei dele e o aceitei como era, quando deveria ter exigido mais dele.")

No final, Seth percebeu que não conseguiria viver em uma cidadezinha e que não poderia ser o homem de que Shelley precisava. Eles continuaram amigos, mas não restou nenhuma possibilidade de romance duradouro. Shelley é grata, de qualquer modo: o relacionamento deles produziu a Sala Mágica.

Recentemente, quando fica sozinha na loja, Shelley, às vezes, vai à Sala Mágica, orgulhosa de sua criação. Assim como cada noiva tem sua própria jornada que a leva até aquele pedestal, Shelley também tem a sua. A estrada que ela pegou está descrita em todas aquelas agendas no porão, no contrato que assinou quando comprou a empresa dos pais e na imagem da mulher de meia-idade que ela vê, repetida ao infinito, nos espelhos da Sala Mágica.

Ela não consegue deixar de sorrir. Talvez seja a iluminação difusa. Ou a magia. Mas ela está bastante satisfeita com sua aparência e com a pessoa que é. Ela continua firme, assim como a Becker's Bridal.

Capítulo 17

A história de amor de uma família

É uma manhã de domingo em setembro e a Becker's está entupida de mulheres para a "Liquidação Anual de Exposição". Os preços dos vestidos de exposição foram drasticamente reduzidos — peças de 1.100 dólares saem por até 300 dólares — mas, nesse caso, a Becker's não faz ajustes.

"É pegar e pagar", explica Shelley para suas clientes. "É tudo 'no estado'."

Para Shelley, a liquidação livrará espaço para as novidades ao mesmo tempo em que fatura algum dinheiro para pagar contas. Para um segmento de noivas, "no estado" é uma chance de controlar o orçamento. Elas estão dispostas a arriscar botões ou enfeites faltantes.

Quando a loja abriu, dezesseis noivas e suas acompanhantes faziam fila do lado de fora. Algumas horas mais tarde quarenta noivas tinham aparecido. Cada provador é compartilhado por três noivas, e a fila da Sala Mágica tem seis noivas. Alyssa e todo o time de vendas tenta prevenir brigas, mas é dia de vale-tudo.

A mãe de uma noiva se aproxima de uma vendedora, espumando: "Aquela mãe ali acabou de entrar no nosso provador e pegar um vestido que minha filha ia experimentar", diz ela. "Ela o arrancou da minha mão e saiu andando com ele!"

"Onde está o vestido?", pergunta a vendedora.

"Ali!", diz a mãe. A outra noiva já colocou o vestido e está se admirando no velho espelho junto ao balcão.

"Bem, nós não podemos arrancá-lo do corpo da moça", diz a vendedora.

Enquanto Alyssa caminha na direção da mãe que pegou o vestido, na esperança de negociar uma solução, ela ouve a noiva dizer "na verdade, não gosto das costas dele".

"Vamos ficar com ele, em todo caso", diz sua mãe. Quando perguntada se pegou o vestido de outra cliente, a mulher finge surpresa. "Eu não roubei nada", diz ela. "Aquelas pessoas iam recolocar o vestido na arara."

Finalmente, as ladras cedem o vestido — elas decidem que "não é o ideal" — e a primeira noiva o experimenta. Ela também não gosta dele. Às vezes, é assim mesmo.

Alyssa está convencida de que muitas clientes atuais tentam recriar aquele episódio de *Friends* em que Monica vai para uma liquidação de "Corrida das Noivas" no Brooklyn e luta com outras noivas por seu vestido dos sonhos. A certa altura, sua amiga Rachel diz: "Essas clientes de liquidação são loucas!".

Elas não são exatamente loucas. É que algumas das clientes atuais acreditam que lutar por um vestido faça parte da jornada nupcial.

Alyssa encontra Shelley no escritório. "A loja está uma anarquia", diz ela. De manhã, antes de a loja abrir, elas usaram faixas para separar os vestidos em liquidação das peças em venda normal, pois em um dia maluco como aquele, não é possível ajudar as noivas a pesquisar o estoque normal.

"Elas estão rompendo as faixas!", diz Alyssa.

"Tente mantê-las no lugar", diz Shelley. "Peça com gentileza."

"Claro, Barbie, isso vai dar certo", resmunga Alyssa.

É seu pesadelo da "cegueira branca" se tornando realidade.

À tarde, quando as coisas se acalmam, Carol Otto, 52 anos, chega com três de suas filhas. Ao todo, ela tem quatro meninas, com idades entre 20 e 29 anos. Carol foi uma noiva Becker's em 1978. Suas duas filhas mais velhas também compraram seus vestidos na loja, em 2003 e 2005. Agora, sua terceira filha, Missy, 24 anos, está noiva e pronta para sua aventura na Becker's.

Carol e Paul Otto, 1979.

As mulheres Otto sabem que só devem pesquisar as mercadorias em liquidação, mas, como outras noivas, não conseguem resistir a olhar além das faixas. Elas ficam especialmente apaixonadas por uma peça de 1.600 dólares que veste um manequim. Carol pergunta para Alyssa: "Minha filha pode experimentar esse?".

Alyssa consegue a permissão de Shelley para despir o manequim, mas elas conhecem o "princípio nupcial do manequim": uma noiva que se apaixona por um vestido no manequim raramente vai gostar dele em si mesma. Os vestidos simplesmente ficam mais bonitos nos manequins do que em cabides. É por isso que a maioria dos manequins não fica nu por muito tempo. (Pode parecer que os manequins estão sempre com aquela expressão rígida, mas as vendedoras detectam um sorriso quando recolocam a roupa no boneco.)

Missy Otto revela-se uma exceção ao princípio do manequim. Ela fica animada ao provar aquele vestido. Adorou o caimento do laço e o toque suave da renda no corpo. Então, ela vai até a Sala Mágica para uma observação formal.

Ao ver Missy no pedestal, Rochelle, sua irmã de 20 anos, começa a chorar. É comum que a irmã mais nova seja a primeira a derramar lágrimas na Sala Mágica. Logo Heather, a irmã do meio, está enxugando suas lágrimas. Então a mãe, Carol, também sucumbe à emoção e se afasta, enfiando-se em um provador para um momento de privacidade.

Ela percebe que esse é o mesmo provador que usou quando foi à Becker's como noiva, em 1978. Enquanto fica ali, uma memória surge com clareza em sua mente; uma lembrança inesperada da mãe, que morreu há catorze anos.

A lembrança é a seguinte: naquele dia de verão de 1978, ela e a mãe encontraram, finalmente, um vestido que caía bem, era bonito e, a 165 dólares, era acessível a seu pai, supervisor em uma cozinha de prisão. Tanto Carol quanto sua mãe sentiram suas emoções aflorarem ao olhar para o espelho do provador. "É esse", disse Carol. "Esse é o meu vestido."

Foi então que a mãe de Carol se aproximou lentamente e afastou o véu de sua face, dizendo: "Você é uma noiva tão linda".

De pé, naquele mesmo provador em 2010, Carol praticamente consegue sentir a mãe lhe tocando o rosto, gentil e amorosamente. Ela quase pode ver a mãe em pé, de costas para o espelho, sorrindo orgulhosa para ela. A vivacidade da lembrança surpreende Carol. "Uau, essa memória esteve trancada dentro de mim por trinta e dois anos", pensa.

É por isso que ela precisa de um momento para se recompor antes de voltar para perto das filhas. Ela gostaria, claro, que sua mãe estivesse viva para estar com elas. E ela também gostaria que a mãe estivesse presente nos últimos catorze anos, para lhe aconselhar. Como ela teria orientado Carol enquanto suas filhas se tornavam adultas? Como sua mãe teria confortado todas elas, agora que a família encara novos desafios?

Carol fica dentro daquele provador, pensando na vida, até que suas filhas vêm chamá-la para voltar à Sala Mágica e dar mais uma olhada em Missy.

Bisavó Peggy nos anos 1940.

Lois, a mãe de Carol, foi atenciosa e muito generosa, ainda que nunca tenha sabido como é ser amada por sua mãe.

Os avós de Carol — pais de Lois — casaram-se com 17 anos e se divorciaram rapidamente depois que Lois nasceu, em 1929. Peggy, mãe de Lois, cuidou dela por alguns meses, mas um dia chegou à conclusão de que tinha se cansado da maternidade. Ela deixou Lois sozinha no berço e saiu de seu apartamento em Michigan, em direção a Chicago, de onde nunca mais voltou. Devido a esse abandono, a justiça declarou que Peggy era uma mãe incapaz, e Lois foi colocada sob os cuidados de seus tios. O pai de Lois também desapareceu. Quando não estava na prisão, ele — supostamente — trabalhava como motorista de caminhão para Al Capone.

Durante muito tempo, Lois ficou sem saber o que acontecera com sua mãe. Mas durante aqueles anos de silêncio, sua vida sofreria reviravoltas surpreendentes.

Na década de 1930, Peggy desabrochou em uma mulher glamorosa. Ela trabalhou algum tempo como modelo, depois arrumou emprego em uma butique de elite em Chicago, onde trabalhou durante cinco décadas. Ela nunca mais teve filhos. Além de alguns cartões de Natal assinados "Peggy", ela quase não teve contato com sua filha Lois, que sempre lutou para compreender por que fora rejeitada e abandonada.

Mas então, em 1989, quando Peggy estava com 78 anos, ela telefonou para Lois às 3 horas da madrugada. Ela pediu desculpas por tê-la abandonado e fugido de seus deveres de mãe.

Lois a escutou e depois falou: "Eu a perdoo". As palavras saíram com tanta facilidade que ela se surpreendeu consigo mesma. Elas se reconciliaram e Lois concordou em visitar sua mãe em Chicago. Foi um encontro extraordinário: uma senhora muito idosa tentando fazer as pazes com sua filha de 60 anos, a quem dera as costas.

Em 1993, Peggy começou a mostrar sinais de demência, e Lois, a filha com a qual nunca se importara, e Carol, a neta que nunca conhecera, levaram-na para Michigan para cuidarem dela. Primeiro, elas instalaram Peggy em um apartamento só dela. Depois, arrumaram-lhe um quarto em uma casa de repouso. Então, em 1997, depois que Lois morreu de falência cardíaca aos 68 anos, Carol cumpriu o desejo da mãe e continuou a cuidar de Peggy.

Para as filhas de Carol, ter essa bisavó, há muito ausente, de repente despejada em suas vidas foi curioso e instrutivo. Elas aprenderam muito a respeito de perdão e dos arrependimentos e segredos que podem acompanhar os adultos ao longo de suas vidas.

A bisavó Peggy chegou ao Michigan com um monte de cartas de um homem que tinha sido o amor de sua vida. Ela estava ansiosa para falar dele. Peggy disse que o conheceu em Sarasota, Flórida, em 1954, onde ele chegara a negócios. Seu nome era Ted Williams e, seu negócio, beisebol.

Williams, rebatedor do Boston Red Sox, tinha se separado da esposa havia poucas semanas e teve seu primeiro encontro com Peggy em 5 de março de 1954, durante o treino de primavera. Ele continuou a lhe escrever e a visitá-la em Chicago, quando seu time jogava lá. O relacionamento durou até o outono de 1958. Três anos depois, Williams se casou com outra mulher, a segunda de suas três esposas.

As meninas Otto ficaram fascinadas por saber que sua bisavó, nada convencional e cheia de defeitos, tivera um caso com o legendário jogador de beisebol. Peggy queria que as meninas soubessem que ela não fora apenas uma fã que teve uma "coisinha" com ele. Na velhice, seu bem mais precioso era um álbum de recortes com cem páginas, que ela criara nos anos 1950 para acompanhar os feitos de Ted Williams. Ela registrou suas contusões, seus triunfos dentro de campo e encontros com ela. Ela guardou as cartas que ele lhe escrevera em papéis de carta de vários hotéis. Uma noite, pouco antes de viajar até Chicago para enfrentar os White Sox, Williams escreveu para Peggy prometendo-lhe que, ao chegar na cidade, ele iria "agarrá-la e não a deixaria escapar". Ele assinou a mensagem com "T.03773". Isso se referia à sua pontuação de rebatedor — ele continua sendo o último jogador na história da liga principal a rebater acima de .400 em uma temporada — ou isso representava algum código íntimo entre eles? Peggy nunca disse.

Heather, a segunda filha de Carol, acabou escrevendo seu trabalho de conclusão de curso sobre o relacionamento entre a bisavó e Ted Williams. Ela conta que conheceu Peggy quando tinha 7 anos de idade e que quis passar algum tempo conhecendo aquela senhora para "saber quem ela era e o que fizera com sua vida, já que não se dedicou à maternidade... eu vim a entender o valor que as cartas de Ted Williams tinham para essa mulher solitária, de coração partido, que minha bisavó se tornara". Quanto ao lugar de Peggy na família, Heather decidiu que "seus motivos para suas atitudes estão além do alcance da minha imaginação. Mas eu reconheço a coragem que ela teve para se desculpar décadas depois".

Peggy morreu de Alzheimer em 2000.

Com essa história de fundo, é compreensível que Carol tenha ficado tão comovida com a lembrança do toque de sua mãe naquele provador da Becker's. Lois nunca tivera a experiência de comprar um vestido de noiva com sua mãe. Ela nunca sentira o toque carinhoso da mãe em sua face. Mesmo assim, teve o instinto de oferecer sua mão para a filha. Aquele gesto teve um significado imenso para Carol — tanto em 1978 quanto em sua lembrança, em 2010.

Analisando o passado, Carol fica feliz por ter cuidado de sua avó em seus últimos anos. Peggy não agiu corretamente em sua vida, tomou decisões egoístas que reverberaram por décadas na vida de outras pessoas, "e ainda assim ela era da família e precisava de cuidados. Então, nós a perdoamos", diz Carol. "As pessoas cometem erros, mas suas famílias as acolhem. Foi uma boa lição para minhas filhas."

As garotas Otto, quando eram mais novas, posando como "As Panteras".

Ao longo dos anos, enquanto criava suas filhas, Carol Otto desenvolveu sua filosofia de vida. Ela lhes dizia: "Vou ficar com vocês, meninas, não importa o que aconteça. Vou estar ao lado de vocês, mas também ficarei cara a cara." Foi o que ela fez.

Quando as filhas brigavam, Carol não as separava. Ela fazia que ficassem cara a cara, narizes se tocando. Em pouco mais de um minuto, elas começavam a rir, quase como colegas de equipe, e tudo ficava bem.

Muito antes de as garotas pensarem em vestidos de noiva, aprenderam a enxergar a mágica que há em se ganhar um vestido novo. Carol e Paul, seu marido, um executivo de seguros, gostavam de fazer apresentações especiais para ocasiões especiais. No Natal e na Páscoa, as quatro garotas alinhavam-se e fechavam os olhos. Quando abriam, seus pais estavam segurando seus vestidos novos, o que fazia as garotas exclamarem e suspirarem. Cada uma também ganhou um vestido novo em seu 16º aniversário.

Jennifer, a filha mais velha, nasceu em 1981 e era idolatrada pelas irmãs. "Para mim, ela era incapaz de fazer qualquer coisa de errado", diz Heather, que é dois anos mais nova. "Eu queria ser como ela. Ela achava que Jordan, do New Kids on the Block, era o mais bonito. Então eu dizia que achava o mesmo, embora em segredo eu gostasse mais do Donnie. Ela cursou aulas de arte e fazia desenhos incríveis, então usei o dinheiro que ganhei no aniversário para comprar um bloco de desenho."

Quando Jennifer se comportava mal, ela era proibida de ir à casa das amigas e não tinha permissão para ir além da varanda dos Otto. Heather adorava quando Jennifer estava de castigo e não podia ver as amigas, pois isso significava que teria a irmã mais velha só para ela. Elas ficavam horas na varanda — uma plataforma simples de cimento, que era quente de dia, mas fria à noite em contato com a pele —, conversando e brincando.

A imagem da heroína de Heather foi abalada, contudo, quando esta tinha 14 anos e Jennifer, quase 16 anos. Um dia, Heather voltava para casa após o treino de animadora de torcida quando foi recebida pela mãe, que estava obviamente perturbada. Ela disse que precisava conversar a sós com Jennifer. Heather precisava ir para a casa de uma vizinha até a mãe ir chamá-la. Tudo aquilo parecia muito estranho para Heather. Até então, a mãe nunca lhe pedira para sair de sua própria casa.

Mais tarde, naquela noite, ela soube o que acontecera. Seus pais tinham descoberto que Jennifer estava tendo relações sexuais com o namorado. Heather, que ainda nem havia sido beijada, ficou chocada com a notícia.

"Foi só uma vez?", perguntou ela para a irmã quando estavam a sós no quarto que dividiam. Jennifer balançou negativamente a cabeça.

"Mais de dez vezes?", perguntou Heather, arregalando os olhos.

"Nós estamos transando há um tempo", disse Jennifer. "Então, sim, mais de dez vezes."

Anos depois, enquanto estudava inglês na faculdade, Heather escreveu sobre aquela noite como um dos momentos cruciais da sua infância. O que a fez perguntar se Jennifer fizera sexo mais de dez vezes?

"Era como se dez fosse um número mágico que pudesse salvar minha irmã de críticas e humilhações", escreveu Heather. "Nossos pais tinham deixado claro, para nós, que sexo era uma expressão de amor entre marido e mulher. Eu não estava preparada para ouvir que minha irmã desobedecera nossos pais fazendo sexo antes do casamento e dos 16 anos."

Heather não conseguia controlar sua fúria com Jennifer. "Eu senti que não a conhecia mais. Embora ela soubesse de todos os meus segredos, eu aparentemente não sabia dos dela. Eu não suportava a ideia de olhar para ela todos os dias em nosso quarto."

Na manhã seguinte, ela pediu aos pais para mudar de quarto. Ela queria ficar com Missy. Sua mãe, Carol, não tomou nenhuma atitude de imediato, então Heather começou a mudança por sua conta. Logo todas as suas coisas — roupas, bonecas de porcelana — estavam no outro quarto.

Mais tarde, Heather escreveria: "A mudança da minha relação com Jennifer foi drástica. Antes, meu amor por ela era tão natural. Eu não tinha de tentar amá-la; isso simplesmente acontecia. Depois, eu não sabia o que fazer para amá-la. Eu só via seus defeitos. A irmã mais velha não deve dar o exemplo? Como eu podia amar a Jen?".

A passagem de Jennifer para a vida adulta não seria tranquila. Ela se mudou ao entrar na faculdade, teve sua cota de festas e uma noite, aos 19 anos, aceitou o convite para jantar de um homem que depois a estuprou. "Eu disse que não queria", contou Jennifer, às lágrimas, várias vezes depois que voltou para casa e pediu uma reunião familiar para conversar a respeito.

Aquilo foi um choque para suas três irmãs mais novas, e foi catártico para Heather escrever sobre aquela noite: "Não havia nada que pudéssemos fazer ou dizer para aliviar a dor de Jen. Já tinha acontecido. Eu me senti impotente. Minha mãe já sabia do acontecido e estava sentada em uma cadeira ao lado do meu pai, soluçando... Jennifer não costumava revelar assim sua fragilidade, mas naquela noite ela se expôs. Eu comecei a odiar os garotos por motivos melhores do que simplesmente agirem de forma imatura na classe e não me convidarem para os bailes da escola".

Dois anos depois, na primavera de 2002, Jennifer contou para Heather que fazia sexo sem proteção com um homem mais velho que começara a namorar.

"Você toma pílula?", perguntou Heather.

"Não."

"Usa preservativo?"

"Normalmente, não. Às vezes."

"Você vai engravidar, Jen. É isso o que você quer?"

Era óbvio que Jennifer, então com 21 anos, não estava pensando com clareza. Ela conhecia esse homem fazia um mês. Havia paixão entre eles, sim, mas ela ignorava os sinais de alerta.

"Não tome pílula", disse-lhe o homem. "Ela vai fazer você engordar."

Ele não queria usar preservativo, então eles usavam o método da tabelinha.

Logo Jennifer ficou grávida. Foi quando ela soube que aquele homem já tinha três filhos com outras mulheres. Aquilo era tão opressivo e angustiante. Jennifer tinha sido a típica aluna de faculdade, esforçada e que gostava de se divertir, mas nem sempre tomava as melhores decisões. Algumas jovens passam por essa fase sem incidentes. Jennifer supôs, erroneamente, que também passaria.

Ela precisou de algumas semanas para tomar coragem e contar a novidade para Carol. E antes mesmo de ela conseguir falar, Carol olhou em seus olhos e soube; foi intuição de mãe. Jennifer desmoronou e começou a chorar.

Depois, Jennifer contou para o pai, que discutiu sobriamente suas opções. Ela estudava Design Gráfico e faltavam três semestres para se formar. Foi decidido que ela arrumaria um emprego para sustentar o bebê e continuaria na escola. Seus pais a ajudariam mudando-se para uma casa com mais quartos, para que houvesse espaço para o bebê. E seus pais e irmãs lhe garantiram: o amor de todos na família era incondicional e eles a apoiariam em todos os momentos.

O namorado de Jennifer tentou convencê-la a ficar longe da família e fazer um aborto, mas desde o começo ela sabia que não poderia fazer isso. E ela não tinha interesse em entregar o bebê para adoção. "Eu sabia o quanto minha avó ficara magoada por ter sido abandonada pela mãe", diz Jen. "Eu estava com a bisavó Peggy na cabeça. Não queria repetir o que ela tinha feito."

Jennifer e o pai da criança cogitaram brevemente um casamento, mas por dentro ela sabia que aquela não era a solução. Quando ela contou ao seu avô paterno que pensava em se casar, ele disse, com perfeição: "Você já cometeu um erro. Não cometa outro".

A gravidez de Jennifer foi difícil para toda a família. Heather, que já tinha se distanciado da irmã mais velha, continuou abalada. Missy desenvolveu bulimia, que sua mãe acreditou estar relacionada ao estresse e à depressão em casa.

Enquanto isso, o relacionamento de Jennifer com esse homem piorou. Ele telefonava o tempo todo: "Eu odeio você!". Depois "Eu amo você!". Ele acabou se tornando tão agressivo, verbal e fisicamente, que Jennifer obteve uma ordem judicial para que ele mantivesse distância dela. Quando Jennifer estava grávida de cinco meses, ele ficou preso por uma semana. A última vez que ela o viu foi no tribunal.

Jennifer cotinuou a faculdade grávida, passando longos dias estudando e também trabalhando como vendedora na loja de utensílios domésticos de um shopping center próximo. Então, certo dia, um homem entrou na loja em que ela trabalhava. Ele queria comprar utensílios de cozinha como presente de Natal para um amigo de infância. "Meu amigo precisa de tudo no apartamento dele", disse o homem.

Jennifer, então grávida de sete meses, foi prestativa e afável, e o cliente começou a lhe contar do amigo. "Matthew é um sujeito ótimo", disse. "Ele é médico e está no primeiro ano de residência; dá um duro danado. Ele tem 26 anos e é solteiro. Ele merece tudo de bom, acredite em mim. Um faqueiro não é o bastante!"

"Parece que ele precisa de uma esposa", respondeu Jennifer, só fazendo conversa.

"É claro que sim!", exclamou o outro, que então observou Jennifer com mais atenção. "Você parece ótima, sabe. E é linda. Você é solteira?"

Com vergonha de estar grávida sem ser casada, Jennifer comprara uma aliança dourada barata no supermercado para usar no dedo anelar. Mas ela inspirou fundo e lhe respondeu com sinceridade. "Olhe, eu estou grávida de sete meses", disse, enquanto acompanhava os olhos do homem descerem até sua barriga, parcialmente oculta pelo balcão. "Mas sim, sou solteira."

Silêncio. Então o homem sorriu. "Bem, você seria perfeita para o meu amigo."

"Vou relembrar você que estou para ter um bebê", disse Jennifer.

"Estou vendo", respondeu ele. "Mas tudo acontece por um motivo. Acho que era para eu conhecer você hoje."

Ele saiu da loja e Jennifer ficou pensando em suas últimas palavras. Dez minutos depois, o homem voltou com a noiva, que ficara comprando em outra loja do shopping. "Essa é a Jennifer", disse ele para a noiva. "Eu acho que ela seria perfeita para o Matthew." O casal deu o número do telefone de Matthew para Jennifer em um pedacinho de papel.

Quando ela voltou para casa e contou o que tinha acontecido, seus familiares a aconselharam a ter cuidado. Tudo parecia muito estranho. Mas Jennifer tinha tantas dúvidas sobre sua vida. Ela sentia como se estivesse usando a *letra escarlate*[4], e que acabaria ficando sozinha para sempre. Assim, algo dentro dela lhe disse para ir adiante. Ela telefonou para Matthew e lhe deixou uma mensagem.

Primeiro, ela explicou como conhecera seu amigo na loja. "Ele provavelmente lhe contou da minha situação", disse Jennifer. "Vou entender perfeitamente se você não retornar minha ligação..."

Matthew ficou surpreso ao saber que o amigo dera seu número de telefone e pediu uma explicação. O amigo primeiro falou como Jennifer era linda e envolvente. Depois, disse: "Só tem uma coisinha".

"O quê?", perguntou Matthew.

"Ela está grávida de sete meses."

"O que você está querendo?" Matthew reagiu com incredulidade. "Você está realmente tentando me arrumar uma namorada grávida?"

Matthew ficou dez dias sem retornar a ligação de Jennifer. No entanto, ele decidiu telefonar para aquela mulher misteriosa. Acabaram ficando duas horas no telefone, falando sobre tudo. As longas conversas telefônicas duraram um mês, mas os dois achavam que seria estranho se encontrarem. Jennifer estava para dar à luz. Matthew, em breve, iria embora do Michigan para fazer residência na Clínica Mayo, em Minnesota. Como poderia dar certo?

Finalmente, no aniversário de 27 anos de Matthew — 1° de fevereiro de 2003 —, eles concordaram em se encontrar para o almoço em um restaurante no shopping onde Jennifer trabalhava. Ela lembra que se sentiu imediatamente atraída pelos olhos azuis dele. Matthew a achou linda e encantadora — fora do seu alcance. Sim, ela estava grávida. Mas aquilo parecia, de certa forma, pouco importante diante da química que havia entre eles.

Como estava comendo por dois, Jennifer foi voraz naquele dia; ela comeu costeletas de porco, purê de batatas e sobremesa. Matthew a observava comer com um sorriso contido.

---

[4] *A Letra Escarlate* (*The Scarlet Letter*) é um livro de Nathaniel Hawthorne publicado nos Estados Unidos em 1850. A história se passa na rígida comunidade puritana de Boston do século 17, em que a jovem Hester Prynne tem uma relação adúltera que termina com o nascimento de uma criança ilegítima. Desonrada e renegada publicamente, ela é obrigada a levar sempre a letra "A" de adúltera bordada em seu peito (N.E.).

Compreensivelmente, aquele era um primeiro encontro estranho, mas mesmo assim a atração entre eles era inegável. "Isso é loucura", disse Matthew a certa altura.

"Loucura total", concordou Jennifer.

Depois, Matthew procurou seus pais. "Conheci uma garota", disse, "que está grávida de oito meses". Eles escutaram, depois sua mãe comentou: "O fato de você nos procurar para falar dela quer dizer que Jennifer significa algo para você".

Matthew esperava que seus pais mostrassem alguma reticência. Ele teria compreendido, mas se emocionou com a receptividade dos dois. Os pais tinham fé nele. Matthew teve a bênção dos pais para seguir seu coração.

Em seu segundo encontro, quando Jennifer estava com quase nove meses de gravidez, os dois foram ao Olive Garden. O dia estava gelado, e ela ficou tocada com a forma gentil como ele pegou sua mão, oferecendo-lhe apoio na caminhada até o restaurante.

Jennifer sabia que esperava uma menina, então os dois discutiram os nomes que ela estava considerando, inclusive Victoria.

"Sempre adorei esse nome", disse Matthew. "Você deveria escolher esse!" Naquele instante, Jennifer soube como se chamaria sua filha.

Victoria nasceu às 21h46 do dia 5 de março de 2003, e doze horas depois Matthew chegou ao hospital, onde ele conheceu a bebê e a família de Jennifer. Alguém tirou uma foto sua com Victoria nos braços — e ele sorria com orgulho, quase como se fosse o pai. "Não dá para dizer que os céus se abriram e os anjos desceram quando a peguei nos braços", diz ele hoje, "mas foi um momento precioso."

Matthew mudou-se para Minnesota, onde foi fazer sua residência em anestesia. Jennifer viajava com a bebê para visitá-lo. Às vezes, eles se encontravam no meio do caminho, em Chicago. Tudo era muito romântico, e em agosto Matthew estava pronto para pedi-la em casamento.

Certo dia, ele pôs no aparelho de som a versão de Willie Nelson de *I Can See Clearly Now*. Victoria estava dormindo e Matthew chamou Jennifer para dançar. A dança foi esquisita — Matthew estava nervoso —, então ele a interrompeu e decidiu fazer o básico: se ajoelhou, pegou a mão de Jennifer e a pediu em casamento.

É claro que Matthew sabia que estava pedindo a mão de duas pessoas.

Quando os pais de Jennifer souberam do compromisso, contaram um segredo para o futuro genro: desde o momento em que cada uma de suas filhas nasceu, eles oravam por seus futuros maridos. "Você é um homem íntegro", disse Carol para Matthew. "E nós acreditamos, desde o início, que você foi feito para Jennifer. E tenho de lhe dizer: eu o respeito muito por conseguir enxergar além dos erros de Jennifer e ver a mulher que ela é."

Dias mais tarde, quando Carol disse para a filha que queria ir com ela até a Becker's, Jennifer ficou desconfiada. "Se foi lá que a mamãe comprou o vestido dela, eles só devem vender vestidos de vovó", disse para sua irmã Heather. Mas concordou em ir.

Jennifer sentiu-se constrangida por entrar carregando uma bebê de seis meses no bebê conforto. Foi embaraçoso, para ela, contar para as vendedoras que não ia se casar com o pai da menina. Mas todas ficaram fascinadas com sua história. "Uau, seu noivo é um homem e tanto", disse-lhe Shelley. "Seu casamento vai ser muito feliz."

Carol e Jennifer não queriam comprar um vestido branco. Não parecia certo. Enfim, elas encontraram um lindo vestido cor de champanhe salpicado de poinsétias.

No dia em que Jennifer se casou, sua irmã Heather chorou o tempo todo na igreja. Ela se sentia aliviada por sua irmã ter encontrado um porto seguro em um homem bom. Heather sentiu a fé renovada na heroína de sua infância.

Depois que se casaram, Matthew e Jennifer tiveram mais dois filhos. Abby, a mais nova, nasceu em 2010. Ela tem Síndrome de Down e uma rara doença no sangue; os médicos dizem que ela provavelmente desenvolverá leucemia antes dos 3 anos. Ela é uma menininha linda — eles a chamam de "luz da nossa vida" —, mas seus problemas de saúde pesam sobre toda a família. Abby vai parar no pronto-socorro quase toda semana. Jennifer diz que as dificuldades que enfrentou no passado ajudaram a prepará-la para as dificuldades com Abby e lhe deram coragem para lidar com o que terá de enfrentar.

Atualmente, os Otto acham útil lembrar de todas as provações e dificuldades na história da família — desde aquele dia, em 1929, em que a bisavó Peggy fugiu de casa, passando pelo dia, em 2002, em que Jennifer anunciou que estava grávida, até o momento, em 2010, que a pequena Abby foi diagnosticada. Eles superaram as dificuldades juntos, às vezes um ao lado do outro, às vezes cara a cara. Eles irão superar também o que está à frente.

Victoria, que foi formalmente adotada por Matthew quando ainda era bebê, hoje está com 7 anos de idade. De vez em quando ela observa aquela foto de Matthew no hospital, segurando-a firmemente nos braços, doze horas após seu nascimento.

"Seu pai escolheu você", contou-lhe Jennifer. "Isso é muito especial. E sabe do que mais? Ele me escolheu também."

Jennifer e Matthew, com Victoria, no dia de seu casamento.

Quando a Becker's Bridal faz sua "Liquidação Anual de Exposição", Shelley e Alyssa nunca sabem quem irá aparecer, ou que segredos trarão consigo. Pode parecer que o dia é maluco e exaustivo, e que tudo o que importa é fazer vendas rápidas, mas Shelley tenta se lembrar de que, mesmo nesses dias corridos, quando a loja está cheia de clientes frenéticas atacando os vestidos, há sempre famílias que chegam trazendo uma vida de lembranças agridoces.

Shelley e Alyssa não compreenderam por que Carol Otto se escondeu naquele provador. Elas a viram chorando, mas não sabiam dizer se eram lágrimas de alegria ou de tristeza. Elas não sabiam o que se passava na cabeça de Carol: lembranças de sua falecida mãe tocando-lhe o rosto; de sua avó retornando à família tão tarde na vida; a sorte de sua filha grávida encontrar um homem de tanto caráter; ou os problemas de saúde que enfrenta sua neta mais nova?

Para Shelley só resta conversar sobre amenidades e fazer piada sobre o manequim nu. Ela agradeceu a Carol por comprar seu vestido na Becker's, anos atrás, e voltar com suas três filhas mais velhas.

Rochelle, a mais nova de Carol, ainda não está em um relacionamento sério.

"Espero que quando chegar sua hora", disse-lhe Shelley, "você também volte para nos visitar."

Capítulo 18

Megan

Quando uma noiva e sua família têm de lidar com uma emergência, que poderá levar a um adiamento do casamento, ninguém pensa em telefonar para a Becker's Bridal. Em 1971, quando a mãe de Ashley Brandenburg foi atirada através do para-brisa do carro da sua irmã e precisou levar mil pontos, ninguém telefonou para a loja para avisar. Da mesma forma, em 2010, Shelley não foi avisada do acidente de carro de Megan Pardo a caminho da escola. A família Pardo ficou muito abalada e nem pensou nisso.

No dia do acidente, a mãe de Megan, Laura, então com 48 anos, precisou de cinco horas desesperadoras para dirigir de Michigan até o BroMenn Medical Center, em Bloomington, Illinois. Quando chegou lá, ficou aliviada por saber que os ferimentos de Megan não pareciam oferecer risco à vida, mas também ficou assustada ao saber do tamanho do ocorrido.

"Sua filha estava com a janela aberta", disse a enfermeira, e rapidamente Laura soube quais eram os desdobramentos daquela afirmação.

A decisão de Megan, naquela manhã, de abrir a janela para que o ar fresco pudesse mantê-la acordada, serviu para aumentar seus ferimentos. Quando ela puxou o volante para a esquerda, causando o capotamento do carro, seu rosto e sua mão direita rasparam no asfalto. O cinto de segurança salvou sua vida, mas as partes do corpo que passaram pela janela ficaram machucadas e ensanguentadas.

Megan estava consciente quando o carro parou no milharal do outro lado da estrada, mas suas duas mãos, o rosto e a cabeça sangravam. O maior corte estava acima do olho esquerdo, mas sua visão continuava boa. Ela olhou para a mão direita e viu que os ferimentos eram sérios. Um dedo fora decepado e os outros pareciam carne moída. Sua mão sequer parecia uma mão.

Embora a dor fosse intensa, ela foi capaz de apertar a buzina com a mão ferida enquanto gritava e abanava freneticamente a mão esquerda pela janela. Um jovem, que dirigia uma caminhonete, a viu, ligou para a emergência e ficou no local tentando acalmá-la. Seu noivo, Shane, que estava concluindo o curso de Agronomia na Illinois State, não foi avisado no momento. Era impossível. Megan estava em tal estado de choque que não conseguiria se lembrar do número do celular dele para informar aos paramédicos.

No hospital, ela foi levada para quatro horas de cirurgia, uma tentativa de consertar os danos em sua mão direita e de tirar a pele da lateral de seu corpo para implantar em sua face. Sua mão esquerda tinha se dado melhor, mas ainda assim tinha um dedo quebrado e vários arranhões e cortes.

Durante horas, Laura ficou na sala de espera do hospital ao lado de Shane, seu futuro genro, um rapaz de 23 anos, de fala mansa e calmo. Conforme o tempo passava, a boa opinião que Laura tinha dele foi confirmada. Se Megan saísse daquela, Laura pensou, Shane ficaria do lado dela para o que desse e viesse.

No meio da cirurgia, o médico saiu para falar com eles. Megan dissera para o médico que era destra, e ele falou primeiro disso. "O dano à mão direita é mais extenso do que julgávamos", disse. Eles não conseguiram encontrar osso, músculo, tendões ou ligamentos nos dois dedos do meio. O dedinho tinha só alguns fragmentos, e o médico disse que não conseguiram religar o indicador à primeira articulação.

"É improvável que ela consiga usar novamente os dedos dessa mão", disse o médico. "Vocês precisam se preparar para a possibilidade de termos de amputar a mão. Pode ser melhor para ela ter uma prótese com dedos totalmente funcionais do que viver com essa mão que será quase inútil."

O médico voltou à cirurgia para trabalhar nos implantes de pele e lentamente remover a sujeira que entrara em todos os ferimentos de Megan. Enquanto ela estava na recuperação, ele voltou à sala de espera. "As próximas 24 horas serão cruciais", disse. "Queremos ver se os dedos do meio da mão direita permanecerão vivos." Ele foi franco: "Não estou otimista. Apenas um vaso sanguíneo por dedo está intacto. Prendi a pele ao redor de nada — não há osso. Parece uma salsicha — pele solta pendurada."

O pai de Megan, Jack, que estava no Alabama a serviço e sem acesso fácil a um aeroporto, foi de carro para Illinois o mais rápido que pôde, mas só chegou depois das 22 horas. Aquela viagem tensa, de dez horas de duração, deu a ele uma terrível sensação de *déjà vu*. Em 1984, quando sua filha Melissa caiu do trocador enquanto sua fralda era trocada, ele tinha acabado de sair da cidade a trabalho. No momento em que ela caiu, Jack estava dirigindo até Windsor, Ontário. Como ele não podia ser contatado por telefone, pediram à polícia rodoviária que o encontrasse. Mas a polícia não encontrou o carro de Jack, e ele só recebeu a notícia quando se registrou no hotel no Canadá: sua filha de nove meses caíra e estava em coma. De novo, vinte e seis anos depois, outra notícia terrível sobre uma filha chegava até ele. Quantos pais recebem notícias assim duas vezes na vida enquanto estão fora da cidade a serviço?

Quando dirigia, Jack tentava permanecer otimista. De que adiantaria ele se considerar amaldiçoado? Ao contrário de suas mulher e filha, ele não era muito religioso. Assim, não se consolou com a possibilidade de o acidente ser "vontade de Deus". Ele procurou pensar com lógica. "Já passei por coisa pior ao perder Melissa", falava consigo mesmo. "O acidente de carro foi horrível, mas os médicos dizem que a vida de Megan não está em risco. Nós já passamos por coisa pior. Perdemos uma filha. Podemos dar conta disso."

De noite, a notícia do acidente tinha se espalhado por Illinois, Michigan e outros lugares onde Megan tinha conhecidos. Começaram correntes de oração na internet e Laura foi aconselhada a abrir uma página no site CaringBridge.org, que ajuda amigos e familiares de pacientes a permanecerem informados sobre seu estado de saúde. Em sua primeira mensagem no CaringBridge, Laura escreveu: "Megan dormiu bem, assim como seus pais. Sentimos a presença de Deus e o amor de todos vocês que oraram durante a noite."

Na manhã seguinte à cirurgia, a mão latejante de Megan foi seu despertador. Depois que acordou, ela sentiu dificuldade para respirar porque seu nariz machucado estava cheio de gaze. "O médico entrou e me deu a melhor notícia que podíamos esperar", escreveu Laura no CaringBridge. "Todos os dedos de sua mão direita estão viáveis e têm circulação. Eles estavam cor-de-rosa quando o médico os estimulou e Megan disse que conseguia senti-los. O médico disse que ela tem muita sorte — é uma garota abençoada."

Nos dias que se seguiram, Laura usou o site para registrar o progresso de Megan, tanto médico quanto espiritual. Foi terapêutico, para Laura, escrever as atualizações e ler os comentários de apoio que as pessoas deixavam no site.

"Quarta-feira, 31 de março, 9h18: O médico quer colocar uma tala na mão direita de Megan. O objetivo é manter a mão e os dedos na posição correta. Ele quer alongar os dedos e mantê-los rígidos. Quer, também, que a pele implantada atue como uma casaca de ovo, para que, quando for o momento da reconstrução, os dedos estejam prontos."

"Quarta-feira, 19h01: O médico e o fisioterapeuta criaram uma 'tala de borracha' em volta do braço, do punho e da palma de Megan. Cada unha foi costurada ao seu dedo e o fim dos pontos foi preso em tiras de borracha. Cada tira está presa em um gancho. O objetivo é alongar os dedos e mantê-los rígidos. É esquisito e desconfortável, mas os quatro dedos estão com bom aspecto. A única complicação em potencial é o indicador, decepado no acidente e recolocado segunda-feira, que não está parecendo saudável. Por favor, juntem-se a nós em uma poderosa oração pelo dedo indicador de Megan."

"Quinta-feira, 1° de abril, 20h11: O médico explicou que o rosto de Megan não pode passar por cirurgia plástica por, no mínimo, seis meses. O tecido que ele implantou tem de ficar macio, com bom fluxo sanguíneo. Megan vai cobrir as cicatrizes com maquiagem no casamento. Nós ainda não tínhamos compreendido isso, o que nos deixou chocados. Enquanto isso, como não há ossos, tendões, músculos ou cartilagens em seus dois dedos do meio, eles vão precisar de um longo tempo até estarem prontos para mais cirurgias, que envolverão o implante de osso retirado do quadril dela. Por favor, não parem de orar, pois a dor na mão de Megan é constante, principalmente quando o médico aperta as tiras de borracha. Também imaginamos que ela vá sentir um pouco de frustração e ansiedade quando começar a aprender a fazer as coisas com uma só mão."

"Sexta-feira, 2 de abril 11h55: Deus é bom! Megan está viva, com as funções cerebrais normais, sem ferimentos internos e sua personalidade encantadora está intacta. E ela tem Shane. Contudo, ela não terá mais a ponta do dedo indicador da mão direita. O médico confirmou que o implante do dedo não está dando certo. A ponta do dedo está morrendo. Foi marcada uma cirurgia para segunda-feira, às 7 horas, para removê-la. Nessa ocasião, ele também tomará uma decisão quanto aos dedos mínimo (que está preto) e médio (que está ficando roxo.) Apenas o anelar está com uma bela cor rosada. Megan continua com boa disposição, pois sabe que a vida com apenas uma mão ainda pode ser boa."

Antes do acidente, Megan acreditava estar apaixonada por Shane. Mas foi só quando o viu demonstrar seu amor por ela, dia após dia, que percebeu como pode ser profunda a ligação entre um homem e uma mulher.

"Esse é um teste para nós dois", dizia Shane para as pessoas que perguntavam como estavam ele e Megan. "Casais normalmente não enfrentam um teste como esse tão cedo no relacionamento. Mas nós vamos superar. Amarmos um ao outro durante a adversidade vai nos aproximar e nos fortalecer." E foi assim mesmo. Ele realmente percebeu que amava Megan cada dia mais, só por ver a coragem com que ela enfrentava aquela situação. Nos dias após o acidente, Shane procurava tranquilizar Megan segurando sua mão esquerda, para fazê-la saber que ele estava ao seu lado.

Megan e Shane duas semanas após o acidente.

Megan contou ao seu médico que seu casamento estava marcado para 1º de agosto, dali a apenas quatro meses. "Como vai estar minha aparência? Precisamos adiar a data?"

"Bem, você ainda vai estar em tratamento", disse o médico. "Nós vamos ter de fazer cirurgia plástica em seu rosto e em suas mãos. Mas você vai poder se casar. Não se preocupe."

Shane ouvira a conversa e depois, gentilmente, falou algo que aqueceu o coração de Megan — e da mãe dela também: "Megan", disse ele, "não importa como esteja seu rosto. Se você quiser, entro na igreja hoje com você".

Quando Shane terminou de falar, Laura precisou olhar para o lado para se recompor. Quando o acidente aconteceu, aquele jovem estava noivo de sua filha havia apenas uma semana. Ele ainda não tinha se comprometido a ficar com Megan na saúde e na doença. Seria compreensível se ele pedisse para adiar o casamento, ou mesmo se tivesse fugido assustado. Mas lá estava ele, dizendo tudo o que precisava ser dito em apenas duas frases. Esse é o tipo de amor que se deseja para uma filha.

Na semana após o acidente, Megan às vezes chorava devido ao acontecido. Como ela poderia evitar? Mas, na maior parte do tempo, ela aguentou firme. Enquanto observava a filha descobrindo formas de lidar com a situação e aceitá-la, Laura ficou comovida com um pensamento: nós podemos pensar que conhecemos a personalidade de nossos filhos, sua fortaleza interior e os limites de sua resiliência, mas não podemos prever como eles reagirão em uma crise.

Megan nunca perguntou "Por que eu?". Em vez disso, ela falou para Laura: "Estou muito brava comigo mesma, mãe. Não acredito que me deixei pegar no sono enquanto dirigia". Mais do que qualquer coisa, ela dizia que se sentia grata porque "a graça de Deus me ajudou".

Laura ficou especialmente comovida com a atitude de Megan quando a filha soube da necessidade da cirurgia de amputação. Talvez fosse mais traumático para Megan se os médicos tivessem lhe dito no dia do acidente que a amputação era necessária. Mas, no sexto dia, depois de toda dor que suportara e de tudo o que aprendera a respeito de si mesma, depois de testemunhar o amor de Shane e a preocupação demonstrada por tantas pessoas, Megan estava pronta para aceitar a notícia. Além disso, seus dedos estavam ficando pretos e assustadores, com um odor que sugeria morte. "Estou pronta", disse ela.

Antes da operação, as enfermeiras lhe fizeram várias perguntas, muitas das quais eram para dimensionar sua consciência do que ia lhe acontecer. "Você sabe o que o médico planeja fazer hoje?", perguntou uma enfermeira.

"Ele vai amputar meus dedos mortos", disse Megan. Ela não respondeu com emoção. Falou como se já tivesse se distanciado dos dedos, como se já tivesse lamentado por eles e se despedido.

Na verdade, Megan preocupava-se com seus pais tanto quanto eles se preocupavam com ela. "É difícil para eles verem a filhinha com tanta dor", disse ela para Shane.

"Apenas deixe que eles a amem e a apoiem", respondeu ele. "Isso ajuda os dois, principalmente sua mãe."

A preocupação da mãe era geralmente bem-vinda por Megan, mas às vezes a incomodava. Ela entendia que a mãe quisesse manter os conhecidos informados da sua situação, mas achava que os detalhes sangrentos não eram necessários. Sua mãe parecia ansiosa para contar ao mundo sobre a mão de Megan, como se isso tornasse mais fácil para ela mesma aceitar o que tinha acontecido.

Conforme a recuperação de Megan progredia, os locais de seus machucados latejavam por horas, e os remédios para dor a faziam vomitar. Mas houve momentos bons, também. Uma noite, cheia de remédios, ela estava extremamente zonza. Nada do que ela dizia fazia sentido. Mas então, ela se virou para Shane, sorriu, e disse-lhe: "Eu gosto de você. Você é legal".

Laura mantinha o site atualizado. Ela o usava não só para manter as pessoas queridas informadas, mas também para chorar, agradecer e pedir ajuda. Pedia aos seus leitores que orassem por sabedoria e diligência para os médicos, pelos enxertos de pele na testa de Megan, pelas colegas da filha em Hope College, que cobriam suas aulas, e, sobre tudo, pela "recuperação de Megan, tanto física quanto emocional".

Em 5 de abril, uma segunda-feira, às 12h24, uma semana após o acidente, Laura escreveu no CaringBridge sobre a cirurgia de amputação dos quatro dedos de Megan: "O tecido morreu e não era mais viável manter os dedos. O dr. Allen também tirou o curativo da testa de Megan e encontrou um ponto do tamanho de uma moeda que não aceitara o enxerto e precisaria se reenxertado. Megan dormiu bem a noite anterior (sua mãe, nem tanto) e estava calma enquanto aguardava a cirurgia. Todas as enfermeiras falaram de sua atitude positiva e da evidente fé em Deus. "Conversei com ela sobre como ela terá capacidade de se adaptar. Com certeza existem partes do corpo que são piores de se viver sem."

Dois dias depois, Laura escreveu no site: "As orações que precisamos agora são para amanhã, quando o médico irá remover o curativo da mão direita de Megan e ela a verá, pela primeira vez, sem as pontas dos dedos. O dr. Allen nos avisou que isso pode ser bastante traumático para ela. Por favor, orem para que Megan tenha força para passar por essa prova".

Quando chegou o momento de o médico desenrolar o curativo, Megan ficou nauseada, em parte devido à dor — o curativo estava preso ao ferimento em vários lugares. Mas também ficou enjoada de olhar o que sua mão se tornara. Ela não conseguiu saber quanto da mão tinha perdido. Tudo estava muito inchado. Mas ela sabia que estava faltando uma boa parte de cada dedo. "Tudo bem", disse delicadamente, e depois completou: "Obrigada, doutor, por tudo o que fez por mim".

Megan permaneceu em Illinois por diversas semanas, ficou em um hotel perto do hospital, onde, diariamente, fazia fisioterapia. Megan sentia muita dor durante as visitas médicas, principalemente quando era retirado o curativo de sua mão e esta era desbridada (ter a pele morta retirada). Enquanto trabalhava, o médico a encorajava a olhar para a mão. "Você precisa lamentar a perda de seus dedos", dizia ele, "para aceitar a aparência que sua mão terá." Então, ela precisava se forçar a não desviar o olhar enquanto dava a mão esquerda para a mãe segurar.

Na fisioterapia, Megan, a iniciante professora de pré-escola, tornou-se aluna, aprendendo a se vestir, escrever e abrir cartões de melhoras com a mão esquerda. "Sua letra parece com a dos seus alunos do jardim da infância", brincou o médico. À noite, Shane e

Laura montavam quebra-cabeças com ela, para ajudá-la a melhorar a coordenação motora de sua mão esquerda. Depois, começaram a trabalhar com o que restara de sua mão direita. A tentativa de tocar o polegar com o toco de um dedo deixava-a zonza, mas ela perseverou. O fisioterapeuta trabalhou para que Megan conseguisse fechar a mão, pegar um garfo. A dor podia ser excruciante, mas ela fazia progresso.

Era duro para Shane e Laura verem Megan passar por tanta agonia, e, às vezes, ela ficava muito estressada. "Sinto muito, sinto muito", desculpava-se Megan.

"Está tudo bem", respondia Laura. "Nós só gostaríamos de fazer a dor desaparecer."

Enquanto isso, o planejamento do casamento continuava. Megan e Shane fizeram a lista de convidados e escolheram o México como destino da lua de mel. Planejaram voltar juntos ao Michigan para escolher o bolo. Megan também precisaria voltar à Becker's para uma segunda prova. E enquanto pensavam no dia do casamento, decidiram que elas precisaria mudar o penteado e cortar uma franja para cobrir a ferida em sua testa. "Você vai ficar ótima", garantiu-lhe Shane. (Nos meses que se seguiram, o cabelo nem sempre cooperou com o novo penteado, mas esse foi o desafio mais fácil que Megan enfrentou.)

Enquanto isso, os médicos continuavam encontrando areia nas feridas de Megan. Poderia levar meses até toda aquela areia sair. Também havia tecido de unha nos tocos que eram os dedos de Megan. O tecido de unha não sabia que parte do dedo tinha sumido e tentava fazer uma unha crescer, o que era muito desconfortável. Disseram para Megan que isso podia continuar pelos próximos trinta anos.

Em 23 de maio, Megan concordou com Laura que a mãe poderia publicar uma foto de sua mão direita no CaringBridge, o que permitiria a amigos e familiares compreenderem melhor o que lhe acontecera. Afinal, todos acabariam vendo sua mão. Por que adiar? "Megan me pediu para avisar que as imagens são para quem tem estômago forte!", escreveu Laura. "Eu acho que a mão está linda."

Megan pôde voltar a lecionar um mês após o acidente. Na verdade, ela não tinha escolha. Para conseguir se formar em Pedagogia, precisava terminar seu estágio na escola. Mas Megan estava muito ansiosa. "Será que as crianças vão ter medo de mim?", perguntou ela à mãe. "Será que elas não vão querer falar comigo?"

Laura não conseguiu responder direito. É difícil saber como as crianças reagirão a algo assim. Mas ela disse para Megan: "As crianças amavam você. E você continua a ser você".

As crianças notaram primeiro o grande corte em sua testa e fizeram perguntas. Ela lhes contou sobre o acidente, que aconteceu quando estava a caminho da escola para dar aula para elas. A mão direita ainda estava com curativo, mas as crianças mais curiosas pediram para olhar, e ela as atendeu, desenfaixando-a. As crianças rodearam-na, fascinadas. Então, um garoto falou: "Pelo menos você não tem mais que cortar as unhas".

As outras crianças concordaram: aquele era um benefício inesperado! Megan teve de rir. Ela suspirou; que momento de admiração e alívio! Pelo resto de sua vida de professora, as crianças olhariam para sua mão e fariam perguntas. Mas tudo ficaria bem.

Ela puxou alguns fios de cabelo por cima do corte na testa e reconduziu as crianças para suas carteiras.

Dia após dia, Megan procurava se concentrar no que havia de positivo. Quando as pessoas lhe perguntavam de seus ferimentos, ela dizia: "No começo, um médico me disse que eu não teria ossos nos dedos, mas eu tenho. Ele disse que eu não conseguiria escrever com a mão direita, mas eu consigo".

Megan acabou voltando para o Michigan para cuidar dos preparativos do casamento junto com sua mãe. A todo lugar que iam, sua mãe contava a história do acidente para conhecidos e estranhos. Megan teria preferido esconder a mão e puxar a franja para cima da testa, para não chamar a atenção de ninguém. Ela pensou em dizer isso à mãe, mas acabou comentando com uma amiga de Laura na igreja. "Talvez contar o que aconteceu para tanta gente seja o jeito que ela encontrou para enfrentar o fato", disse ela para Megan. Assim,

Megan decidiu relaxar e simplesmente mostrar a mão e levantar a franja sempre que a mãe puxasse o assunto com algum curioso.

Quando elas voltaram à Becker's para a segunda prova, nem Shelley nem as vendedoras repararam imediatamente nos ferimentos de Megan. Ela se sentiu aliviada. Uma noiva deseja se sentir linda ao colocar seu vestido de casamento. O que ela não quer é se sentir bizarra, um objeto de piedade.

Mas Megan não tinha dito nada sobre sua necessidade de esconder os machucados enquanto Laura dirigia até a loja, para onde iam acompanhadas da cunhada e da melhor amiga da filha.

Gwen, a vendedora, ficou ao lado de Megan jogando conversa fora. As pessoas não olham imediatamente para as mãos dos outros, e o cabelo de Megan tinha crescido e cobria bem sua testa. O machucado no nariz estava coberto de maquiagem. Megan pensou consigo mesma: "Que bom, ninguém está reparando".

Então, na Sala Mágica, quando Shelley se ajoelhou para começar a marcar a barra, Gwen falou: "Você está linda, Megan. Linda mesmo". Foi quando Laura respondeu: "É, ela está com a aparência bem melhor agora. Ela está se recuperando bem".

E, é claro, as vendedoras tiveram de perguntar do que ela estava falando, e quando olharam para sua mão e ouviram todos os detalhes, duas delas ficaram com os olhos marejados. Uma das funcionárias da Becker's teve de se afastar porque estava quase chorando.

É difícil para as pessoas compreenderem exatamente por que os dedos de Megan ficaram tão machucados no acidente, então ela tem de explicar que a janela estava aberta e que dormiu ao volante. Laura até afastou a franja da filha para mostrar o ferimento na testa.

Durante algum tempo, ninguém falou do vestido de casamento e Megan teve de ficar ali, pacientemente respondendo às perguntas e aceitando a piedade daquelas mulheres. Ela não tinha raiva da curiosidade dos outros, mas parecia humilhante falar daquilo estando dentro do vestido. Quando sua mãe se afastou, Megan comentou com a cunhada "Cara, como minha mãe gosta de falar do que aconteceu comigo."

"Eu reparei", disse a cunhada. "Nós devemos dar um toque?"

"Não, tudo bem, eu entendo".

Àquela altura, Megan tinha percebido que a reação da mãe era um misto de seu próprio nervosismo e uma necessidade maternal de protegê-la. Laura queria poupar a filha do constrangimento de os outros repararem em sua mão e ficarem com vergonha de falar. Mas, na cabeça de Laura, havia outra questão: ela era capaz de controlar suas próprias emoções somente quando ela mesma contava a história do acidente de Megan. Quando era a própria filha que contava, Laura ficava muito emocionada. Ouvir a filha corajosamente explicando seus ferimentos, bem, era mais do que ela podia aguentar. Assim, parte da sua tagarelice era proativa. Ela queria falar para que Megan não tivesse de fazê-lo.

Megan percebia isso e perdoava a mãe. Enquanto Shelley marcava a barra do vestido, Laura falava: "Nós achamos que tivemos sorte, na verdade". "Coisa muito pior poderia ter acontecido. Tanta gente nos contou sobre capotagens e sobre como as pessoas ficam paralisadas, ou com dano cerebral, ou até mesmo morrem. Está certo, a Megan perdeu dedos e bateu a cabeça. Tem sido duro para ela e para todos nós. Mas ela ainda está conosco. E ainda é a Megan."

Na última vez em que esteve na Sala Mágica, Megan estava noiva havia uma semana. Há fotos dela naquele dia, sorrindo em seu vestido. Qualquer um que olhe aquelas fotos, agora, não consegue deixar de reparar nas mãos ao lado do corpo, nos dedos intactos. A testa estava à vista, com o cabelo penteado do jeito que ela sempre usara. Aquelas foram suas últimas fotos antes do acidente.

Megan estava de volta à loja, com sua nova imagem repetida milhares de vezes nos espelhos da Sala Mágica, e as palavras da mãe — "Ela ainda é a Megan" — ecoando em sua cabeça. "Vamos lá para baixo", ela ouviu Shelley dizer. "Vamos encontrar o arranjo de cabeça perfeito para você."

Capítulo 19

Meredith

Meredith Maitner nunca voltou à Becker's para comprar seu vestido, embora o tivesse achado supersexy quando o experimentou. Ela foi uma das centenas de noivas que visitam a Becker's todos os anos e vão embora sem comprar nada.

O que aconteceu com Meredith: ela tem boas lembranças do vestido sexy e de como ficou sensacional com ele. Ela ficou contente por ter uma foto de si mesma com o vestido, tirada na Sala Mágica. Em parte porque passou os meses anteriores ao casamento muito consciente de sua idade — ela vai completar 40 anos perto do dia da cerimônia —, Meredith decidiu que precisava entrar na igreja com algo mais discreto.

Ela terminou comprando seu vestido em uma loja pequena, independente, que estava fechando as portas. "A loja ficava em uma casa velha, de aspecto horrível", depois ela contou para as amigas. "Quando cheguei lá, pensei comigo mesma: 'Eles nunca vão ter um vestido para mim'."

Havia um quarto com vestidos pendurados em araras, e outro com carpete verde da década de 1970, onde havia um pedestal simples e um espelho. “Aquela loja não tinha uma Sala Mágica, com certeza”, disse Meredith, “mas eu encontrei um vestido mágico. Ele fica bem no meu corpo. É mais barato. É elegante. Amei.”

Shelley não gosta de perder uma venda porque a pessoa não encontrou o vestido certo — é por esse motivo que a Becker’s tem um estoque de 2.500 peças —, mas como o pescador que se resigna em deixar alguns peixes escaparem, ela sabe que não tem como fisgar todas as clientes. De todo coração, ela deseja o melhor para todas as noivas, até para aquelas que não usarão um vestido Becker’s. É mais difícil, claro, canalizar esse sentimento para as noivas que gastam seu tempo provando os vestidos que pretendem comprar mais barato na internet. Mas alguém como Meredith, “eu entendo”, diz Shelley. “Espero que ela seja feliz para sempre e nunca precise voltar para procurar outro vestido.”

Noivas mais jovens conseguem se concentrar nos detalhes de cerimônia, vestido, recepção e lua de mel. Elas andam acompanhadas de volumosas “agendas de casamento”, lotadas de nomes, números de telefone, cardápios, listas de presentes. Ninguém carrega uma agenda com instruções de como se preparar para uma vida a dois significativa. O casamento além da cerimônia parece algo muito distante.

Para Meredith, por outro lado, os meses que antecederam ao casamento foram um período de introspecção. Com sua idade, ela tem amigas que já compraram mais de um vestido de noiva. Algumas foram muito felizes em suas segundas núpcias.

Uma de suas amigas casou e teve filhos muito jovem; ela e o marido não sabiam o que queriam um do outro, ou como superar suas diferenças. O casamento terminou em divórcio. Da segunda vez, essa amiga sabia melhor o que estava procurando. “É tão diferente quando você está com a pessoa certa”, disse ela para Meredith.

Meredith e Ron, seu noivo, são mais velhos e estão ambos se casando pela primeira vez. Meredith sente que estão mais sábios, estabelecidos na vida e mais confiantes que quando eram jovens.

Quando analisa sua vida, ela percebe que pode ter pulado o "primeiro casamento" que tantas mulheres de sua geração deixaram para trás.

"Durante todos os meus anos de namoro, tive algumas sequências de imbecil, imbecil, imbecil", diz ela. "Mas também namorei homens inteligentes e autênticos, que devem ter se tornado maridos perfeitos para alguém, mas não eram para mim. Eu não consegui desenvolver sentimentos por eles."

Ela também namorou homens divertidos e articulados, mas eles não se sentiram romanticamente atraídos por ela. "Foram tantas vezes que eu pensei 'Bem, talvez haja algo de errado comigo'. Mas depois eu percebi que não havia nada de errado comigo ou com o sujeito. Simplesmente não havia uma conexão."

Ela fica aliviada por nunca ter se casado com um dos imbecis — ou com um dos caras legais por quem não se apaixonou. Ela reconhece o que perdeu: pode estar muito tarde para ter filhos, devido a sua idade e a ter diabetes e hipertensão. Isso a deixa triste. Mas, de modo geral, ela está feliz com o rumo que sua vida tomou.

Como gerente em uma empresa de calçados, Meredith ganha bem mais do que Ron como designer gráfico. Se eles conseguirem ter filhos, ou se adotarem, ele será o cônjuge que fica em casa enquanto ela trabalha. Isso não incomoda Meredith. Ao envelhecer solteira e conseguir sucesso profissional, ela percebeu que se encontrasse o homem certo, não importaria que ele fosse rico ou tivesse uma carreira de prestígio. E também não importaria se ele não fosse o estereótipo da perfeição em outros aspectos.

Fala-se muito, hoje em dia, da prolongada adolescência dos homens solteiros; mulheres reclamam que muitos deles permanecem "pré-adultos" até seus 30 anos. Há todo um gênero de filmes — *Ligeiramente grávidos, Swingers: Curtindo a noite* — que retratam esses indivíduos. Ainda assim, na mesma proporção que mulheres da sua idade, 65% dos solteiros na faixa dos 20 anos, e 40% na faixa dos 30 anos, dizem querer se casar e se estabelecer na vida, de acordo com um estudo de 2011 da Rutgers University. Presume-se que esses homens tenham fobia de compromisso e prefiram jogar *video game* a se tornarem maridos e pais responsáveis. Mas do ponto de vista de Meredith, os problemas são mais sutis.

Ela, com certeza, viu muitos garotos dentro dos homens que namorou, incluindo Ron. "Eu orei para não arrumar um marido que fica sentado jogando *video game* ", diz ela. "Mas, adivinhe só? Eu arrumei um marido de 42 anos que joga Xbox com os amigos. E sabe o que mais? Ele tem tantas outras qualidades que isso não me incomoda."

Ao longo dos anos, ela conseguiu definir o que precisava encontrar em um homem. Meredith é uma compulsiva fazedora de listas, e quando tinha 20 anos listou as qualidades que desejava em um marido. De vez em quando ela pegava a lista para revisar, acrescentando algumas coisas, riscando outras. Durante algum tempo, ela pensou que queria um executivo de alguma grande empresa, um contador ou advogado. Ela pensou que queria um atleta. "Eu sempre odiei esportes", diz ela, "mas pensei que queria um cara bem masculino, com amigos do mesmo tipo, que fizesse coisas de homem. Eu não achei que ficaria com um nerd que joga *video game* a noite toda, como o Ron. Ou que ele fosse um gourmet como eu, alguém que adora cozinhar e assistir ao canal de culinária comigo. Mas esse é o Ron. Quem imaginaria?"

A lista do "homem dos meus sonhos", escrita e reescrita quando ela era moça, hoje é apenas uma curiosidade.

"Eu percebi que, acima de tudo, queria alguém que me apoiasse emocionalmente — não preciso de apoio financeiro", diz ela hoje, "alguém com quem dividir uma tigela de pipoca, ir ao cinema, compartilhar as responsabilidades de cuidar de um cachorro, ou da casa... ou de crianças. Eu queria estar lavando louça e, ao olhar pela janela, ver meu marido cortando a grama. Eu queria alguém que tornasse as coisas boas ainda melhores, e as ruins não tão difíceis. Eu sei que pode ser piegas, mas eu queria alguém que envelhecesse comigo, e tudo bem se ele jogar um pouco de Xbox. Estou feliz porque acredito que encontrei isso tudo em Ron."

Três semanas antes do dia do casamento, Meredith completou 40 anos. Ela e Ron foram convidados para comemorar a data na casa de seus pais. Sua família tinha passado, em volta da casa, uma fita amarela da polícia com os dizeres: CUIDADO! ANIVERSÁRIO DE 40 ANOS EM ANDAMENTO. Sua mãe também comprou copos descartáveis nos quais vinha escrito 40 É UM PORRE! Todo mundo brincou com a idade de Meredith e depois foram jantar.

"De modo geral, meu 40º aniversário foi indolor", diz Meredith. "Eu estava muito ocupada com os preparativos do casamento e do chá de cozinha, e fiquei comovida com a generosidade que as pessoas demonstraram comigo. Elas sabem o quanto eu esperei para me casar. Sabem o quanto eu quero isso. Elas me deram tanto carinho e amor. Eu mal reparei que estava deixando os 30 anos para trás."

Dois dias depois do aniversário de Meredith, sua cunhada fez uma despedida de solteira para ela. As amigas de Meredith prepararam litros de sangria e tocaram música dos anos 1980, bem alta. Elas também levaram uma barra de striptease, e embora ninguém tenha tirado a roupa, todas arriscaram o pole dance. A idade de suas madrinhas variava de 36 a 53, mas naquela noite, com toda aquela bebida, a música e a barra merálica, elas se sentiram jovens e desinibidas. Meredith também.

Mais tarde, naquela semana, seu pai lhe disse que tinha algo que queria lhe falar. "Ron é um sujeito ótimo, um grande companheiro", disse ele.

"Eu sei", respondeu Meredith. "A coisa mais maravilhosa nele é que se eu precisar de ajuda, se estiver deprimida, ele vai me apoiar. Posso contar com ele. Isso vale muito."

Seu pai sorriu para ela. "Eu só quero que você saiba", disse ele, "que fez a escolha certa."

Meredith não chorou, mas sentiu suas emoções aflorando. "Estou com 40 anos agora", ela pensou consigo mesma, "não levo mais todos os meus problemas para meus pais. Mas é muito bom ouvir meu pai dizendo isso; saber que ele aprova."

Meredith também pensou na extensão da sua jornada — quantos homens namorou e como lidou com a incerteza de sua vida de solteira.

"Sabe de uma coisa, pai?", disse ela. "No casamento, acho que vou entrar na igreja bem devagar. Esperei muito tempo por isso. Muito tempo mesmo. Então, quando estiver com meu vestido, de braço dado com você, no dia do meu casamento, por favor, ande devagar comigo. Vamos fazer esse momento durar."

Capítulo 20

Uma nova geração

Talvez o fantasma da vovó Eva paire pela Becker's e torça o nariz para as mudanças. Se ela, de alguma forma, voltasse à loja após todos esses anos, o lugar (e as noivas) pareceria bem estranho.

Uma das noivas pega seu notebook para poder usar o Skype e mostrar o vestido para a mãe, que esta de férias em Portugal.

Outra noiva que vai casar pela primeira vez chega com sua madrinha e o padrinho do noivo: são seus filhos de um relacionamento anterior, com 6 e 8 anos de idade, respectivamente.

Uma terceira noiva chega trazendo uma caixa térmica com vinho espumante, cinco madrinhas e sua mãe. Esta é a sexta visita da noiva, e após um total de dezenove horas na loja; incapaz de se decidir, ela finalmente escolhe um vestido. "Tudo bem, eu levo esse", anuncia ela, e sua mãe e as madrinhas começam a comemorar tão alto que Shelley consegue ouvi-las de dentro do escritório, nos fundos do prédio.

"A Rainha da Caixa Térmica finalmente escolheu um vestido", diz a filha de Shelley, Alyssa, que acabou de entrar no escritório para deixar uma papelada. Shelley e Alyssa espiam pelo vidro espelhado que mostra a área de vendas. Enquanto a comemoração continua, as vendedoras tentam a todo custo evitar fazer caretas. Provavelmente, ela não demorou tanto para ficar noiva! Na época da vovó Eva, nenhuma noiva ousaria gastar dezenove horas para escolher um vestido. Seria o cúmulo da arrogância e da complacência, assunto para fofoca em toda a cidade, um sinal de insanidade.

Há outras modas que deixariam vovó Eva perplexa.

Desde o tempo de Eva, noivas e suas mães parecem ter desenvolvido habilidades sobre-humanas para detectar as menores manchas em um vestido; para algumas, uma mancha pode ser motivo de grande consternação e injúria. (Em tempos de fartura, as pessoas encontram uma fartura de pequenos motivos para se sentirem mal.) E não importa que, na festa de casamento, algumas dessas noivas irão se deitar no chão para fazer a Minhoca. "Você consegue imaginar como fica um vestido depois que a noiva faz a Minhoca", diz Shelley.

Quatro noivas acabando com seus vestidos.

E é aqui que as coisas ficam ainda mais estranhas.

Ao voltarem da lua de mel, as noivas costumavam enviar os vestidos para uma lavagem a seco e tentavam preservá-lo para sempre. Mas, recentemente, Shelley e Alyssa estão se acostumando com uma nova tradição entre as noivas, o chamado "Trashing the Dress" [Acabar com o vestido].

Nas semanas após o casamento, cada vez mais noivas Becker's voltam a usar o vestido de noiva para arruiná-lo em fotografias feitas em rios, ferros-velhos, lixões e chiqueiros. As imagens resultantes são lembretes de que casamentos precisam de humor, aventura e a disposição de assumir riscos e se sujar. (Esse conceito foi lançado por um fotógrafo de casamento de Las Vegas, cujas fotos de vestidos sendo arruinados tornaram-se virais em sites de fotografia em 2006. Outros fotógrafos de casamento, principalmente aqueles que trabalham fora de áreas urbanas, viram nessa ideia o potencial para uma nova fonte de receita.)

Kelly Lynne Burke, uma fotógrafa da região e amiga de Shelley, com frequência fotografa casamentos de noivas Becker's. Ela disse que 30% delas agora pagam 300 dólares a mais pela opção "Trashing the Dress" no pacote de fotografia. "É um jeito de elas falarem 'Estou casada, acabou. Nunca mais vou ter de entrar nesse vestido'", diz Kelly. "Essas sessões de foto após o casamento são doidas e divertidas, porque as noivas ficam muito mais à vontade." Noivas que estavam estressadas ou reprimidas no casamento — ou que desejam simbolicamente enterrar tradições ou desafiar limites estabelecidos por suas mães e sogras — sentem-se liberadas ao acabarem com os vestidos.

Uma noiva de 22 anos, Meggan Nielsen, decidiu acabar com seu vestido em uma cachoeira, para desalento de suas mãe e avó. "Elas tinham uma ligação emocional com o meu vestido", diz ela. "Elas estavam comigo quando o escolhi. Precisei fazê-las compreender as razões pelas quais eu quis fazer isso."

Ela lhes disse que acabar com o vestido era um ritual atraente porque deixa claro para o marido que ela nunca mais quer ser uma noiva e permanecerá casada com ele para sempre. "Eu tenho memórias maravilhosas do nosso casamento, não preciso do vestido", explicou para a mãe e a avó. O ritual não é um deboche do casamento, disse ela, "é a celebração do fim de um ciclo. É um jeito de dizer 'o vestido serviu bem ao seu propósito, mas não preciso mais dele'. Eu não preciso de algo grande e volumoso ocupando lugar no meu armário. As fotografias bastam como memória."

Há mais uma coisa. Quando Meggan se casou, ela já tinha dois filhos, um menino e uma menina. Ela duvida que algum dia sua filha queira usar o vestido que foi dela. Mas destruí-lo acaba com essa possibilidade, o que também tem seu apelo. "Eu quero passar pela experiência de, um dia, sair para escolher um vestido de noiva com a minha filha", diz ela. "Quero sentir de novo aquele momento de união entre a noiva e sua mãe."

Suas mãe e avó não abençoaram a decisão, contudo. Mas lhe disseram que conseguiram entender seus motivos. No dia em que ela entrou debaixo da cachoeira e acabou com o vestido com água suja do rio, "foi revigorante. Senti como se aquela fosse a coisa certa a fazer", diz ela.

Com 24 anos, Alyssa observa essas novas esquisitices no mundo das noivas enquanto imagina como será a vida na Becker's dentro de mais um par de décadas, caso algum dia assuma a loja.

Ela ainda não tem certeza do caminho que escolherá, mas aceita a ideia de algum dia assumir a responsabilidade de manter a loja na família por uma quarta geração.

Ao contrário de Shelley, que nunca foi para a faculdade, Alyssa cursou Comercialização de Vestuário na Central Michigan University, e passou algumas semanas estudando estilo e moda em Paris. Antes de se formar, em 2009, ela trabalhou para um estilista de vestidos nupciais em Nova York, onde ajudou na produção das peças. "Eu não era boa nisso", diz ela. "Colocava alfinetes e enfeites, mas me sentia deslocada. Além disso, o estilista estava sempre gritando com alguém. Percebi que estou mais preparada para vender."

Como parte de seu emprego atual, Alyssa tem de dizer às noivas que todas as vendas são definitivas. Entretanto, ao contrário de sua bisavó durona, Eva, ela tenta encontrar formas amigáveis de dar a notícia. "Bem, aqui estamos", diz ela ao pegar o cartão de crédito da noiva no balcão frontal. "Você está comprando o vestido, e nesse ponto não tem volta. Tem certeza de que ele é o homem ideal, certo?" Ela fala de forma despreocupada, mas dá o recado que as noivas precisam entender: não há trocas ou devoluções.

Enquanto Alyssa aprende o ofício, ela entende a necessidade da política de não aceitar devoluções. Ainda assim, se compadece das vítimas de noivados desfeitos. Frequentemente, essas moças não conseguem ir buscar o vestido que compraram, mas não usarão. O constrangimento é muito grande, seria doloroso para elas ver noivas felizes comprando vestidos. Algumas apenas abandonam o vestido no Cemitério de Vestidos da Becker's. Outras pedem para a mãe ir buscá-lo. "Vamos tentar vendê-lo no eBay", pode dizer certa mãe, enquanto Alyssa gentilmente coloca o vestido indesejado em uma embalagem apropriada.

Agora que está trabalhando em período integral na Becker's, Alyssa se vê analisando o que pensa a respeito de amor, casamento e dessa área de trabalho. Sozinha em casa, certa noite, ela se vê remexendo o que chama de sua velha "caixa do amor". É uma coleção de fotos, cartas e recordações que guardou ao longo dos anos. Ela também guarda ali seus diários do que chama de "os anos de crise". Algumas anotações detalham sua tristeza com o relacionamento difícil dos pais, principalmente a decisão de Shelley de acabar com o casamento. Outros registros são sobre amor e seu lugar no mundo. "A cabeça de uma garota é um lugar estranho", ela pensa enquanto lê.

Em 24 de janeiro de 2002, quando tinha 16 anos, ela escreveu "o que eu quero da vida — o casamento perfeito, uma casa, filhos, marido. Eu quero o tipo de marido que me leve a um cinema vazio no dia de nosso aniversário de casamento, e que quando chegarmos lá, vai estar passando o vídeo da nossa cerimônia. Eu não vou me contentar com menos que amor. Mas, primeiro, preciso desacelerar e me encontrar. Preciso passar pela adolescência e pelo começo da vida adulta."

Nove anos após escrever essas palavras, ela diz que ainda possui incorrigíveis tendências românticas, mas seu tempo de loja lhe deu sabedoria. Ela conhece as estatísticas. Metade das noivas que comprou vestido com ela pode acabar divorciada. Por que algumas conseguem e outras não? "Eu vejo muitas noivas que são jovens e ingênuas, mas não suponho que isso necessariamente signifique que seu casamento não vai dar certo", diz Alyssa. Na história da loja, ela observa, milhares de noivas chegaram jovens e ingênuas, inclusive inúmeras avós e bisavós das noivas atuais. Muitas delas tiveram casamentos bem-sucedidos.

Uma questão importante, Alyssa reflete, é a capacidade de se comunicar bem, coisa que ela acredita que seus pais nunca conseguiram fazer plenamente. Seu pai, principalmente, não conseguia expressar seus sentimentos e refugiou-se no alcoolismo. Alyssa acha que ela e Cory, seu namorado, não são grandes comunicadores, mas estão melhorando.

Embora tenha crescido em uma família centrada em noivas e casamentos, ou talvez por causa disso, Alyssa sempre teve pensamentos conflitantes a respeito de casamento. "O divórcio dos meus pais me tornou menos idealista", diz ela. "Não é que eu pense que um casamento feliz seja impossível, mas sou mais cautelosa."

Atualmente passando longas horas na linha de frente da indústria nupcial, Alyssa está concentrada nos assuntos comerciais. Como ela pode ajudar a mãe a vender vestidos suficientes para atingir as metas semanais e mensais? E então, em meio às contas, pensamentos existenciais infiltram-se em sua cabeça. Ela se pergunta: como viemos parar aqui? Por que os seres humanos se casam? Quem inventou toda essa coisa de casamento? Uma cerimônia, um anel, votos, vestido, tudo?

Ainda assim, ao ver tantas noivas, é fácil para uma jovem ser pega na onda do casamento. Ela não é invulnerável a essas pressões. Grande parte dela gostaria que Cory já pedisse sua mão. Eles namoram, com intervalos, desde o colégio, e agora que ele trabalha no escritório da Becker's, Alyssa é constantemente lembrada que ele daria um bom marido. Cory é gentil, trabalhador, divertido, romântico o bastante e seria um pai carinhoso e responsável. Ele torna a vida dela mais alegre. "Fico mais feliz quando estou com ele", diz ela.

Por sua vez, Cory diz amar Alyssa, mas ele quer agir com cautela. Está se estabelecendo profissionalmente e quer ganhar dinheiro suficiente para comprar um anel para Alyssa e começar uma vida a dois. Mas, o mais importante é que ele quer ter certeza de que "está tudo certo" antes de tomar grandes decisões. "Ainda não estou preparado para me casar", diz ele à queima-roupa. "Embora eu e Alyssa nos conheçamos há bastante tempo, ainda estamos aprendendo um sobre o outro."

Amigos e parentes agora o estão pressionando para "fazer a coisa certa com Alyssa", mas ele rejeita essa pressão. No recente casamento de sua irmã, quase todos os convidados lhe perguntavam de suas intenções. Durante a recepção, bombons Hershey's Kisses foram dispostos sobre todas as mesas, e uma das suas tias-avós usou o papel-alumínio dos chocolates para fazer um anel prateado. "Dê isto para Alyssa", disse ela. Cory sorriu sem graça e resistiu.

Trabalhando na loja, ele vê o desfile contínuo de jovens noivas, algumas ainda na adolescência, e ele sabe que é quase impossível que "todas elas tenham plena consciência do que estão fazendo". Algumas pessoas encaram o casamento como algo em que se mergulha, esperando que o amor resolva tudo. Às vezes, isso funciona. Mas ele não atravessa nenhuma rua sem olhar para os dois lados. Às vezes, isso é difícil para Alyssa, mas ele acredita que a paciência fará bem aos dois.

Alyssa (fileira da frente, à esquerda, de vestido preto) recortou essa foto e a definiu como imagem de perfil no Facebook.

Enquanto espera, Alyssa tenta se controlar. Uma foto de perfil que ela usa no Facebook dá conta de todas as suas emoções — e com bom humor. A foto mostra a filha de Shelley esforçando-se para pegar um buquê que acabara de ser jogado no casamento de uma amiga. A expressão no rosto de Alyssa é inesquecível, uma careta maluca. É uma expressão de determinação? Incerteza? Terror? Só mesmo uma jovem corajosa e consciente — ainda mais quando ela é herdeira de uma loja de vestidos de noiva — para usar tal imagem como sua foto de perfil no Facebook.

Gary, pai de Alyssa, preocupa-se porque ela analisa demais a vida. "Ela pensa demais nas coisas, e isso a deixa nervosa", diz ele. Ela é muito parecida com o pai nesse aspecto.

Desde que Gary e Shelley se divorciaram, em 2000, ele pensa muito no amor que deseja para sua filha, e como ele é diferente do que deseja para seus dois filhos. "Com os meninos, eu quero que eles cresçam e se tornem homens, que cuidem deles mesmos", diz Gary. "Mas com a Alyssa, eu quero que continue sendo a minha garotinha."

Grande parte dele gostaria de poder reconstruir alguns dos anos em que Alyssa era menor. Gary ainda não conseguiu se esquecer da noite em que a filha ganhou aquele bolo na dança das escoteiras e ele, bêbado, derrubou o bolo e ainda riu. Ele frequentemente se pega sonhando acordado sobre como consertar esses incidentes. "Eu fico pensando no que posso fazer no casamento da Alyssa para compensar algumas besteiras que já fiz", diz ele. Gary considerou comprar um lindo bolo de casamento, o que seria uma forma silenciosa de reconhecer seu erro e se desculpar por derrubar o outro bolo há tanto tempo.

O filme do casamento hipotético de Alyssa, às vezes, passa na cabeça de Gary — a cerimônia, a festa, as palavras que ele sussurra em seu ouvido ou diz publicamente para os convidados. "Eu não quero fazer nada que estrague o dia dela", diz ele. "Penso no que vou fazer e dizer. Quando eu a conduzir até o altar, vou beijá-la na bochecha ou na testa? Vai ser estranho? O que devo dizer no meu brinde?"

Não é de admirar a consciência que Gary tem do simbolismo de um casamento, já que ele passou quinze anos como marido e genro no mundo da Becker's Bridal. Mas é claro que inúmeros pais fora da indústria nupcial também meditam sobre essas mesmas questões. Pais que não sabem como se relacionar com suas filhas frequentemente veem o dia do casamento como a hora de finalmente se manifestar e falar aos seus corações.

Gary não revela seus sentimentos para Alyssa tão facilmente, e não tenta extrair os dela. Ele é estoico, Alyssa também. Ela hesita em falar sobre as memórias mais doloridas da vida em família, pois não quer que o pai pense que ela o está culpando ou criticando. Ela admira a forma como Gary colocou a própria vida nos eixos e prefere se concentrar nisso. (Sóbrio desde 2002, Gary diz que nunca mais pretende beber. "Quando cheguei aos 40 anos, já tinha bebido minha cota para toda a vida", diz ele.)

Após o divórcio, Gary trabalhou durante um tempo em uma fábrica de para-choques. Atualmente ele está a cargo da manutenção em uma comunidade independente de aposentados em East Lansing. Ele mora em uma das unidades da comunidade.

Gary diz que não namora desde que Shelley o deixou. Aos 48 anos, ele continua atraente, e quando as mulheres se aproximam, ele as afasta. Gary tem consciência de que Alyssa e os dois meninos têm fantasiado, ao longo dos anos, que ele e Shelley voltarão a ficar juntos. "Admito que também desejo isso", diz ele. "Eu ainda a amo."

Ele sabe que Shelley não o quer de volta; ela o admira por estar sóbrio e perdoa seu comportamento nos piores momentos, mas sua vida seguiu em frente. "Isso pode parecer insensível", diz ela. "Eu gosto dele, mas o sentimento é aquele que se tem por um irmão que conseguiu resolver seus problemas."

Como ela passa o dia trabalhando com mulheres e não vai a bares, é difícil para Shelley conhecer homens disponíveis. Ela teve seis namorados desde o divórcio, mas não imagina que se casará de novo. Suas amigas notam que ela parece se sentir atraída por homens com problemas (ela nunca se livrou da personalidade de cuidadora) ou que não querem compromisso. "Por algum motivo", admite, "é quase como se eu acreditasse que não mereço amor verdadeiro. Tantas noivas que aparecem na loja pensam que merecem amor. Mas eu? Estou sempre encontrando homens que precisam ser curados primeiro, ou sujeitos que precisam que eu os ame, mas que não são muito bons em dar amor. Por que isso? Por que sou um ímã para essas personalidades?"

Ela não espera que um pai de noiva atraente, romântico, divorciado, com 40 e poucos anos entre na loja, um dia, e a pegue nos braços. Com certeza isso ainda não aconteceu. "As pessoas dizem que sou casada com o prédio da Becker's Bridal", diz Shelley. "Talvez seja verdade." Ela admite que se sente só. Ainda assim, voltar para Gary não seria a solução para ela.

Gary acredita que agora é um bom modelo para Alyssa e seus irmãos. Seu trabalho fazendo manutenção nos apartamentos de idosos é mais do que um emprego; ele cuida deles, faz companhia para eles e os mantém em segurança. É uma missão.

Gary passa muito de seu tempo livre com os três filhos, e, ao ficar mais madura, Alyssa tem maior consciência de como interage com o pai. Quando Gary está com os meninos, eles brincam muito. Falam de esportes. Mas, com ela, é diferente.

Recentemente, pouco antes do Dia dos Pais, Gary pegou o braço da filha e lhe disse: "Acho que é assim que vou lhe dar o braço quando for a hora de entrar na igreja, no dia do seu casamento". Ela riu, mas ele falava sério. "Acho que devemos começar a praticar."

Ele lhe perguntou como ela gostaria que fosse a dança pai e filha. Que música? Quais os passos? "Está tudo bem, pai", disse Alyssa. "Eu nem estou noiva, e quem sabe se algum dia vou me casar?"

Na verdade, parece que tanto Gary quanto Shelley estão se esforçando mais para demonstrar seu amor pela filha, Alyssa reconhece. Quando era mais nova e se escondia nos armários para ganhar atenção, eles prestavam menos atenção às suas necessidades. Agora os dois sentem urgência para atendê-las.

Isso inclui, claro, sua decisão a respeito de trabalhar na Becker's Bridal. Essa é uma questão complicada pelo desejo de Shelley de que a filha continue na empresa. Alyssa está feliz lá? Será que a loja deve ser sua carreira?

"Eu ainda preciso pensar para onde minha vida deve ir — casamento, filhos, Fowler, Nova York, sei lá", diz Alyssa. "Eu me pego pensando: como vai ser se eu ficar aqui para sempre? Como vai ser minha vida?"

Alyssa fica entusiasmada por sua mãe ter transformado a Becker's em um negócio que vende 1,8 milhão de dólares em vestidos por ano. Mas a maior parte desse dinheiro não é lucro. Alyssa testemunha a pressão que Shelley sofre de noivas, mães, fornecedores — e de sua folha de pagamento anual de 450 mil dólares. "Eu meio que absorvo todas as tensões da minha mãe", diz Alyssa. "Eu me sinto obrigada a me preocupar com ela. O fardo da minha mãe é o meu fardo. Seu estresse se torna meu estresse."

Às vezes, passam dois dias sem que Shelley coma nada além de alguns biscoitos. Alyssa imagina: se algum dia assumir a loja, ela também vai ficar tão estressada que se esquecerá de comer? Shelley compreende isso e diz para Alyssa: "Eu não quero que você se sinta confinada às paredes da loja ou aos limites de Fowler". Mas Alyssa sabe que a mãe adoraria que ela continuasse ali para sempre. E o pai também. Ele gostaria que ela ficasse por perto.

Ela tem uma breve noção de como provavelmente será sua vida. "Acho que meu coração está aqui", diz. "Este é meu lar. Este é meu legado."

São quase 17 horas de uma sexta-feira e a hora de fechar se aproxima. Alyssa e Shelley começam a encorajar as clientes a voltar para suas roupas. Como sempre, algumas não têm pressa de tirar o vestido. Uma noiva está andando pela loja com o seu, por quase uma hora. "Querida, não queremos puir a barra", Shelley tem de lhe dizer. "Se você ficar andando nesse carpete, é o que vai acontecer."

Hesitantes, as noivas voltam para os provadores, e finalmente saem pela porta da frente. Depois que a loja se esvazia, Alyssa diz para sua colega de vendas, Mona: "Estou com vontade de provar um vestido".

Ela veste um dos itens mais caros da loja e se observa no velho espelho junto ao balcão da frente. Alyssa sabe ser sarcástica. "Mona", diz ela, "quer se casar comigo? Ninguém mais quer!"

Mona ri e diz que não quer mais saber de casamento.

Cory está no escritório fazendo a folha de pagamento. Ele olha pelo vidro espelhado e a vê desfilando no vestido de noiva. Ele lembra que a ama, mas que ainda não está pronto.

Alyssa não está tentando sugerir nada subliminarmente. Ou talvez esteja. De qualquer modo, enquanto se estuda no espelho, a expressão em seu rosto não é aquela da foto de perfil no Facebook — a careta maluca ao pegar o buquê. Ela está sorrindo e, com aquele vestido, está maravilhosa. Cory precisa vê-la mais de perto.

Se Alyssa algum dia realmente sair em busca do vestido perfeito, vai tentar manter a dignidade. Ela não vai ser uma dessas noivas que exibe o vestido pelo Skype, não vai levar consigo um séquito de amigas e uma caixa térmica com champanhe, enquanto brinca de princesa durante horas. E, com certeza, ela não vai fazer planos para "acabar com o vestido". Afinal, ela conhece bem o trabalho duro que é costurar e fazer o acabamento de cada um deles.

Quando e se ficar noiva, Alyssa acredita que simplesmente vai passear pelas araras depois do expediente, com suas opções de escolha já bem definidas. Afinal, ela conhece o estoque. Ela sabe do que gosta. Ela imagina que irá provar alguns vestidos, tomar uma decisão e então subirá para a Sala Mágica, acompanhada de Shelley, para se observar. Talvez ela peça ao pai para também se juntar a elas na Sala Mágica. Ele ficaria comovido em ser convidado.

Uma parte de Alyssa, contudo, se pergunta se algum dia sua hora vai chegar. Depois que tira o vestido de casamento, ela se senta em uma cadeira confortável na área de vendas, suspira e fala para Mona, falsamente exasperada: "Talvez eu e minha mãe sejamos as duas últimas solteironas de Fowler. Vamos viver nossas vidinhas tristes, enquanto tentamos vender vestidos de casamento para todas as mulheres".

No escritório, Cory está ocupado com as folhas de ponto e não a ouve. Tampouco Shelley, que está com o ferro a vapor ligado.

Alyssa olha para o vestido que estava usando, agora de volta à arara. "Preciso me lembrar dele", diz ela. "Pode ser esse. Um dia."

Capítulo 21

Julie

Conforme o casamento de Julie Wieber se aproxima, ela se vê pensando em todas as formas em que pode se descrever.

Ela é enfermeira.

Ela é viúva, tendo perdido o tão amado marido, Jeff, repentinamente.

Ela ficou noiva aos 45 anos, após se apaixonar inesperadamente por Dean, amigo de seu irmão.

Ela é mãe de um filho e quatro filhas, todos de luto e uma delas preocupada — ou brava — com sua decisão de ficar noiva um ano após a morte do pai.

Mas Julie também é uma filha que continua incrivelmente próxima à sua mãe, Helen. E durante seu luto, e seu surpreendente romance com Dean, ela teve a bênção de poder contar com a mãe ao seu lado, dando-lhe amor e procurando diminuir sua dor.

Na Becker's, Shelley acredita compreender algumas coisas a respeito de sua amiga Julie, incluindo sua grande ligação com a mãe e sua necessidade de se casar novamente tão cedo. "Talvez seja porque você nasceu prematura", Shelley diz para ela. "Você nasceu com uma necessidade extra de atenção. Prematuros são lutadores e sobreviventes, mas com frequência precisam de mais atenção pelo resto da vida."

A mãe de Julie adere à mesma teoria. "Julie nasceu dois meses antes, e pesava apenas 1,5 quilo", diz Helen. "Em 1965, muitos bebês que nasciam pequenos desse jeito não sobreviviam." Durante os primeiros 31 dias da vida de Julie, Helen não pôde tocá-la. "Dizem que a mãe precisa iniciar imediatamente uma ligação com seus filhos, mas eu não pude fazer isso. Julie ficou na incubadora."

Julie com seu filho e suas quatro filhas.

Durante seu primeiro ano de vida, Julie foi um bebê doente, e mesmo depois que começou a se desenvolver, continuou uma criança dependente. "Talvez porque ela fosse minha caçula, meu quinto filho", diz Helen. "Mas acho também que foi porque era prematura. Ela precisava de mim. E foi a vida toda assim; eu nunca cortei o cordão umbilical. Quando toca o telefone, acho que é a Julie. Ela criou sua família em uma casa na mesma rua. Não dava para ela ficar mais perto."

Estudos recentes sugerem que pessoas nascidas prematuramente têm maior tendência a desenvolver ansiedade e depressão quando adultas. Mas prematuros também crescem com maior aversão ao risco e tendência a aceitar os alertas e conselhos dos pais. De qualquer modo, Helen acredita que seu relacionamento próximo com a filha tem raízes nas circunstâncias do nascimento de Julie.

Agora com 77 anos, Helen está há seis décadas em Fowler, desde que se casou com um rapaz da cidade, Roy, que dirige uma empresa de escavação local. Ela viu a Becker's Bridal passar da vovó Eva para Sharon e, depois, para Shelley. Tendo visto a cidadezinha se apagar ao longo dos anos — perdendo empresas, cinema, hotel — ela se sente grata pela Becker's continuar. "É uma alegria dirigir pela rua principal e ver os carros estacionados, as noivas e madrinhas andando e rindo", diz ela. "Isso faz a cidade parecer mais feliz — como se fosse bastante povoada."

Helen enxerga Fowler como uma cidade com dois lados. Durante o horário de expediente da Becker's, com as noivas transitando pela rua principal, a comunidade se sente jovem. Mas, na verdade, essa é uma cidade cheia de viúvas. Quando Helen encontra as amigas para tomar café da manhã, ela passa os olhos pela mesa — sete ou oito mulheres, todas idosas — e percebe que ela é a única que tem um marido a esperando em casa. Um dia, ao voltar de um desses cafés, ela comentou o fato com Roy. "É a vida", disse ele.

"Eu sei", respondeu Helen. "Mas o que eu faria sem você?"

Em 6 de fevereiro de 2009, uma sexta-feira, Helen tomou café da manhã com as amigas, como de hábito. Ao se despedir delas, após a refeição, ela disse: "Sabem, quando estou na igreja, eu sempre faço uma oração pelas viúvas". As amigas agradeceram. Mais tarde, naquele dia, Jeff, marido de sua filha Julie, o sujeito mais leal e divertido de Fowler, teve um infarto e morreu. "No velório, cada uma das minhas amigas me lembrou do que eu tinha dito naquela manhã", conta Helen. "Nem tinha me dado conta. Em poucas horas, eu estaria orando por minha própria filha."

Na primeira noite após a morte de Jeff, Helen não saiu do lado de Julie. "Eu dormi com ela na cama, na mesma cama em que Jeff dormira na noite anterior", diz Helen. "Eu a abracei apertado. E Julie ficou grudada em mim, da mesma forma que fazia quando era bebê. Foi assim que passamos pela primeira noite e também pela segunda."

Helen perdeu o pai em 1950, quando tinha 17 anos. Sua mãe, então com 50 anos, viveria até os 83 anos, mas nunca se casou novamente. Nos domingos das décadas de 1960 e 1970, Helen levava os filhos para visitar a avó, e a pequena Julie ficava especialmente preocupada com ela. "Não gosto de deixá-la sozinha", dizia Julie quando iam embora, após o jantar, e a avó acenava da varanda. "Vamos dar a volta no quarteirão e voltar. Precisamos ter certeza de que ela entrou direitinho na casa." (A empatia que tornaria Julie uma enfermeira excepcional era evidente desde cedo.)

Julie só via a avó nos fins de semana. "Mas eu pensava nela a semana toda", diz, "e imaginava como ela estava se saindo sozinha. Ela era muito solitária? Eu sentia pena dela."

Décadas depois, quando Jeff morreu, Julie pensou nos muitos anos que sua avó passou como viúva. "Nós estávamos sentadas, juntas, com a cabeça dela no meu ombro", conta Helen, "e Julie disse 'Nunca pensei que iria terminar como a vovó, mas aconteceu'. Eu a abracei e nós choramos."

Helen gostou que Julie e as crianças procuraram a ajuda de um terapeuta. Todos estavam precisando. Como Jeff morreu tão repentinamente, nenhum deles teve a oportunidade de se despedir. A dor decorrente disso não pode ser subestimada.

Um dia o terapeuta de Julie lhe disse que ela deveria entrar no carro e sair de Fowler por algum tempo. "Imagine que Jeff está no banco do passageiro", disse ele. "Abra seu coração para ele. Diga-lhe por que você o amava, com o que está triste, com o que está brava. Grite, se precisar. E diga-lhe adeus." Julie fez isso e achou que ajudou, mas só um pouco.

Preocupada com a saúde emocional e mental da filha, Helen sentiu-se aliviada quando o relacionamento de Julie com Dean ficou sério. Ela viu que aquilo estava tirando Julie de uma situação triste e preocupante. Por isso, Helen foi uma defensora tão vigorosa da filha quando as pessoas diziam que ela ficara noiva muito rapido após a morte de Jeff. E sua defesa estava concentrada, principalmente, nos filhos de Julie.

Conforme os planos para o casamento tomavam forma, os filhos continuavam ambíguos, no melhor dos casos, ou tornavam-se abertamente hostis. Embora Helen tenha muita proximidade com os netos, agora com idades entre 15 e 23 anos, ela protegeu furiosamente a filha, do mesmo jeito que fizera quando Julie era uma prematura de 1,5 quilo.

Durante algum tempo, Helen ouviu todas as reclamações dos netos: "A mamãe nos traiu! Ela traiu o papai!".

"Papai iria querer o melhor para seus filhos, não acha? E isso não é o melhor para nós. A mamãe não pode dizer que ele gostaria que ela fosse feliz, porque a felicidade dela está nos tornando infelizes!"

"Por que ela quer ficar com esse cara, quando todos nós precisamos dela?"

Com o tempo, o filho de Julie começou a demonstrar maior aceitação. Mas as quatro filhas a atacavam em grupo, enviando mensagens de texto sobre ela mesmo quando Julie estava na sala, além de atacá-la, às vezes, em público. Quando estavam mais bravas e eram mais desrespeitosas, as garotas diziam para Julie que a odiavam, que ela era uma mãe terrível e que seu pai nunca aprovaria o comportamento dela.

"Perdi a autoridade sobre as meninas", admitiu Julie para sua mãe. Seu terapeuta disse que isso era comum em famílias enlutadas, porque as crianças aprendem a manipular a mãe (nesse caso), que está vulnerável. Mas isso não tornou mais fácil lidar com a dor e os problemas.

Sabendo que o pai de Helen morrera quando ela tinha 17 anos, seus netos esperavam que ela os apoiasse, porque ela entendia seus sentimentos de perda. Mas, como explicou Lauren mais tarde: "Foi a coisa mais estranha. Durante toda a vida nossa avó foi alguém com quem podíamos desabafar. E sempre que precisávamos dela, lá estava ela para nos consolar. Mas nesse caso ela foi taxativa. Ela disse 'A mãe de vocês é minha filha e eu vou ficar do lado dela! Vocês não podem falar com a minha filha desse jeito!'. Nós nunca a vimos agir dessa maneira. Nunca a ouvimos levantar a voz."

"De certa forma, tive de ser quase cruel", diz Helen, "e foi duro para mim agir assim, porque as crianças estavam de coração partido." Ainda assim, ela encorajou as netas a olharem para além de si mesmas — e ajudarem a mãe, uns aos outros e às demais pessoas também. Helen conversou com as netas sobre os muitos anos de viuvez de sua mãe.

"Sabem, minha mãe costumava dizer que a dor da perda não é a pior coisa. Às vezes, você pode pegar sua dor, mergulhar nela e aprender muita coisa, e depois poderá usar o que aprendeu para ajudar os outros. Algum dia, alguém que está triste pela primeira vez vai procurar vocês. E vocês verão que é possível ser forte, de um modo bonito, usando a experiência que tiveram com a perda do seu pai."

Helen explicou que, depois que entrara na adolescência, começou a desejar que sua mãe tivesse se casado de novo. "Ela ficou só por muitos anos, e nós nos preocupávamos com ela, sozinha naquela casa vazia", disse. "Um dia vocês vão ficar felizes por sua mãe ter encontrado Dean depois que seu pai morreu, porque ela terá alguém que se preocupará com ela. A vida é para os vivos."

Helen não contou para as netas que tinha uma ligação especial com Julie, sua pequena prematura que chegara à idade adulta. Ela não falou sobre como sofria pela filha, talvez mais do que sofria pelas netas. Ela apenas conversou com as meninas mostrando respeito e amor, e esperou que elas absorvessem algo do que dissera. Embora não tenham gostado de saber que não contavam com o apoio da avó, elas lhe garantiram ter entendido a mensagem.

Por sua vez, Julie tentou, o melhor que pôde, enxergar a situação do ponto de vista das filhas. "Demorei algum tempo para entender que minhas filhas perderam algo diferente do que eu perdi", disse Julie. "Elas perderam o pai que entraria na igreja de braços dados com elas, que as orientaria para a vida. Elas perderam o avô de seus filhos. Eu perdi muito, mas elas talvez tenham perdido mais."

Conforme o casamento se aproximava, Julie procurou não falar muito sobre ele, principalmente depois que sua filha Camie disse: "O que você acha que isso é? O casamento do século?".

Em momentos mais calmos, contudo, Julie passava a seguinte mensagem para suas meninas: "Eu sempre amarei seu pai. Eu amo Dean, também, mas ele não alcança certos lugares no meu coração que permanecem reservados apenas para seu pai. Abri um lugar novo e diferente no meu coração para o Dean. Acho que seu pai entenderia isso e, com o tempo, espero que vocês também entendam". Julie ficou animada quando as filhas lhe disseram ter gostado de suas palavras.

Como engenheiro de processos na planta da Cadillac na General Motors, em Lansing, Dean Schafer é encarregado dos robôs usados na pintura automatizada de todos os carros. Esse é um cargo exigente, e ele é bom nisso. Dean sabe o que faz.

No volátil campo de batalha doméstico, contudo, ele sente-se menos seguro, o que é compreensível. Ele sabe que é um estrangeiro com relação aos problemas e às animosidades que agitam a família de Julie. Ele ama Julie; não há dúvida quanto a isso. Mas qual é a melhor forma de apoiá-la? Ele já chamou a atenção dos filhos dela quando estes foram rudes com a mãe. Houve gritaria uma vez. Mas, na maior parte do tempo, ele se segura. Dean quer criar uma relação com eles, não afastá-los.

Ele acha que teve muita sorte por encontrar Julie, e está empenhado em descobrir a forma correta de estabelecer um relacionamento saudável com a família da esposa. Ele sabe que isso vai demorar, em parte porque sua jornada foi diferente da de Julie.

O primeiro casamento de Dean resultou em três filhas, um filho e muita desilusão. Ele se lembra do quanto amava a primeira mulher e como os dois ficaram animados quando ela foi à Becker's escolher o vestido. Mas, conforme os anos se passaram, o amor de sua esposa por ele foi esfriando, e o descompromisso dela para com o casamento tornou-se um problema, até que a relação desmoronou. Dean passou por um período de profunda depressão. "Eu tive meu próprio processo de luto por meu casamento", diz ele. "Então, eu entendia o que Julie estava enfrentando."

Dean não chegou a conhecer Julie quando eram jovens, embora os dois morassem na minúscula Fowler. O incrível é que Dean e sua primeira esposa compraram sua primeira casa de Jeff e Julie. Não houve muita interação entre eles na época, além de amenidades e visitas à casa.

No entanto, quando Dean e Julie começaram a namorar, ele se apaixonou rapidamente. Logo no início, escreveu um poema para ela intitulado "*Em Apenas Dez Dias*". Foi rápido assim que Dean soube que queria se casar com ela.

De sua parte, Dean aceitou que os laços de Julie com Jeff continuassem intactos. "Eu sei que ela ainda o ama", diz ele. "E sempre vai amar. Mas eu também sei que Julie tem uma impressionante capacidade de amar. Ela tem um coração do tamanho do Grand Canyon. Então, eu disse para ela: 'Se você puder me dar um pedacinho do seu coração, pode manter o resto para o Jeff. Me dê um pedacinho e eu terei mais amor do que jamais tive na vida'."

Os filhos de Dean estão satisfeitos por vê-lo feliz novamente, e estão contentes por ele se casar com Julie. Mas, para eles, é claro, as circunstâncias são diferentes. Ao contrário dos filhos de Julie, os de Dean ainda têm os dois pais vivos.

Dean e Julie.

Alguns dias antes do casamento, Julie convidou suas filhas, as filhas de Dean e sua mãe para uma ida em grupo ao salão de beleza, para fazerem mãos e pés. Julie estava nervosa. Seria boa a convivência? Suas filhas seriam amigáveis?

O passeio não foi uma festa, mas todas foram gentis e conversaram educadamente. Deu tudo certo. "Eu sei que não estamos sendo receptivas como você e Dean gostariam que fôssemos", disse mais tarde Lauren, filha mais velha de Julie. "Mas nós vamos nos esforçar mais."

Foi muito importante para Julie — e Helen — ouvir aquilo. "Acho que consegui fazer minha mensagem chegar nas meninas", disse Helen. "Ou, talvez, elas tenham chegado a um entendimento por conta própria."

No dia anterior ao casamento, Shelley ligou da Becker's para certificar Julie de que o seu vestido estava passado e pronto para vestir. "Vou chegar mais cedo para ajudar você a se vestir", prometeu Shelley. "Você vai ficar estonteante!"

Uma enfermeira. Uma viúva. Uma mãe. Uma filha.

Dessa vez, Julie bem sabe, ela não será uma noiva ingênua e festiva como em 1986. Dessa vez, os convidados podem querer julgá-la, conjecturar por que ela está se casando de novo tão rápido. Desta vez, nove pessoas vão entrar na igreja à sua frente — os filhos dela e os de Dean. Dessa vez, tudo vai parecer mais espiritual. Talvez sua avó viúva esteja presente em espírito, acenando para ela da varanda. E talvez Jeff também esteja presente, abrindo aquele grande sorriso dele, fazendo-a saber que, na sua ausência, ela pode entregar um pedacinho de seu coração para outro homem.

Capítulo 22

Ashley

Eis o que pode acontecer dois dias antes de um casamento.

Ashley Brandenburg estava no carro com sua mãe, cuidando de detalhes do casamento, quando a mãe simplesmente soltou esta: "Sabe, você não precisa se casar, se não quiser".

Ashley olhou para ela, intrigada. O que se deve responder a algo assim?

"Quero dizer", continuou a mãe, "você pode cancelar tudo hoje, se quiser, está tudo bem. Seu pai e eu vamos entender. Todo mundo vai entender."

"Por que você está dizendo isso, mãe?", Ashley precisou perguntar.

"Bem, não é nada com o Drew", respondeu a mãe. "Nós achamos que ele é ótimo. É só que ninguém nunca me disse, antes de eu me casar, que eu não precisava ir adiante se não quisesse. E eu acho que uma mulher precisa saber que tem a opção de desistir. Só isso. Se você não quiser se casar neste fim de semana, não precisa."

Mas não seria surpresa que Ashley, a doutoranda em Literatura Francesa, oradora de sua turma de colégio, já tivesse se questionado se o casamento era o melhor para ela — e se Drew, o engenheiro de materiais, era o homem certo. Ela fez todo esse questionamento quando os dois ficaram noivos. "Acredite em mim, mãe, eu já pensei seriamente no assunto", disse ela. "E estou tranquila. Não me sinto pressionada a casar. É o que eu quero."

Sua mãe ficou quieta por um instante, e então achou melhor se explicar.

"Eu nunca me arrependi de casar com seu pai", disse. "Mas achava que, com 22 anos, era muito nova para me casar. Eu poderia ter esperado."

"Bem, eu tenho 27 anos, mãe", disse Ashley. "Estou pronta."

Mais tarde Ashley ainda ruminaria um pouco o que ela chamou de "conversa esquisita". Talvez algumas noivas estejam desesperadas para que suas mães lhes deem permissões de última hora para fugirem. Elas podem precisar de uma estratégia de fuga, um motivo, um salvamento.

E Ashley sabe que todo casamento tem problemas; ela apenas chegou à conclusão de que os problemas entre ela e Drew não são insuperáveis.

Assim como o pai, Ashley é quase ateia. (O casamento não será confessional.) Mas ela concordou em criar os filhos como judeus, porque o judaísmo é importante para Drew, não tanto no sentido religioso, mas cultural. Ashley admite que não se sente totalmente à vontade com os rituais e as regras da fé judaica. Ela não consegue se lembrar de ter conhecido algum judeu no Michigan, e algumas pessoas que ela conheceu na sinagoga de Drew não foram acolhedoras. Ela foi à cerimônia de Páscoa com Drew para lhe mostrar seu apoio.

"Precisei refletir um pouco antes de concordar em criar nossos filhos como judeus", diz ela. "Mas, no final, decidi que é importante para as crianças serem criadas com uma identidade cultural."

Depois que Drew defender sua tese, ele e Ashley vão se mudar para Tempe, Arizona, onde Drew foi contratado pela Intel, a empresa de tecnologia. Ashley vai continuar trabalhando em sua tese no Arizona e terá mais de um ano antes de defendê-la.

Ashley espera poder voltar ao Michigan todos os Natais, principalmente quando tiver filhos. "O Natal, como a minha família o comemora, perdeu todas as implicações religiosas, mas é importante para nós", diz ela. "É importante para reunir a família, para comermos juntos e trocar presentes." Ela gostaria que seus filhos fizessem parte dessa tradição, e que estabelecessem uma ligação com o jeito de ser do Centro-Oeste e o estilo de vida rural que ela conheceu enquanto crescia. É engraçado, ela reflete, como as coisas que incomodam você na adolescência ficam mais atraentes quando se é mais velho.

Ashley também quer que seus filhos tenham uma educação bilíngue. Drew achou essa ideia estranha. Mas ele ficou surpreso ao saber que existem algumas escolas com aulas em inglês e francês nos Estados Unidos. Então, concordou.

Quando duas pessoas se comprometem uma com a outra, Ashley está descobrindo, aparece um bom número de questões que precisam ser discutidas e decididas. Elas não podem ser deixadas de lado, pois isso seria perigoso. E deve haver compromissos.

Isso também serve para a preparação do casamento. Muitas noivas têm uma postura do tipo "é o meu dia, vai ser do meu jeito". Seus pais, noivo e futura família estendida normalmente satisfazem suas vontades só para manter a paz. Mas costuma ser mais sadio, no longo prazo, se todos os participantes discutirem respeitosamente as questões envolvidas. É por isso que algumas pessoas dizem que planejar um casamento pode ser um bom preparo para a vida a dois.

A maior briga de Ashley com sua mãe, antes do casamento, foi causada por uma fotografia. Sua mãe vem de uma família grande — cinquenta parentes comparecerão ao casamento. Por tradição, uma foto em grupo sempre é tirada nos grandes eventos familiares. Sua mãe estava inflexível quanto a tirar a foto logo depois da cerimônia. Ashley imaginou que seria loucura tentar reunir cinquenta pessoas, incluindo crianças, quando precisaria fazer outras coisas.

"Não é essencial que tiremos a foto dessa multidão enorme nesse momento", disse Ashley para a mãe. "Nós podemos fazer isso depois, na festa."

Sua mãe não gostou, pois parecia pouco caso de Ashley. Esta, por sua vez, já se sentindo estressada, não gostou que sua mãe insistisse tanto "naquela foto idiota". O que veio a seguir, na descrição de Ashley, foi "uma explosão de palavras". Tanto ela quanto a mãe estavam sendo teimosas.

Mais tarde, quando Ashley se acalmou, ela se perguntou por que simplesmente não concordava com o que a mãe queria? Por que escolheu brigar? E daí se demorasse vinte minutos para organizar a foto? Quantas dessas cinquenta pessoas estarão com elas nos próximos dez ou vinte anos? Seria ótimo ter uma foto com todas juntas.

Ashley procurou a mãe. "Desculpe-me", disse ela. "Nós vamos encontrar tempo para tirar essa foto e ela vai ficar ótima."

Muitas noivas e suas mães passam as semanas anteriores ao casamento discutindo e debatendo cada mínimo detalhe da cerimônia e da festa. Elas trocam milhares de palavras sobre questões que, na verdade, não importam — guardanapos, cartões de lugares, toalhas de mesa, fotografias, etc.

Talvez seja por isso que a mãe de Ashley, dois dias antes do casamento, decidiu dizer algo tão inesperado para a filha: "Sabe, você não precisa se casar, se não quiser".

Sim, naquele momento Ashley foi surpreendida pelo comentário da mãe. Mas, ao refletir sobre aquilo, ela percebeu que sua mãe estava tentando ir além das conversas superficiais que mães normalmente têm com suas filhas noivas. Não se trata apenas de vestido, flores e festa. Trata-se do homem, do casamento e da vida após a festa.

"Você não tem de se casar."

A articulação dessas palavras, Ashley depois entendeu, foi um ato de amor.

Capítulo 23

"Aceito"

Em qualquer fim de semana, uma média de 54 noivas Becker's casam-se em igrejas, clubes de campo ou salões comunitários do Michigan. Enquanto cuidam de suas vidas nas noites de sábado, às vezes, Shelley e Alyssa consultam o relógio e pensam em que noiva estará dizendo seus votos naquele momento.

O que aconteceu com a noiva propensa a acidentes que temia tropeçar no véu e quebrar o pescoço? Será que aquelas mãe e filha que brigaram feio na loja, semana passada, vão fazer as pazes até o casamento? E a noiva que pensou que teria um acesso de risos, será que conseguiu se controlar? "Eu me pergunto como elas estão", diz Shelley.

Alyssa pode arriscar um palpite ou encoraja a mãe a desanuviar a cabeça; os vestidos estavam lindos, as costuras aguentaram, tudo transcorreu muito bem. Desde que começara a trabalhar na loja, aos 14 anos, foi raro o fim de semana que Shelley passou sem uma coleção de noivas na cabeça. Às vezes, ela gostaria de passar alguns momentos em certas cerimônias, para ver se as promessas da Sala Mágica se concretizaram.

Danielle

Danielle e sua avó Cynda.

Antes do casamento de Danielle, sua avó Cynda foi visitar o cemitério onde Kris, a mãe da noiva, está enterrada. Ela colocou uma rosa no túmulo, abaixo dos anos de vida de Kris: 1966-1999. "Você fez um ótimo trabalho ao criar Danielle", diz gentilmente Cynda. "Você merece estar no casamento."

Para a maioria dos convidados, o cemitério fica no caminho de Charlevoix, cidade vizinha onde será o casamento. Uma velha amiga de Kris sopra-lhe um beijo ao passar pelo cemitério. Outras veem os túmulos através da janela do carro e refletem silenciosamente sobre a tarde de dezembro em que Kris foi enterrada.

São 17 horas de uma tarde fria de outono em Charlevoix, e todos estão reunidos em uma sólida construção de pedra chamada Castle Farms. Construída em 1918 como refúgio para o vice-presidente da Sears, Roebuck & Co., o castelo fora convertido em um salão de festas. Danielle e seu noivo, Brian, o escolheram após se encantarem com a grandiosidade do lugar.

A cerimônia de casamento começou com Cynda e a mãe de Brian acendendo duas velas no altar; depois, Cynda colocou um lírio sobre uma mesa — essa era uma das flores favoritas de Kris. Depois que parentes, madrinhas e padrinhos entram ao som de uma versão acústica de *I'm Yours*, de Jason Mraz, é a vez de Danielle.

Ela caminha lentamente, ladeada por seu avô e o ex-namorado da mãe, Ted, que leva em seu bolso o lenço que Danielle lhe deu uma hora antes. O lenço traz bordadas as palavras PAI DA NOIVA, um presente para lhe agradecer por estar ao lado dela quando o pai biológico não quis fazê-lo.

Quando Danielle e Brian ficam juntos no altar, a ministra, uma mulher chamada Glad Remaly, começa explicando que o lírio está ali para lembrar Kris. "Muito embora a mãe de Danielle não esteja mais entre nós fisicamente", disse a ministra, "ela continua no nosso coração como fonte de amor e inspiração. Danielle, o espírito de sua mãe vive em todos aqueles que tiveram a felicidade de amá-la, e sua presença é sentida aqui, hoje, nesta ocasião feliz."

A ministra pede que o casal faça seus votos, e então os leva até as duas velas. "No começo desta cerimônia", disse, "a avó e a sogra de Danielle vieram até aqui para acender estas velas. Brian e Danielle, estas duas velas simbolizam a individualidade de vocês como pessoas separadas." Ela os instrui a usar suas velas para acenderem, juntos, uma terceira, "a vela da unidade".

Ela então pede que Danielle segure as mãos de Brian com as palmas para cima, "para que você possa ver o presente que elas são para você. Danielle, estas são as mãos do seu melhor amigo, as mãos que trabalharão com você, que a confortarão na doença, e que irão ampará-la quando o medo ou a tristeza a ameaçarem". Ela faz uma oração e termina dizendo "que Brian e Danielle possam ver suas quatro mãos como cura, proteção, abrigo e guia". Um minuto depois ela os declara marido e mulher, e seus amigos e familiares aplaudem.

Cynda, na fileira da frente, está usando uma pulseira de ouro com um pequeno diamante que Danielle lhe deu na noite anterior, no jantar de ensaio. "Eu mandei fazer duas pulseiras iguais", explicou Danielle. "A outra é para mim." Os diamantes saíram dos brincos preferidos de Kris. E assim, naquele dia de casamento, duas pulseiras simples falam do amor, passado e presente, entre três gerações de mulheres.

Após a cerimônia, enquanto o fotógrafo arruma os noivos com Cynda, Ted fica de lado, observando. Ele foi com a esposa, com quem se casara após a morte de Kris. A certa altura, Cynda e Danielle começam a rir. "Escute, é a mesma risada", diz Ted. "A de Kris era exatamente assim. Ela tinha essa risada alta, profunda, totalmente franca, que iluminava seu rosto." Ele faz uma pausa. "Às vezes, é doloroso ouvir Danielle rir. Mas isso também traz boas lembranças."

Ele se lembra de jogar damas com Danielle e Kris usando os ladrilhos do piso de sua cozinha. Ted está pensando em como Kris e Danielle balançavam a cabeça ao som de *When Doves Cry*, do Prince, a caminho do chalé no norte do Michigan. Então, uma terceira lembrança vem à sua mente: a brincadeira que faziam quando ele pedia para Kris lhe preparar um drinque. "Não, faça você", respondia ela.

"Não, você."

"Não, você."

"Não, você", concluía ele, "porque você sempre põe amor na bebida", e aí ela soltava aquela risada franca.

Danielle e Brian na pista de dança.

Depois que tira a foto com os noivos, Ted fala para os convidados que estão por perto que sempre teve pressentimentos sobre gravidez. Ele consegue prever o sexo de um bebê. "Eu tive uma série de dezesseis previsões corretas, e errei uma. Agora estou numa série de seis acertos", diz ele. "Esta é a minha previsão para Danielle: ela vai ter primeiro uma menina, em homenagem à sua mãe."

Na festa, alguns convidados preferem não falar de Kris quando cumprimentam Danielle. Eles não querem que ela fique triste. Mas outros sentem a necessidade de articular aquilo que todos estão pensando. "Sua mãe amava tanto você", diz um, "e ela teria achado você linda, hoje."

Brian escolhe seu próprio momento para fazer Danielle saber que ele também sente falta de Kris, a sogra que nunca conheceu. O DJ coloca *Everything*, de Michael Bublé, para a primeira dança dos recém-casados; na pista de dança, Brian puxa gentilmente Danielle para si. "Eu gostaria que sua mãe pudesse estar aqui para ver como nós dois estamos felizes", ele lhe diz ao pé do ouvido. "Mas sabe de uma coisa? Ela está aqui. Ela sabe. Ela está nos vendo."

Nenhuma das pessoas em volta, na pista de dança, ouviu o que ele falou. Elas só veem Danielle abraçando um pouco mais apertado o marido, enquanto *Everything* preenche o ambiente.

Meredith

Embora tenha completado 40 anos há poucas semanas, Meredith acordou no dia de seu casamento nervosa como uma colegial em seu primeiro encontro. "Eu gosto de ficar nervosa", diz ela para as madrinhas. "Eu sou assim. Se não estou preocupada, é porque há algo de errado comigo."

Elas passaram a manhã no cabeleireiro, onde Meredith tentou se acalmar com uma taça de champanhe. Sua cabeça está a mil com todos os detalhes logísticos do casamento. Ela também está pensando que passou toda sua vida adulta como solteira e que agora, dentro de poucas horas, isso vai mudar. Esse pensamento lhe provoca mais ansiedade do que ela imaginava. Ela toma mais uma taça de champanhe, o que ajuda.

No início da tarde, ela chega à igreja, coloca o vestido de noiva e entra no santuário, onde seu noivo, Ron, espera por ela e pelo fotógrafo. Enquanto caminha na direção dele, Ron a vê pela primeira vez no vestido de noiva. Ela repara que Ron esboça uma expressão que ela nunca vira antes. Seu sorriso, seu olhar, tudo. "É uma expressão de amor", pensa ela. (Este foi o momento favorito de Meredith naquele dia.)

Após as fotos, o tempo parece acelerar. As pessoas tinham dito para ela que o dia do casamento voa, e que ela deveria se esforçar para prestar atenção no que acontecia. Elas tinham razão. Meredith sente o dia fugindo em alta velocidade.

Transcorre a cerimônia; ela e Ron estão sentados em um banco da primeira fileira enquanto seu tio recita um texto inspirador. "Eu vou desmaiar", pensa Meredith, e ideias confusas começam a se amontoar em sua cabeça. "Eu preciso sair da igreja e tomar ar fresco. Não consigo respirar! Mas espere! Se eu sair, Ron vai pensar que não quero me casar com ele. E eu quero me casar. Eu quero!"

Ela ouve a leitura, mas não consegue prestar atenção nas palavras. Ela está pensando: "Esperei toda a minha vida por isto, e agora estou me perguntando 'O que estou fazendo?' Sou uma noiva nervosa, hein? Preciso relaxar!". Ela segura a mão de Ron e se acalma.

Durante a saída dos noivos enquanto Meredith volta pelo corredor, ela se lembra do conselho que recebera: "Preste atenção". Então ela caminha devagar, olhando um por um o rosto das pessoas. Que os aplaudem. Tiram fotos. Todo mundo que importa para ela está ali: amigos, parentes, colegas de trabalho. Muitos rostos desconhecidos também sorriem para ela: são os parentes do Ron. "Eles parecem felizes por nós", pensa ela. Ao contrário de seus parentes, esses estranhos não esperaram décadas para vê-la casada, mas seus sorrisos também são bem-vindos. Sorrisos sem uma história.

Depois de muitos cumprimentos na igreja, a comitiva dos noivos segue em um ônibus alugado para o centro de Grand Rapids, para tirar fotos em um parque. Todos estão comemorando, bebendo e soprando bolhas de sabão pela janela do ônibus.

Ao chegar, eles veem mais quatro casais de noivos tirando fotos no parque. Meredith cumprimenta todos e lhes deseja felicidades. Eles retribuem. "Cada uma dessas noivas parece ser uma década ou duas mais nova que eu", pensa Meredith, mas está tudo bem. Ela *realmente* lhes deseja felicidade. E, de certa forma, a energia jovem das moças melhorou seu dia. Elas se tornam fotografias em sua mente, enquanto tenta guardar cada momento.

Na festa, o pai de Meredith faz uma prece por ela e Ron e agradece a todos que tentaram cultivar abóboras brancas para os centros de mesa. Ao planejar seu casamento para o outono, Meredith pensou que abóboras brancas acrescentariam um belo toque de conto de fadas. Ela gostava da ligação com Cinderela, embora não porque sentisse que a meia-noite da sua idade casadoura se aproximava.

Ela soube, contudo, que não era fácil cultivar abóboras brancas; suas sementes frequentemente resultam em abóboras cor de laranja. A busca por abóboras brancas tornou-se o que ela viria a chamar de "o fiasco das abóboras". Mas seus pais descobriram um amigo, que descobriu um fazendeiro, que descobriu um jeito de cultivar abóboras brancas perfeitas a tempo de serem usadas no casamento. Então, lá estavam elas, quarenta ao todo, lindamente esculpidas com velas brilhando em seu interior.

O irmão de Ron, seu padrinho, faz o brinde: "Quero dizer para vocês todos que minha nova cunhada, Meredith, é uma em um milhão. Então, faz sentido que Ron esperasse até fazer 42 anos para encontrá-la, pois ele teve de conhecer um milhão de mulheres."

Todo mundo ri, e Meredith pensa consigo mesma: "Eles estão rindo, mas eu realmente namorei um milhão de homens antes de encontrar o Ron!".

No fim da noite, Meredith e Ron registram-se em um hotel perto do local da festa e ele some no banheiro. Logo ele revela que preparou um banho de espuma e enfeitou a banheira com velas de abóboras que ele trouxe da festa.

"Está lindo, Ron", diz Meredith, "mas não tem espuma suficiente."

Ele acrescenta mais espuma, deixa correr mais água, e os dois entram na banheira. Rapidamente, os dois são encobertos pela espuma e não conseguem enxergar um ao outro. Parecia um episódio de *I Love Lucy* [*Eu amo a Lucy*]. "Amor", disse finalmente Meredith, "para ser sincera, estou exausta. Se eu não sair dessa banheira agora, vou dormir e me afogar."

Conforme se secam e deitam na cama, a ansiedade com que Meredith começou o dia parece estar a uma vida de distância. Ela se sente extraordinariamente sortuda.

Sim, é verdade que ela pode estar muito velha para ter filhos. Ela e Ron não se casaram cedo como seus pais, e assim talvez nunca comemorem bodas de quarenta ou cinquenta anos. Ainda assim, após quarenta anos, três semanas e dois dias de solteira, após todas as suas aventuras e decepções, após sua busca pessoal em meio a um milhão de homens, sua jornada a levou até o destino certo — ali, naquele momento, aninhada ao homem certo, os dois adormecem juntos em seu primeiro dia de casados.

Meredith, Ron e sua comitiva de meia-idade.

Ashley

Nos dias que antecedem o casamento, Ashley consegue pôr de lado sua tese de doutorado. Mas seu noivo, Drew, o engenheiro de materiais, não pode tirar uma folga. Ele vai defender em breve sua tese de doutorado, então trabalha febrilmente até o dia do casamento. Ele vai literalmente fazer uma pausa rápida para se casar, e em seguida retomará seu trabalho.

Durante a maior parte do dia de seu casamento, Ashley, a pragmática, não se emociona muito. Ela fica surpresa quando sente as lágrimas aflorarem a caminho do altar, não esperava por isso.

Contudo, a pessoa que parece mais emocionada na cerimônia é a juíza de paz local que conduz a cerimônia. Ninguém sabia que ela era essa manteiga derretida. Ela está com um nó tão grande na garganta que tem dificuldade para falar. "Por favor, me desculpem", diz ela a certa altura. "Eu sempre me emociono quando faço isso."

Ashley não consegue evitar o sorriso. É o dia do seu casamento, mas ela sente vontade de tentar acalmar a juíza.

A maioria dos convidados é católica ou judia, e eles não estão acostumados a uma cerimônia não confessional. Mas como seu pai é ateu, e ela está perto de se definir da mesma forma, Ashley não quis uma cerimônia religiosa. Seus parentes católicos teriam de compreender. (Drew, sendo judeu, quis incorporar uma tradição judaica ao fim da cerimônia. Ashley concordou que seria importante.)

O casal planejou a cerimônia junto, e as palavras a serem ditas foram cuidadosamente escolhidas. "O casamento de Drew e Ashley une duas tradições familiares, duas raízes, na esperança de que esta nova árvore familiar cresça forte e fecunda", diz a juíza lacrimosa. Ela se volta para os pais de Drew e Ashley: "Vocês irão encorajá-los em seu relacionamento?".

"Sim."

"Vocês celebram com eles a decisão que tomaram de escolher um ao outro?"

"Sim."

"Vocês estarão ao lado deles, mas nunca entre eles?"

"Sim."

Após os votos, a juíza lê: "Que a sua casa possa ser um lugar feliz para todos que nela entrarem, um lugar em que o velho e o novo se renovem na companhia um do outro, um lugar para crescimento, música e alegria. E quando sombras e escuridão caírem sobre seus aposentos, que seja um lugar de esperança e de força".

A cerimônia termina com a tradição judaica de o noivo pisar em um copo, estilhaçando-o. Essa tradição tem diversas interpretações. Como ela evoca a destruição do Templo de Jerusalém, serve de alerta à noiva e ao noivo que, até em seus momentos mais felizes, eles devem estar cientes das dores que a vida trará. O vidro quebrado também simboliza a fragilidade do casamento — a necessidade de marido e mulher se tratarem com respeito e carinho. Assim, a quebra do copo é um momento que abrange tristeza, alegria e responsabilidade.

Quando Drew pisa no copo, seus parentes judeus gritam as palavras de saudação "Mazel Tov!". Noiva e noivo se beijam e fazem a saída.

Durante a festa, Ashley concorda com outro aceno às raízes judaicas de Drew. Os convidados, liderados pelos parentes do noivo, erguem Drew e Ashley em cadeiras acima das cabeças enquanto dançam a *Hora* ao redor. É uma tradição que sugere que os noivos são como rei e rainha, erguidos por seus súditos — pelo menos enquanto durar a música.

Ashley acha a experiência temerária — ela fica com medo de cair a qualquer momento —, mas sorri o tempo todo, esperando que a música acabe. Sua reação é normal: milhões de noivas judias antes dela sentiram o mesmo.

A foto com os familiares da mãe de Ashley é tirada durante a recepção e o resultado é bom. Os cinquenta parentes sorriem, a maioria não pisca e a mãe de Ashley se sente grata porque dedicaram um tempo a isso.

Às vezes, Ashley se sente uma observadora em seu próprio casamento. Um casamento é um espetáculo. Ela compreende isso. Mas não tem vontade de ser a rainha do espetáculo. "Eu estou usando o vestido e sou o centro das atenções por necessidade", pensa ela.

"Mas não preciso que seja 'meu dia especial'. Desde que todo mundo goste da comida e da música, para mim está bom."

O pai de Ashley, que não é um grande dançarino, não está muito animado com a dança da filha com o pai, mas dá o seu melhor. Quando *Memories*, de Elvis Presley, começa a tocar, ele decide que aquele é um bom momento para algumas palavras de sabedoria. "Drew é um sujeito ótimo", diz ele para Ashley enquanto dançam. "Acho que vocês dois vão se dar bem."

"Obrigada, pai."

"Mas você sabe o que é mais importante em um casamento? Conciliação."

"Eu sei, pai", diz Ashley. Ela acha aquilo bonito da parte dele. Sem querer dançar, sem saber o que dizer, seu pai escolheu aquele momento constrangedor para aconselhar sua filha determinada. "Comprometimento é o principal", diz ele, tentando se fazer ouvir sobre o Elvis.

Ashley sorri para o pai. Ela e Drew têm tanto que fazer; as teses esperam por eles, o apartamento novo espera por eles... a vida a dois espera por eles. Nesse sentido, o casamento é uma distração. Mas, naquele momento, Ashley percebe que está contente, abraçada ao seu bem-intencionado pai, que lhe diz coisas que ela já sabe.

Ashley e Rick: a dança da filha com o pai.

Julie

Enquanto a comitiva de casamento de Julie Wieber entra na Igreja Católica da Santíssima Trindade de Fowler, é notável perceber como todos andam rápido. Eles estão praticamente trotando, e quase não há espaço entre madrinhas e padrinhos.

Julie e seu noivo Dean têm, somados, sete filhas e dois filhos, com idades entre 15 e 23 anos. Enquanto eles passam correndo, os convidados podem pensar que os jovens querem que a cerimônia acabe logo, dado o atrito na família. Mas, na verdade, foi o padre que estabeleceu o ritmo. Ele estava sisudo antes do casamento. "Todo mundo quer que seu casamento seja um espetáculo", disse ele para a comitiva nupcial. "Eles se esquecem de que o casamento real é com Deus: a união de duas pessoas. Isso aqui não é um espetáculo. É um sacramento. Vamos andando."

Julie caminha rapidamente, mas ela está elegante em seu vestido discreto, adequado a uma mulher que está entrando em seu segundo casamento. (Shelley chegou mais cedo para ajudar Julie a se vestir, e disse para a amiga que ela está ainda mais bonita que da primeira vez.)

Há momentos, durante a cerimônia, que fazem as pessoas pensarem em Jeff, o marido falecido de Julie. Uma das leituras inclui a frase "Permita-nos viver juntos até uma velhice feliz", um lembrete do que Jeff e Julie não conseguiram.

Mas também há momentos em que o padre parece estar falando com as filhas de Julie, explicando-lhes que Julie e Dean foram entregues um ao outro. "Nós podemos ser tentados a pensar que isso é obra do acaso", diz o padre, "mas não é. Julie e Dean nunca pensariam, nem em um milhão de anos, que estariam aqui hoje, mas o amor providencial de Deus os uniu."

As filhas de Julie tentam sorrir, mas quando os votos são recitados, Camie, 17 anos, baixa a cabeça e seu corpo começa a tremer. Sua irmã mais nova, Macy, 15 anos, e a mais velha, Lauren, 20 anos, passam o braço ao seu redor. Todas estão chorando.

Uma tempestade desaba quando a cerimônia termina, e os convidados se amontoam no saguão da igreja, esperando em fila para cumprimentar os recém-casados. Há pouco espaço, pois as pessoas decidem não correr para os carros até a chuva diminuir. Dean fica aliviado quando recebe um abraço de cada filha de Julie; ele estava preocupado que elas não fossem cumprimentá-lo.

Mais tarde, contudo, as filhas de Julie não conseguem evitar demonstrar como ficam aborrecidas cada vez que os convidados fazem brindes encorajando Julie e Dean a se beijarem. Lauren e Stef cochicham e fazem caretas uma para a outra. "Nós não deveríamos estar aqui com esses vestidos", diz Lauren para a irmã. "A mamãe ainda deveria estar casada com nosso pai. Iria ficar tudo bem, como estava. Não desse jeito."

Julie e Dean.

"E por que cada beijo tem de durar cinco minutos?", pergunta Stef.

"Eu não aguento mais ver isso", Lauren diz. "Apenas fico pensando no papai."

Mais brindes. Dessa vez, Dean chega a inclinar Julie para trás para beijá-la.

"Que horror!", diz Stef.

Cerca de sessenta parentes de Jeff estão entre os 260 convidados. O casamento provoca emoções confusas neles, naturalmente, mas muitos dizem a Julie que Jeff ficaria contente de saber que ela encontrou um companheiro e uma forma de superar o luto.

Os quatro filhos de Dean passam boa parte da noite sorrindo. Eles estão contentes por ver o pai feliz outra vez; os beijos não os incomodam, absolutamente. Mas, como as filhas de Julie deixam claro, as circunstâncias são diferentes: o divórcio de Dean pode ter sido traumático, mas não tão traumático quanto perder repentinamente o pai amado.

As filhas de Julie acreditam que os outros têm de aceitar que elas precisam de tempo para se adaptar. Sua avó Helen senta-se à mesa com elas. "Seria bom se a noiva e o noivo demonstrassem menos afeto", diz uma das meninas para Helen.

"Bem, quando se vai casar com alguém, e viver e dormir com ele, você tem de amar sua pele, seu rosto, seu beijo... tudo", diz Helen. As netas a interrompem. "Pode parar!", diz uma. "Não queremos saber disso!"

Dean percebe que, com o passar dos anos, ele pode acabar convivendo mais com os filhos de Julie do que o próprio Jeff. Ele acredita que virá a sentir amor verdadeiro por esses jovens, e que talvez eles também possam vir a amá-lo. Antes do casamento, ele disse para algumas pessoas: "Espero que o luto deles transforme-se em aceitação. Espero poder ser uma influência positiva".

Quase no fim da festa, enquanto Dean segura a mão de Julie e agradece aos convidados pela presença, suas enteadas ficam de lado com a avó, observando.

"Dá para ver que ele a ama", diz Lauren, generosa e suavemente. "De certa forma, é bom que eles tenham um ao outro."

Sua avó sorri. "Querida, eu penso a mesma coisa", diz ela. "Isso vai ser bom para sua mãe e para vocês também, eu sei."

Erika

Daqui a algumas décadas, o pastor Brad Klaver vai olhar para trás e se lembrar das centenas de casamentos que terá realizado. Mas essa noite, na Igreja Batista Bereana de Grand Rapids, o pastor iniciante, de 27 anos, está celebrando o primeiro casamento de sua carreira.

Faz sentido que ele esteja ali para unir Erika e Reuben, os noivos que esperaram até estarem comprometidos para trocar um beijo. As irmãs de Erika, que começaram na família a tradição de não beijar, são as madrinhas. Assim, há um sentimento virginal no ar, que vem do jovem pastor e passa pelos noivos, além de alguns jovens convidados, que também fizeram seus votos de pureza. É tempo de começar.

Erika é precedida, na entrada, por três garotas floristas, que espalham uma imitação de flocos de neve. Então a noiva entra, tão graciosa quanto estava na Sala Mágica, de braço dado com o pai, Vic.

Quando chegam ao altar, o pastor Klaver começa: "O livro de Gênesis descreve o momento, na vida de um homem e uma mulher, em que eles deixam seus pais e se unem. Eles começam um novo lar e uma nova família. Estamos aqui hoje para testemunhar o estabelecimento desse novo lar".

Ele apresenta o pai de Erika, que se adianta, a voz falhando desde o início. Vic cita o verso bíblico Provérbios 22:6: "Ensine à criança o caminho que ela deve tomar, e mesmo mais velha não se desviará dele".

"A maioria das pessoas ouve esse versículo e pensa que a Bíblia está falando do ensino de leis, princípios morais, ética do trabalho, etc.", diz Vic. "Mas ele diz aos pais, na verdade, que descubram qual o dom de seu filho, a forma como ele funciona. Ajudem-no a se tornar a pessoa que Deus planejou. Reuben, ao longo dos últimos vinte e três anos, Lynn e eu procuramos conhecer os pontos fortes de Erika e ajudá-la a desenvolvê-los. Quanto mais nós conhecemos você, mais percebemos que você tem a vontade e a força para continuar estimulando o crescimento de Erika."

Quando Vic se senta, o pastor Klaver fala sobre o chamado que a Bíblia faz às mulheres para se "submeterem aos seus maridos". "Não sou eu quem fala em 'submeter'", diz ele para Erika. "É Deus quem fala. E talvez seja bom eu explicar o que essa palavra não significa. Ela não quer dizer que você é inferior ao Reuben, ou que você não tem voz. Ela significa que você está fazendo a opção de colocar sua vida, seus sonhos e sua vontade sob a liderança de seu marido. Eu sei que você não estaria aqui hoje se não pudesse confiar em Reuben para ser o homem a quem entregará, confiante e alegremente, sua vida."

O pastor Klaver vira-se para Reuben. "Assim como Erika foi chamada a se submeter a você, você é chamado a amar Erika. A palavra 'amar' é uma das mais mal interpretadas de nossa época. Nós reduzimos o amor a um sentimento eufórico. Acredite em mim, haverá situações e tempos em que não existirão sentimentos de euforia. Mas, na definição bíblica de amor, amor é ação. É a ação de se entregar para o bem maior do outro. É colocar diariamente sua vida à disposição de Erika. Todos os dias você deve encantar Erika, procurá-la, protegê-la, sustentá-la, lutar por ela. Reuben, você está pronto para isso?"

"Estou!", diz ele.

O pastor Klaver tem mais uma pergunta: "Você irá amar Erika, confortá-la, honrá-la e protegê-la, na doença e na saúde, e esquecerá todas as outras, sendo fiel a ela enquanto os dois forem vivos?".

"Sim", diz Reuben.

Para um oficiante de primeira viagem, o pastor Klaver é impressionante. Ele fala com confiança enquanto sorri, e quase não consulta suas notas. Ele conclui falando por todos na igreja. "Reuben e Erika, estamos todos torcendo por vocês."

O casal se beija sob aplausos e risos. *Love and Marriage*, de Frank Sinatra, é a música de saída, e uma das irmãs sai literalmente pulando. (Seu marido, ao lado, balança a cabeça e se recusa a pular.) Erika e Reuben ficam na frente do altar, abraçando seus pais.

A seguir, a recepção com jantar é bem discreta, sem álcool nem dança.

A mãe de Erika, Lynn, é toda sorrisos, mas Vic está emocionado. Quando é sua vez de falar, ele tem de fazer várias pausas para se recompor. "Erika, uma das minhas lembranças mais queridas é levar você para tomar café da manhã no seu aniversário, todos os anos. Um aniversário, quando você era pequena, eu lhe perguntei o que você queria ser quando crescesse. Você respondeu 'eu quero ser princesa ou trabalhar no McDonald's'. Eu entendi a vontade de ser princesa, mas por que funcionária do McDonald's? Você me disse 'Ah, elas falam com muitos clientes e todos dão dinheiro para elas!'"

Depois que todos riem, Vic continua. "Erika, você tem mantido essa fisionomia feliz, de dia ensolorado, por toda a sua vida. Ao se tornar adulta, você também se tornou uma pessoa muito sábia. Em nossa viagem de pai e filha, que fizemos quando completou 16 anos, você elaborou uma lista com as dez características que desejava em um marido. Essa lista poderia ser usada, por assim dizer, para filtrar seus pretendentes antes que seu coração começasse a se interessar por um deles. Ser fiel a essa lista, ao longo de todos esses anos, nunca ajudou você a conseguir muitos encontros, mas a ajudou a chegar aqui, hoje, com Reuben. Eu gostaria de ler essa lista novamente para você.

Ele pega a lista que Erika escreveu aos 16 anos e começa a lê-la: "personalidade virtuosa... humilde... demonstra gentileza... executa ações impressionantes..." Ao terminar, ele se volta para Reuben: "Eu me lembro da primeira vez que Erika levou você à nossa casa. Ela estava na garupa da sua motocicleta, segurando firme, com um sorriso enorme. Depois que vocês dois saíram, Lynn me disse: 'Bem, você acaba de conhecer seu futuro genro'. Então, como bom pai, o que foi que eu fiz? É claro que fui verificar sua página no Facebook! E aqui está o que eu li: 'Sou um Fuzileiro Naval dos Estados Unidos servindo a Deus e meu país. Eu guardo o sexo para depois do casamento e me orgulho disso. Gosto de cerveja com moderação. Sou um garoto do interior e adoro a vida! Amo Jesus, minha família, meus irmãos de armas, amigos e a vida ao ar livre — e nunca vou crescer!'"

Vic levanta os olhos do papel. "Ali mesmo, no Facebook, nós começamos a ver por que Erika se sentiu atraída por você. Percebemos que você sabe o que é viver."

Ele se volta para a filha. "Erika, de agora em diante, seu trabalho é ficar ao lado de Reuben com discernimento, apoio, encorajamento e oração. Ajude-o a mostrar aquelas características de personalidade que você, há anos, desejou."

Reuben pega o microfone. Com 23 anos, ele voltou da guerra mais maduro, e os convidados do casamento, que o conheceram garoto, percebem isso enquanto ele fala. Gentil, ele agradece a Vic e Lynn por criarem Erika tão bem. Ele é honesto e sério. "Erika e eu gostaríamos de pedir a todos vocês neste salão que façam parte de nosso casamento", diz ele, "para serem nossas testemunhas e nos apoiarem."

Quando ele termina de falar, um vídeo curto do casal é exibido: fotos de Erika e Reuben crescendo enquanto eles explicam como se apaixonaram. Há fotos lindas de Erika com suas três irmãs e outras de Reuben com seus camaradas no Iraque. O ponto alto é o vídeo gravado durante o café da manhã em família no qual Reuben se ajoelhou, mostrou um anel e pediu Erika em casamento. Depois que ela aceitou, Reuben se levantou e a pegou nos braços. Ele se aproximou e disse o quanto a amava. Então...

Erika recebeu o primeiro beijo romântico de sua vida.

Erika e Reuben.

No salão da recepção, todos que assistem ao vídeo aplaudem nesse momento. Erika fica radiante. Vic e Lynn, sentindo-se gratos e orgulhosos, entreolham-se, mas nada dizem. Seu próprio casamento sofreu um bocado; as lembranças de Lynn dos abusos que sofrera quando criança, os pesadelos que se seguiram, os impulsos que ela teve de abandonar o casamento no início. Mas, àquela altura da vida, eles se sentem abençoados — por filhas, genros, netos.

Três de suas meninas estão casadas. Apenas uma, Aleece, de 22 anos, continua esperando seu primeiro beijo. Quando a noite chega ao fim, Erika joga seu buquê e, em uma armação óbvia, Aleece o pega.

É claro que não é necessário ligar para a Becker's Bridal, pela manhã, e marcar um horário. Por enquanto, é uma questão de tempo, e, mais do que isso, de paciência.

Ela tem o buquê. Ela tem os fundamentos de sua fé e sua família, e uma noção das possibilidades da vida. Quando a hora chegar, ela vai receber seu beijo.

Megan

Todos os convidados no casamento de Megan conhecem sua história. O acidente que a deixou com a mão direita mutilada aconteceu há apenas quatro meses. Então, quando Megan entra na igreja, já faz algum tempo que parte dos convidados não a vê. Eles veem o quadro todo — vestido, cabelo, sorriso —, mas sua atenção logo é atraída pela mão e pelo enfeite de cabeça que cobre a ferida em sua testa.

Durante a cerimônia, contudo, Megan lhes dá motivos para enxergar além dos ferimentos. A intensidade com que ela fita os olhos de Shane no altar. A tranquilidade com que ele segura a mão dela.

Para Jack, o pai de Megan, o casamento é muito mais emocionante do que ele esperava. Ele se pega pensando nos largos passos que Megan deu desde o acidente e no longo caminho que a filha tem pela frente. Jack não consegue evitar.

Alguns convidados conversaram com ele nas semanas anteriores, então conseguem imaginar o que se passa em sua cabeça. "É difícil, para mim, pensar em Megan tocando a vida", ele confidenciou para amigos. "Quando eu olho para a mão dela, não consigo acreditar que isso aconteceu. Uma coisa seria ela ter feito a cirurgia e acabado com isso. Mas ela vai precisar de mais cirurgias. Vai precisar de plástica no rosto para ficar com a aparência mais normal. Todos os implantes de pele tirados do quadril não são da mesma cor do rosto..."

Mas Jack também se sente grato a Shane, e está impressionado pela forma como o noivo se manteve ao lado de Megan, amando-a. Quando ela sofreu o acidente, os dois estavam noivos havia apenas uma semana. Jack estivera pensando: "Megan tinha um desejo tão forte de se casar, de criar uma família. Ela gosta tanto de crianças. E se não tivesse encontrado Shane antes do acidente, como ficaria a vida dela? Será que ela encontraria alguém? Não há como saber a resposta".

Então ali, durante a cerimônia, Jack tem uma epifania. Tanto Laura, sua esposa, quanto Megan seguem estritamente os ensinamentos da Igreja Apostólica Cristã. Em meados da década de 1980, Jack viu como Laura procurou consolo na igreja após a morte de sua filha de nove meses, que caíra de um trocador. Jack entende por que Laura e Megan foram atraídas para a igreja, mas sua fé não é absoluta como a delas.

Ainda assim...

Ao ver Megan e Shane se entreolharem no altar, ele sente como se estivesse na presença de algo poderoso. O pensamento em sua cabeça é este: "Eles foram unidos por Deus".

A cerimônia continua e Laura se pega sorrindo; ela ainda não chorou e acredita que não vai chorar. Ao contrário de Jack, ela está menos preocupada com os machucados. Na verdade, ela está pensando: "Uma mãe vendo a filha transbordando de alegria! O que mais eu posso querer? Somos todos muito abençoados".

Na recepção, as pessoas reparam que a noiva está comendo com a mão esquerda. Mas elas não sabem que Megan já consegue segurar uma caneta com a mão direita mutilada e tem um plano ambicioso: após o casamento, ela vai escrever os cartões de agradecimento com essa mão. Não vai ser a linda caligrafia que ela tinha; agora seus garranchos se parecem com os de uma criança do 3º ano. Mas isso vai mostrar para todo mundo que ela é capaz. Seu esforço será um agradecimento a seus médicos e fisioterapeutas, e também a quem lhe enviou um presente de casamento.

Quando a recepção termina, Laura volta a pensar em sua própria vida. Quando garota, ela fantasiava em conhecer o homem perfeito, ter o casamento perfeito e embarcar em uma vida perfeita. Mas qual é a definição de "perfeito", afinal?

Ela aprendeu, quando era uma jovem mãe, que coisas terríveis podem acontecer. A perda da filha Melissa a fez acordar, e isso mudou a vida de Megan, também. Esta cresceu sabendo que bebês podem cair do trocador e morrer. Assim, Laura percebeu que Megan entra no casamento com expectativas mais realistas.

Ao observar Megan se despedir dos convidados, Laura sente florescer a compreensão do que constitui uma vida perfeita. "Só porque o acidente aconteceu durante o noivado de Megan", ela conclui, "isso não quer dizer que ela não esteja começando uma vida perfeita. 'Perfeito' não significa sem falhas ou desafios, ou que coisas ruins não acontecerão. Megan sabe disso. Ela aceita a noção de que a vida que ela tem, hoje, é a vida perfeita."

Megan e Shane estão juntos recebendo os cumprimentos de todos. Em certo momento, enquanto amigos de seus pais falam com eles, os dois se aproximam, quase sem perceberem. Com tranquilidade, eles dão as mãos. A vida perfeita os aguarda.

Shane e Megan.

Capítulo 24

Do outro lado da porta

É segunda-feira, 9 horas da manhã, e Shelley está para sair de casa e dirigir os poucos quarteirões até a loja. Mas primeiro, como sempre, ela para um instante e acende uma vela. Trata-se de um "ritual de agradecimento" rápido, que ela mesma inventou há anos.

"Obrigada pela semana que passou", ela diz calmamente. "Obrigada pela semana que se inicia. Obrigada pela Becker's Bridal, pelo bem-estar dos meus pais e por minha própria estabilidade."

Ela deseja saúde e felicidade para as noivas que conhecerá durante a semana e também para suas famílias. Então Shelley diz o nome de Alyssa e seus filhos, esperando que eles sempre saibam o quanto ela os ama.

Nessa segunda-feira, ela acrescenta algumas palavras: "Eu sei que Alyssa está com dificuldades para tomar decisões sobre sua herança, sobre ficar comigo na loja e fazer sua vida na Becker's". Isso não é oração ou pedido a um poder maior. Shelley não pede que Alyssa fique ao seu lado. Ao contrário, ela diz simplesmente: "Eu desejo que ela tome a melhor decisão para sua vida". Depois disso ela sopra a vela e vai para a loja.

Quando chega, uma de suas vendedoras, Mona, está arrumando a Sala Mágica; ela passa aspirador no carpete e usa limpa-vidros para remover dos espelhos as marcas de dedos. Mona tem seu próprio ritual de segunda-feira. Ela sobe no pedestal e, observando as milhares de imagens de si mesma no espelho, murmura uma marcha nupcial enquanto move os braços como se regesse uma orquestra.

Alyssa chega em seguida. "Oi, Barbie", diz para a mãe. Então ela começa sua primeira tarefa da semana: ouvir as mensagens na secretária eletrônica do escritório para saber se alguém reclamou de problemas durante os casamentos do fim de semana. Ela também verifica os e-mails, procurando reclamações no campo "assunto". "Nada muito sério", diz ela para Shelley, o que é sempre um alívio. (A pior reclamação veio de uma noiva cuja bainha do forro não foi benfeita. Mas suas madrinhas se apresentaram com agulhas e linha, foram rápidas e salvaram o dia. Até que não foi tão ruim; fez as madrinhas se sentirem necessárias.)

Às 10 horas da manhã, Shelley abre a porta da frente e cumprimenta a primeira cliente da semana. O nome dela é Katrina, uma bibliotecária de 27 anos dos subúrbios de Detroit. Ela trouxe a mãe, a sogra e duas irmãs mais novas.

Enquanto vasculha as araras, Katrina conversa com Shelley e Mona sobre o noivo, também bibliotecário, e como tem sido desde que o furacão com o mesmo nome que ela atingiu Nova Orleans. "Eu fico cansada de me desculpar por meu nome", diz ela. "Todo mundo tem um comentário a fazer."

"Nós a chamamos Katie", intervém a mãe.

Katrina explica que sente uma ligação especial com as vítimas do furacão. Mesmo assim, ela decidiu não ir à próxima reunião da American Library Association em Nova Orleans. "Eles lhe dão um crachá com seu nome e você tem de usá-lo o dia todo. Eu não vou conseguir ficar andando por Nova Orleans com esse crachá."

"Katrina é um nome lindo", diz a mãe, e então, quase se desculpando, acrescenta o óbvio: "É claro que nós não sabíamos que haveria o furacão Katrina quando escolhemos o nome dela".

Shelley ouve e concorda com a cabeça. Há tanta coisa que os pais não sabem, mas gostariam de ter sabido. Isso está na essência da criação dos filhos, não é? Cada decisão dos pais, começando com a inócua escolha do nome do bebê, pode ter desdobramentos na vida dele. Cada escolha que ajudamos nossas filhas a fazer — amizades de infância, faculdade, carreira, possível marido e até mesmo o vestido de noiva — tem perigos em potencial.

Katrina não gosta do primeiro vestido que prova. "Parece um bolo de noiva", diz ela. Mas o segundo, um tomara-que-caia espanhol de 1.600 dólares, com bolero e uma faixa na cintura, fica estonteante.

"O que você acha?", pergunta Mona.

"Acho que amei", diz Katrina.

"Vamos lá para cima", diz Shelley. "Nós temos uma sala especial. Vamos ver como você fica lá."

Enquanto Mona ajuda Katrina a subir a escada, ajeitando a cauda atrás dela, Shelley vai até o balcão conferir sua programação. Ela tem provas de hora em hora até as 20 horas da noite. "É muito tempo de joelhos", diz ela.

Então, alguns relâmpagos rápidos emanam da Sala Mágica, quando flashes da câmera fotográfica da família refletem em todos os espelhos. Logo a mãe de Katrina está chorando as costumeiras lágrimas de felicidade, e Mona volta correndo para a área de vendas. "Eu esqueci de levar os lenços de papel", diz ela. "Onde eu estava com a cabeça?"

Enquanto isso, outra noiva, acompanhada da mãe, subiu a escada e espera sua vez do lado de fora do velho cofre de banco. Shelley vai até elas para cumprimentá-las. A noiva tem o rosto jovial e é loura. É muito parecida com a mãe, que está encostada na parede segurando duas bolsas; a da filha e a dela. Por enquanto, Shelley não sabe nada sobre essa noiva ou sua mãe, nada sobre suas vidas. Ela ainda nem sabe seus nomes. Mas assim como as milhares de noivas e suas mães que passaram pela Becker's Bridal antes delas, as duas têm uma história que as levou até ali, àquele vestido, àquela sala, àquele momento.

"Só vai demorar um minuto", promete Shelley para a jovem. Então ela se volta para a mãe da noiva e sorri. "Você vai adorar ver como ela fica na sala mágica"

O pedestal da Sala Mágica.

Agradecimentos

Há mais de cem mil noivas Becker's que tornaram este livro possível.

Assim como todas foram capturadas pelo velho espelho da loja, também sinto que elas estão aqui, nas páginas deste livro, em espírito. Embora eu não vá citar o nome de todas, estou grato por terem, ao longo dos últimos setenta e seis anos, ido até Fowler, Michigan, contar suas histórias e encontrar seus vestidos.

De muitas maneiras, este livro foi um projeto em grupo. Os maiores agradecimentos, claro, vão para Shelley Becker Mueller por me acolher tão gentilmente em sua loja e em sua vida. Foi uma honra conhecer a sua história e a da família Becker.

Meus agradecimentos sinceros aos pais de Shelley, Clark e Sharon Becker, e à sua filha Alyssa Mueller. E, claro, este livro não teria sido possível não fosse a visão e o espírito pioneiro da matriarca da família, Eva Becker.

Sou grato ao ex-marido de Shelley, Gary Mueller, seus irmãos Tim Becker e Jenny Badgett, sua cunhada Sharon M. Becker e à prima Eleanor Klein, que contribuíram com suas lembranças. Obrigado também a Seth Kruger, reverendo Glad Remaly, pastor Brad Klaver, Paul Fox, Pat e Ken Hafner, Clarence Simon e Robin Jones Gunn.

A equipe de vendas da Becker's foi sempre solícita, até mesmo quando a loja estava entupida de noivas. Quero lhes agradecer por suas observações e recordações. Obrigado a Mona Bryant, Bill Goldman, Gwen Seguin, Danyel Vining, Sara DeShone, Sandy Schmitz, Kay Sillman, Jan Burnham, Kim Thelen, Beverly Schaefer, Jennifer Scott, Jeff Seguin e Cory Pung (que continuava em um relacionamento sério com Alyssa quando o livro foi para a gráfica).

Este livro se concentra em oito noivas, seus noivos e suas famílias. Sou extremamente grato a todos por abrirem corajosa e apaixonadamente o coração e contarem suas histórias mais felizes e mais difíceis. Eu gostei muito de conhecer vocês: Danielle e Brian Wendell; Cynda Glynn; Ted Campbell; Holly Bysko; Jack e Laura Pardo; Shane e Megan Martin; Julie Wieber; Dean Schafer; Lauren Wieber; John Wieber; Helen e Roy Pung; Carol e Paul Otto e suas filhas Missy, Jennifer, Rochelle e Heather; Matthew Sunderlin; Victor e Lynn Hansen; Erika e Reuben Burton; Andy e Leanne Blackmore; Gavin e Kayla Schutten; Aleece Hansen; Meredith e Ron Kauffman; Ashley Brandenburg; Drew Forman; Richard e Susan Brandenburg; Courtney e John Schlaud, e Susan Driskill. (Você pode saber mais sobre essas noivas e suas famílias em www.MagicRoomBook.com)

Imensos agradecimentos ao meu agente, Gary Morris, cujos instintos de contador de histórias, conhecimentos editoriais e doses diárias de bom humor me ajudaram em cada passo deste projeto. Eu estimo sua amizade.

Na Gotham Books, sou devedor de Bill Shinker e Lauren Marino por seu entusiasmo com este livro, e por sua ótima e cuidadosa orientação em seu preparo. Muito obrigado também às sempre impressionantes Beth Parker e Lisa Johnson, que fazem da divulgação algo divertido, a Cara Bedick, com quem é um prazer trabalhar, a Ray Lundgren, por seu maravilhoso projeto gráfico, e a Laura Gianino, Casey Maloney, Jessica Chun, Helen Gregg, Melanie Klesse, John Cassidy, Kevin Che, Dick Heffernan, John Lawton, Susan Schwartz, Melanie Koch, Sabila Khan, Julia Gilroy, Gail Schimmel Friedman, Sabrina Bowers, Elke

Sigal, Glenn Timony, Fred Huber, Tim McCall, Kent Anderson, Mark McDiarmid, Katya Shannon, Chris Mosley, Diana Van Vleck, Harsh Patil, Melinda Hubik, Matthew Pavoni, Normal Lidofsky, Patrick Nolan, Don Redpath, Trish Weyenberg, Don Rieck, Sharon Gamboa, Richard Adamonis, Lisa Pannek, Andy Dudley e Judy Moy.

Agradecimentos especiais a Peter Jacobs e Amie Yavor, e aos fotógrafos Kelly Linne Burke, Korey Tucker, Fred Siegel, Gayle e Nicole Goodman, Neal Boudette, Mike Radakovich, Jeff Bennett, Kate Linebaugh, Matt Dolan, Krishnan Anantharaman e Mike Ramsey.

Agradeço às minhas filhas Jordan, Alex e Eden por seu amor e apoio, e por inspirarem muitas das perguntas que eu fiz enquanto conduzia pesquisas para este livro. Sou grato a elas por outros motivos, também. Jordan ajudou no lindo projeto da capa original de O *Momento Mágico*. Alex leu cada página e dou valor às suas palavras de incentivo, sugestões e ao seu olho para erros de digitação. Eden ofereceu reflexões inteligentes sobre o livro em cada etapa do processo. Este livro foi um trabalho de família. Entre as primeiras leitoras estão minha irmã, Lisa Segelman, minha mãe, Naomi Zaslow, e minha sogra, Marilyn Margulis.

Sem dúvida, devo meus maiores agradecimentos à minha esposa, Sherry. Durante meses eu ruminei a ideia de escrever um livro de não ficção sobre o amor que desejamos para nossas filhas. Eu precisava de um lugar para ambientar o livro — um lugar em que as emoções são reveladas — e foi Sherry quem sugeriu que eu procurasse uma loja de vestidos de noiva. Sou grato por seu amor, por nossos vinte e quatro anos de casamento e pelas palavras que ela me disse quando cogitei escrever este livro: "Tem alguma coisa em um vestido de noiva...".

Algum dia, talvez, eu terei a chance de ser o pai da noiva. Eu sei que, quando começar a busca pelo vestido de noiva, vou me lembrar do conselho que ouvi de Shelley, suas funcionárias e todas as noivas e mães da Becker's. Elas me ensinaram que a noiva deve dar a palavra final sobre qual vestido é "aquele". A opinião dos pais é secundária. Meu trabalho de pai vai ser simples. Meu trabalho será dizer às minhas filhas que eu as amo.

Obrigado a todos vocês por me ajudarem a compreender isso.